MIRA®

Der Preis dieses Bandes versteht sich einschließlich
der gesetzlichen Mehrwertsteuer.

Umwelthinweis:
Dieses Buch wurde auf chlor- und säurefreiem Papier gedruckt.

Anna Zabel

Ein Koch für gewisse Stunden

Roman

MIRA®

MIRA® TASCHENBUCH
Band 35023
1. Auflage: April 2009

MIRA® TASCHENBÜCHER
erscheinen in der Cora Verlag GmbH & Co. KG,
Valentinskamp 24, 20350 Hamburg
Deutsche Originalausgabe

Konzeption/Reihengestaltung: fredebold&partner gmbh, Köln
Umschlaggestaltung: pecher und soiron, Köln
Titelabbildung: Mauritius GmbH, Mittenwald
Satz: Buch-Werkstatt GmbH, Bad Aibling
Druck und Bindearbeiten: CPI – Ebner & Spiegel, Ulm
Printed in Germany
ISBN 978-3-89941-579-7

www.mira-taschenbuch.de

1. KAPITEL

Die Abendsonne tauchte Schloss Oberstein in ein romantisches Licht. Der Anblick vermochte Fremde oft zu verzaubern. Außer dem imposanten Hauptturm gab es einen Schlossgraben, eine Zugbrücke und zahlreiche, üppig bewachsene Wiesen. Überall blühten Blumen, aus denen sich eine junge Frau einen Kranz hätte flechten und aufs duftende Haar setzen können.

In den Gartenlaubenromanen ihrer Großmutter wäre nun ein junger Mann aufgetreten und hätte um die keusche Maid gefreit. Missmutig zerdrückte Mia Lotta eine Klatschmohnblüte. Sie hatte die Idylle, die Unschuld und die altehrwürdige Fassade satt, hinter der langsam, aber sicher alles den Bach hinunterging.

„Hol euch doch alle der Teufel!“, fluchte sie und versetzte dem steinernen Engel zu ihrer Rechten einen Tritt gegen das Schienbein. Einer ihrer Vorfahren hatte seiner Ehefrau zu jedem Hochzeitstag einen solchen Engel in Lebensgröße geschenkt und es auf ganze fünfzehn Stück gebracht. Dann war die Begünstigte im Kindsbett gestorben.

„Du magst wohl keine Engel“, sagte eine Männerstimme hinter der Buchsbaumhecke, die eine wirkungsvolle Kulisse für die Statuen bot.

Mia Lotta schrak zusammen, verspürte jedoch im nächsten Moment ein aufregendes Kribbeln. Die Stimme gehörte zweifelsfrei einem Mann. Sie war tief und fest und kam ihr merkwürdig vertraut vor.

Einer meiner Traummänner lässt grüßen, dachte Mia Lotta. So wie sie früher mit ihren Puppen gespielt hatte, staffierte sie seit geraumer Zeit imaginäre Männer mit allem aus, was Herz und Schoß einer Frau in Aufruhr versetzen konnte. Die Gedanken waren schließlich frei, auch wenn der neue Pastor das anders sah und Mia Lotta im Beichtstuhl gezielt nach sündigen Gedanken fragte.

Vorsichtig wandte sie sich zur Seite, konnte aber nur eine dunkle Kontur erkennen.

„Und wenn es so wäre?“, fragte sie. „Was, wenn ich eine Vorliebe für Teufel hätte?“

Ein triumphierendes Lachen antwortete ihr. „Habe ich es mir doch gedacht“, tönte es von der anderen Seite der Hecke. „Als ich dich zum ersten Mal gesehen habe, war mir klar: Die hat den Teufel im Leib. Man muss ihn nur herauskitzeln.“

Der dunkle Schatten rückte näher an die Hecke. Nun trennte beide nur noch ein halber Meter. Eine Hand schob sich durch das Gespinst aus Zweigen und Grün. Mia Lotta hätte zurückweichen und weglaufen können, doch sie zögerte, und schon packte die Hand nach ihr und hielt sie fest.

„Lassen Sie mich los!“, rief Mia Lotta. „Sonst …“ Sie konnte nicht weiterreden, denn die dreisten Finger des Unsichtbaren hatten mit traumwandlerischer Sicherheit den Weg durch die Knopfleiste ihrer Bluse gefunden, wühlten sich dort in den Büstenhalter und taten, wovon Mia Lotta schon so lange träumte. Allein die unmittelbare Berührung ihrer empfindsamen Brüste durch diese kräftige Hand war überwältigend, und dann begannen diese teuflischen Hände sie auch noch zu streicheln und zu zwicken.

„Sonst …“, stammelte sie.

„Könntest du Gefallen daran finden und es immerzu haben wollen?“ Ihr Peiniger zog lustvoll an einer Brustwarze und schaffte es, dass dieses unschuldig kleine Ding sich gierig verhärtete.

Wie das brannte! Es tat auch weh. Aber innerlich schrie sie nach mehr. „Ich …“, keuchte sie. „Sie …“ Sie vermochte nichts zu sagen, denn mit der Kraft eines Wahnsinnigen drängte der zu dieser Hand gehörende Männerarm soeben Geäst und Blattwerk auseinander, zerriss die Knopfleiste ihrer Bluse und schob sich unerbittlich nach unten, wo sie kurz verharrte.

„Es gefällt dir, wie?“ Die Männerhand schob sich in ihren Rockbund, drohte auch diesen zu zerreißen.

Mia Lotta stöhnte laut auf. Wie gut das tat. Besser als alles, was sie an sich selbst je ausprobiert hatte, und besser auch als gewisse Experimente mit ihrer Cousine in Wien.

„Hast du ES schon mal getan?“, hatte Cousine Suzanna sie einmal gefragt, als Mia Lotta sich mit ihr das Zimmer geteilt hatte.

„Du meinst, ob ich schon mal mit einem Mann …?“, fragte darauf Mia Lotta im Flüsterton.

„Logisch, du bist schließlich alt genug, oder?“

Suzanna saß damals in ihrem kurzen Hemdchen im Schneidersitz auf dem Bett, und man konnte alles sehen. Sie war schon sehr fraulich.

„Und du? Hast du schon?“, fragte Mia Lotta.

„So gut wie“, lautete die geheimnisvolle Antwort der Wiener Cousine.

Doch damit wollte Mia Lotta sich nicht zufriedengeben.

„Was heißt: So gut wie?"

„Es gibt da einen Kadetten, der ganz wild auf mich ist. Und ein eigenes Auto hat er natürlich auch. Und ein eigenes Pferd." Suzanna kicherte hell und aufgeregt. „Wie ein Hengst ausgestattet ist, weißt du ja wohl. Seiner heißt Wotan und ist mindestens so gut gebaut wie sein Besitzer." Suzanna legte eine kurze, bedeutungsschwere Pause ein, bevor sie hinzufügte: „In jeder Hinsicht!"

„Wirklich?" Mia Lotta spürte, wie ihre Haut zu brennen begann. Die Zunge pappte ihr trocken am Gaumen. Wenn das stimmte ...

„Gigantisch", fuhr Suzanna fort. „Sein Ding wurde immer größer und aufgeregter. Ein bisschen lustig war es auch, wie es auf und ab wippte und die Nüstern blähte ..."

„Und dann?", japste Mia Lotta.

„Na ja." Suzanna genoss es sichtlich, ihre Cousine auf die Folter zu spannen. Sie schob sich noch ein Stück Linzer Torte in den Mund und kaute genüsslich, bevor sie endlich weiterredete. „Erst mal durfte er fühlen bei mir, und ich bei ihm. Das war alles noch im Auto und ziemlich eng, und sehen konnte ich auch nichts. Aber im Stall durfte er mich dann ausziehen. Das Stroh hat schrecklich gepiekt, aber er hatte einen Mordsständer."

„Und dann?" Mia Lottas Pyjamahose wurde feucht.

„Dann kam sein großer Bruder nachsehen, warum im Stall so spät noch Licht brannte. Tags darauf musste mein Schatz wieder zurück in die Kaserne. Aber beim nächsten Ausgang holen wir alles nach."

„Und du hast keine Bedenken?", wollte Mia Lotta wissen und schlug ihre Bettdecke zurück, unter der sich auf einmal die Hitze staute.

„Bedenken? Du bist echt süß! Er wird schon wissen, wo er mit seinem Mordsding hin muss. Und wenn nicht, zeige ich es ihm." Suzanna strotzte nur so vor Übermut.

„Du?" Mia Lotta presste die angewinkelten Beine zusammen. So mutig wie ihre Cousine wäre sie nie.

„Klar ich. Wenn du willst, zeige ich es dir auch."

Suzanna sprang aus ihrem Bett und stürzte sich auf Mia Lotta. Sie drückte sie auf den Rücken und entdeckte die Nässe zwischen Mias Beinen.

„Dahin", sagte Suzanna und stupste den Stoff von Mia Lottas Schlafanzughose tiefer in sie hinein.

Die Nässe breitete sich aus und ließ den Schlitz in dem seidig weichen Kraushaar erglühen. Es war, als sprangen die zarten Lippen auf.

„Genau da hinein", wiederholte Suzanna. „Natürlich muss er erst einmal Vorarbeit leisten."

„Vorarbeit?", echote Mia Lotta.

„Logisch. Und wehe, er behandelt meinen Kitzler nicht gut. Der kleine Knopf da ist das A und O. Das kannst du überall nachlesen." Suzanna drückte auf die Stelle, wo sich der kleine unscheinbare Zipfel unter einer Hautfalte verbarg und nun hervorsprang, als ob er es nicht erwarten könne, weiter von fremder Hand erregt zu werden. Suzannas Zeigefinger umkreiste und drückte den Kitzler.

„Oh! Äh! Jaaa!" Mia Lotta stöhnte so laut, dass die Cousine ihr den Mund zuhielt.

Seit jener Nacht hatte Mia Lotta immer wieder die Stelle erkundet, die in der Tat das A und O war. Ihr Kitzler reagierte bereits, wenn sie sich bloß auf die Seite legte und die Schenkel fest zusammenpresste. Schon begann es zu kribbeln. Dann nahm sie die Hand zu Hilfe, und je tiefer sie vordrang, desto unheimlicher wurde ihr. Manchmal tat es sogar weh.

Doch jetzt tat nichts weh. Die Männerhand wusste, was sie tat. Das spürte ihr Unterleib, der sich ungeniert dem fremden Erlöser entgegenschob. Ihr Schoß entwickelte ein beängstigendes Eigenleben. Gleich würde sie den letzten Rest an Kontrolle über sich verlieren. Mia Lotta, was tust du da?

Es war nur eine Stimme in ihr, die sie zur Ordnung rief. Trotzdem presste Mia Lotta die Schenkel fest zusammen. Noch befand sich ihr Höschen zwischen ihm und ihr, noch strich die Männerhand nur über dem Stoff auf und nieder und forcierte die Glut. Alles in ihr lechzte danach, dass auch diese letzte Hürde genommen würde. Sie wollte endlich eine Männerhand dort unten spüren, wenigstens eine Hand. Sie war sechsundzwanzig und würde noch als einsame alte Jungfer enden.

Mia Lotta spürte, dass ihr ein Speichelfaden aus dem Mundwinkel rann. Ihr war heiß, und es war, als ob ihr die Feuchtigkeit aus allen Poren träte. Am feuchtesten wurde es zwischen ihren Beinen, und der Fremde führte Regie. Seine Hand benutzte den Zwickel ihres Höschens, um damit die Hitze zu schüren. Er folterte sie, doch es war eine süße Folter. Der doppelt genähte Stoffsteg glitt in ihren Spalt, vorwärts und rückwärts, hin und her. Schließlich vollführte er mit der von ihrem Saft getränkten Baumwolle sanft kreisende Bewegungen. War es wirklich sie selbst, die da stöhnte und sich wand und nichts anderes wollte? Ihr Becken kreiste wie von fremder Hand gesteuert, ihre Schamlippen scheuerten sich wund an dem Stoffsteg ihres Höschens, und im nächsten Moment schmiegten sie sich an die Hand, die sich an ihr zu schaffen machte. Alles, was Mia Lotta sah, waren ihr gebauschter Rock und ein Stück einer kräftig behaarten Männerhand, die durch die Buchsbaumhecke stach.

„Ich habe dich beobachtet", sagte der Fremde und schlüpfte mit einem Finger seitlich durch den Beinausschnitt ihrer Wäsche. Mit einer leicht hornigen Fingerkuppe berührte er treffsicher jenen Punkt, von dem sie bereits wusste, dass er ein kleiner Tausendsassa war.

„Was hast du gesagt? Du hast mich beobachtet? Wo?" Ihr Körper wurde mit einem Mal ganz steif vor Angst. Die Traumblase drohte zu platzen. Wer konnte dies sein? Die Männer hier im Dorf waren entweder alt oder verheiratet oder beides, wenn man vom Pastor absah, der natürlich ausschied.

„In der Kirche", raunte er. „Immer wenn du die Augen schließt, steht es dir auf der glatten Stirn geschrieben. Aber sorg dich nicht, außer mir sieht dich in der Kirche niemand von vorn." Seine Stimme wurde herrisch. „Denn dort bin ich der Hausherr."

Mia Lotta tat einen Satz zurück, denn nun erkannte sie die Stimme wieder. Es war der Pastor. In diesem herrischen Ton wetterte er sonntags gegen die Sünde. Doch noch immer steckte sein Finger in ihrem Höschen. Seine Hand umfasste nun ihr Kräuselhaar, um sie an der Flucht zu hindern.

Eine Lücke tat sich auf in der Hecke. „Gleich hab ich dich!"

Zwei Männerhände, der Geruch von Männerschweiß, keuchender Atem. Mit einem sirrenden Geräusch riss das Gummiband ihres Höschens, und es gelang ihr, mit strampelnden Beinen aus ihrem Slip zu steigen. Dann lief sie zurück ins Schloss, das sie vor wenigen Momenten noch als Stein gewordene Langeweile verflucht hatte. Nun aber war es ihre Zuflucht. Sie lief so schnell sie konnte direkt in die Arme von Herta Scholzen, ihrer Tante und dem zugleich letzten dienstbaren Geist auf Schloss Oberstein.

„Kindchen, wo hast du nur gesteckt?", rief Herta.

Mia Lotta dankte dem Himmel, dass sich inzwischen die Dunkelheit über das Schloss gesenkt hatte.

„Was hast du denn, Kind?", rief Herta Scholzen und bekreuzigte sich.

Mia Lotta richtete unauffällig ihr Kleid. „Ich war nur kurz im Park."

„Wir haben Stromausfall und einen Wasserrohrbruch", sagte Tante Herta. „Es ist grauenvoll. Wenn der Klempner recht hat, müssen sämtliche Rohre neu verlegt werden. Weißt du, was das heißt? Dieser ungehobelte Mensch besteht außerdem auf einer Sofortzahlung, zumal er behauptet, dass noch eine alte Rechnung offen sei."

„Stromausfall und Rohrbruch?", murmelte Mia Lotta und ahnte nicht, dass dies ihr Leben noch vollkommen auf den Kopf stellen sollte.

Kein elektrisches Licht, keine Heizung, und es tropfte durch die Decke. Anstatt der Handwerker trafen am nächsten Tag die Leute von der Bank ein, denen es binnen kürzester Zeit gelang, aus Mia Lottas Großmutter, Freifrau Anette von Oberstein, einen Schatten ihrer selbst zu machen. Man wollte Geld von ihr kassieren, keines an sie verleihen. Angeblich war sie bereits mit der vierten Rate des laufenden Kredits in Verzug, und Einnahmen aus Verpachtung oder Vermietung gab es längst keine mehr. Allerdings war man bereit, der Freifrau noch eine letzte Frist bis zum Monatsende einzuräumen. Es sei ihr Problem, wie sie das Geld für die Bank auftrieb und obendrein den Klempner bezahlte.

„Und was heißt das nun?“, fragte Mia Lotta, als die Leute von der Bank gegangen waren und sie mit ihrer Großmutter allein ließen. Sie versuchte sich vorzustellen, wie es sein würde, für Wochen oder gar Monate mit der Feuchtigkeit in den Räumen zu leben und sich mit Kerzen durch die Dunkelheit zu tasten.

„Das heißt, dass wir Schloss Oberstein versteigern lassen müssen, wenn bis Ende des Monats kein Wunder geschieht“, sagte die Großmutter. Ihre zarte Gestalt schien bei diesen Worten jegliche Kraft zu verlieren. „Ich hätte dir das gern erspart“, fuhr die alte Dame fort. „Ich habe so gehofft, dir den Familiensitz erhalten zu können.“

„Und was ist mit dir, Großmutter?“

„Ich bin eine alte Frau und wie du siehst zu nichts mehr nütze. Ich werde wohl auch deinen Großvater und deinen Vater im Stich lassen müssen, die dort draußen ruhen.“ Sie zeigte aus dem Fenster. „Wer weiß, was der neue Besitzer mit unserer Familiengruft anstellt.“

„Wir müssen uns wehren!“ Mia Lotta sprang auf.

„Du bist wirklich noch ein Kind, Mia Lotta", erwiderte die Alte resigniert und müde.

„Dann hättest du mich nicht die ganze Zeit wie ein Kind behandeln sollen, Großmutter. Warum hast du mir nie gesagt, wie schlecht es um uns steht? Mir wird ganz übel, wenn ich daran denke, wie viel Geld du allein für meine Zeit in Wien ausgegeben hast. Und dann die teuren Kleider …"

„Ich hatte gehofft, dass du in Wien einen geeigneten jungen Mann kennenlernen würdest. Wenigstens bis zu deiner Verlobung hatte ich die Fassade aufrechterhalten wollen. Aber leider …"

Mia Lotta schluckte. Sie kam sich vor, als sei sie ein wurmstichiger Apfel, den auf dem Markt niemand würde haben wollen. Auch wenn ihre Großmutter es sicherlich nicht so meinte, tat es weh. „Wir schaffen das schon", sagte sie. Mit einem Mal spürte Mia Lotta, dass es nun an ihr war, Stärke zu zeigen. Jetzt hing alles von ihr ab, auch wenn sie noch nicht wusste, wie sie das Schloss ihrer Ahnen retten sollte.

Da hatte sie plötzlich eine Eingebung. Die Ahnengalerie! „Wir verkaufen unsere Ahnengalerie", rief Mia Lotta. „Und ich weiß auch schon, wo."

Ihre Großmutter schaute sie verwirrt an, doch Mia Lotta machte sich gleich daran, eine alte Rechnung jener Galerie zu suchen, in der sie als kleines Mädchen einmal mit ihrem Vater ein Porträt ihrer Patentante hatte neu aufziehen lassen. Sie brauchte nicht lange zu suchen, denn ihr Vater war ein Mann gewesen, der alle Rechnungen nach Jahren säuberlich geordnet abgeheftet hatte. Sie lief zum Telefon in der Halle, das Freizeichen ertönte, und – welch ein Glück im Unglück! – der Galerist erinnerte sich noch sehr gut an die Qualität des Porträts ihrer Patentante.

„Wenn alle Bilder so sind", meinte er, „könnten wir ins Geschäft kommen."

Mia Lotta versicherte, dass die Obersteins ausschließlich renommierte Künstler der jeweiligen Epoche mit den Porträts beauftragt hatten, und bot an, am nächsten Tag einige ausgewählte Bilder vorbeizubringen. Der Galerist willigte ein, und Mia Lotta war zuversichtlich: Alles würde wieder gut werden.

Der Tag brach gerade an, als Mia Lotta sechs sorgsam verpackte Gemälde in den Fahrradanhänger lud, in dem einst zu besseren Zeiten der Gärtnerjunge Laub und Saatgut transportiert hatte. Sodann spannte sie den Anhänger an ihr Rad, das seit ihrer Rückkehr aus Wien das einzige funktionstüchtige Fortbewegungsmittel am Hofe war, schwang sich auf den Sattel und machte sich ohne Licht, denn der Dynamo war defekt, auf den Weg zum Bahnhof. Sie trug keine Strumpfhosen, weil sie keine Laufmasche riskieren wollte. Und während sie radelte, rutschte der Rock ihres Kostüms langsam immer höher, sodass ihre Schenkel hell in der Morgendämmerung schimmerten. Sie sah auch den weißen Zwickel ihres Höschens aufleuchten, und die Reibung ihrer Scham über das rissige Leder des Sattels beschwor Bilder des vergangenen Abends herauf.

Mia Lotta schämte sich zutiefst ihrer Gier, die neu entflammte. Doch genau in diesem Augenblick entwich die Luft aus Mia Lottas Vorderreifen. Notgedrungen sprang sie ab und inspizierte den Schaden. Wie es aussah, war sie über eine Glasscherbe gefahren und würde das letzte Stück schieben müssen.

Die Straße vor ihr war menschenleer, nichts regte sich, es war mit einem Mal gespenstisch. Da tauchte vor ihr das flackernde Auge eines anderen Fahrrads auf, und ein köstlicher Duft strömte ihr entgegen. Frische Brötchen, dachte Mia Lotta und erkannte Bärbel, die junge Tochter des Bäckers. Ob sie ihr wohl zwei ofenwarme Semmeln abschwatzen konnte? Bärbel fuhr allmorgendlich bestellte Brötchen aus, bevor sie sich auf den Weg zur Schule machte.

Mia Lotta wollte sich gerade bemerkbar machen, als das fremde Fahrrad abrupt neben etwas zu halten kam, das Mia Lotta zunächst für einen Pfahl hielt. Doch dann verwandelte sich das schwarze Etwas in eine Gestalt, die mit einem Mal die Stimme erhob. Mia Lotta erstarrte.

„Du bist zu spät, Bärbel“, sagte der Pastor.

„Es tut mit leid, Hochwürden, aber ...“ Das junge Mädchen verstummte.

„Gestehe!“, befahl der Pastor.

„Ja, natürlich, am Freitag wollte ich sowieso zur Beichte.“

„Jetzt“, befahl der Geistliche mit einer Stimme des Jüngsten Gerichts. „Jetzt sofort.“

„Aber ich muss in die Schule“, jammerte das Mädchen. „Wir schreiben wir eine Arbeit, und wenn ich die wieder versiebe, dann ...

„Knie nieder!“ Die Männerhand, die Mia Lotta bereits kennengelernt hatte, wies auf den Boden.

Bärbel stieg ab, zog ängstlich die Strickjacke über ihrem Dirndl zusammen und kniete vor der dunkel drohenden Gestalt nieder.

„Gestehe!"

Der Mädchenkopf senkte sich ängstlich. „Ich bereue, Hochwürden, dass ich heute Morgen zu spät losgefahren bin."

„Weiter! Belüge mich nicht!"

Das runde Gesicht hob sich. Ratlosigkeit spiegelte sich darin. „Aber ich lüge doch nicht."

„Und was war gestern Abend mit dem jungen Burschen? Was war mit ihm? Glaubst du, du könntest dem da oben etwas vormachen?" Seine Hand umschloss ihren Nacken wie eine schwarze Schraubzwinge.

„Bitte, Hochwürden, verraten Sie meinem Vater nichts", flehte die Kleine und hob beide Hände wie zum Gebet. Die Strickjacke öffnete sich und gab den Blick auf zwei quellende Brüste frei. „Er hat schon das Messer auf den Hans-Peter geschliffen, und wenn er hört, dass ich …"

„Du gibst es also zu?" Der Mann lenkte den Schopf des Mädchens und presste ihr Gesicht gegen seinen Unterleib. Die Antwort des Mädchens erstickte im Stoff der Soutane.

„Aber wir lieben uns", keuchte das Mädchen und bog den Kopf zurück, doch der Geistliche kannte keine Gnade.

„Ihr liebt euch, sagst du? Und was ist mit den Geboten des Herrn? Du frönst der Unzucht im Haus deiner ahnungslosen Eltern! Dafür musst du büßen!" Er riss an ihren Haaren.

„Es war in der Backstube", wimmerte das Mädchen. „Draußen war es zu kalt, und Hans-Peter hat das Auto nicht bekommen, sein Bruder brauchte es selbst, und da …"

„Und da habt ihr euch versündigt, wo dein Vater im Schweiße seines Angesichts Tag für Tag das Brot Gottes backt!“

„Es war dunkel, und wir konnten kaum etwas sehen. Da lag noch Vorteig auf dem großen Holzbrett, und dann klebte ein Teigklumpen plötzlich an mir. Der Hans-Peter fand es lustig, es war fast wie früher, als wir uns im Moorschlamm gewälzt haben.“

„Und dann? Wie ging es weiter? Sprich!“ Erneut riss er an den Haaren des Mädchens.

„Wir hatten Sorge, unsere Kleider könnten schmutzig werden, da haben wir uns ganz ausgezogen. Und da ist mir ein Stück Teig wohin gerutscht“, stotterte die Kleine.

„Gerutscht nennst du das? Was bist du doch für ein billiges kleines Luder! So jung und schon so verdorben.“

„Der Hans-Peter war's, Hochwürden. Er hat ein Stückchen in mich hineingeschoben, sie wissen schon, wo. Ich hab Angst bekommen, weil ich nicht wusste, ob's gefährlich ist, weil der Vorteig ja noch aufgeht, und da hab ich ihm gesagt, er soll den Klumpen wieder rausholen.“

„Mit seiner Zunge?“, donnerte der Pastor.

„Ja.“

„Er hat dich also geleckt, und du kleine Schlampe hast es genossen. War es so?“

„Ja, Hochwürden.“ Vor lauter Scham versuchte die Bäckertochter nun, ihr Gesicht im Stoff der Soutane zu verbergen.

„Zur Strafe wirst du mir jetzt demonstrieren, wie der Bursche dich geleckt hat. Und streng dich an.“

Der dunkle Stoff der Soutane hob sich, und Mia Lotta

sah, dass der Pastor darunter nichts als nackte Haut trug. Sein derber Knüppel presste sich unerbittlich gegen die rosigen Lippen des Mädchens, die noch fest verschlossen waren.

„Aber …“, versuchte die Bäckertochter etwas zu sagen.

Wie durch ein Wunder zeigte der Protest Wirkung. Gerade als Mia Lotta glaubte, dass dem Pastor in letzter Sekunde sein schändliches Treiben bewusst geworden war, passierte das Unglaubliche: Zwei rosa lackierte Fingernägel griffen nach dem Knüppel.

„Er ist so groß“, stammelte die Sünderin und streichelte die Kuppe, „aber samtweich.“

„Glaub nur ja nicht, dass dir damit etwas erlassen ist, hörst du?“

Ein willfähriges Nicken war die Antwort, ein gestammeltes „Ja, bitte!“ folgte. Dieses einfältige Geschöpf forderte buchstäblich heraus, was nun folgte. Dieser Schaft schob sich in den zarten Mund, der sich bereitwillig öffnete. Dann dirigierte die Männerhand den fügsamen hellen Lockenschopf vor und zurück.

„Das ist deine Strafe“, donnerte der Pastor. „Leck! Leck richtig! Streng dich an! Oder willst du, dass ich zu deinem Vater gehe?“

Mia Lotta stand wie versteinert da und musste mitansehen, wie die Bäckerstochter sichtlich Gefallen daran fand, des Pastors knorrigen Glied zu schlecken. Das Saugen wurde immer lauter und genüsslicher, auch stemmten sich die Hände der Kleinen längst nicht mehr gegen die nackten Schenkel des Mannes, sondern umschlangen sie, wanderten zu den erstaunlich knackigen Pobacken hoch. Ein Grun-

sie auch genau, dass sie die Letzte war, die einer anderen Frau Vorwürfe machen durfte. Hatte sie nicht selbst in der Nacht zuvor ganz ähnlich reagiert? War nicht auch ihr eigener Ekel in Lust umgeschlagen? Hatte nicht auch ihr Körper sie verraten? Nur fort von hier!

Mia Lotta packte ihre Bilder und ließ ihr Fahrrad liegen. Mit etwas Glück würde es dort noch am Abend bei ihrer Rückkehr liegen. Leise entfernte sie sich ein paar Meter, dann begann sie zu rennen. Aus der Ferne ertönte das Pfeifen des Bahnhofsvorstehers.

Es hätte nicht viel gefehlt, und Mia Lotta hätte den Zug nach München verpasst. Sie hatte das Gewicht der Bilder unterschätzt, die ihr immer wieder zu entgleiten drohten, und der Zug hielt in Oberstein immer nur zwei Minuten. Ihr Herz raste, sie knickte um und spürte einen stechenden Schmerz in ihrem Fußknöchel, doch sie kümmerte sich nicht darum und lief weiter und winkte und rief, man möge auf sie warten. Ein unbekannter Fahrgast kam ihr zu Hilfe, und wenig später saß sie ihm schwer atmend in einem Abteil gegenüber. Ihre Ahnen lehnten gegen die Rücklehnen einiger freier Plätze.

„Danke", keuchte sie.

„Nichts zu danken, junge Dame." Der Herr, schon älter und sehr elegant, erhob sich kurz von seinem Sitz und verbeugte sich. „Conrad Cappellani, wenn Sie gestatten."

„Mia Lotta von Oberstein", stellte Mia Lotta sich ihrerseits vor und tastete in ihrer Handtasche nach einem Taschentuch. Lieber noch hätte sie ihre Puderdose gezückt und mit der Puderquaste die Schweißperlen in ihrem Gesicht verschwinden lassen, doch das gehörte sich nicht. Das hatte der Zeremonienmeister in Wien ihr und der Cousine immer wieder eingeschärft. Allenfalls die Lippen durfte man sich dezent in der Öffentlichkeit nachziehen.

„Welch schöner Name“, konstatierte ihr Gegenüber. „Ein schöner Name für eine bildschöne junge Frau.“

„Oh, ich bin gewiss nicht schön“, wehrte Mia Lotta ab. „Im Augenblick schon gar nicht. Ich muss grässlich aussehen.“

„Vertrauen Sie ruhig einem Fachmann für alles Schöne. Ich versichere Ihnen, Sie sind von einer geradezu exquisiten Schönheit. In meiner Branche sucht man nach feinen, unverbrauchten Gesichtern wie dem Ihren.“

„Und was ist, wenn ich fragen darf, Ihre Branche?“

„Ich füge Kleider, Haarschmuck, Handtaschen, Schuhe und alles, was die Schönheit unterstreicht, sozusagen am lebenden Objekt zu einem Gesamtkunstwerk zusammen.“

„Das muss sehr interessant sein“, sagte Mia Lotta und versuchte sich vorzustellen, wie es wäre, sich ohne Rücksicht auf die Kosten von Kopf bis Fuß durchstylen zu lassen. Und zwar von einem wirklichen Experten, und nicht von einer Wiener Tante und deren altmodischem Zeremonienmeister.

„Sie beispielsweise sehe ich in allen Spielarten von Rot. Purpurrot, Rostrot, Orangerot und Kirschrot.“

„Aber ich habe rötliche Haare“, merkte Mia Lotta an. „Außerdem findet meine Tante in Wien, dass Rot ordinär aussieht.“

„Wie kann etwas ordinär sein, das die Natur selbst uns schenkt? Schauen Sie sich nur an! Ihre rosigen Wangen, die rötlichen Lichter in Ihrem Haar, Ihr Körper spielt geradezu verschwenderisch mit Rottönen."

Mia Lotta bedeckte hastig den Ausschnitt ihrer Bluse mit einer Hand. Bestimmt war ihr Dekolleté wieder rot gesprenkelt vor lauter Aufregung und Verlegenheit. „Ich werde so unglaublich schnell rot", gestand sie.

„Das schmückt Sie, junge Dame." Der Fremde griff nach ihrer Hand, die ihr Dekolleté bedecken sollte. „Wenn Sie gestatten!"

Ehe Mia Lotta sich versah, hatte der fremde Kavalier sie hochgezogen und zum Spiegel gedreht, der in einem schmalen Messingrahmen an der Wand hing.

„Nun?", sagte der Mann.

Mia Lotta betrachtete sich und den Mann in seinem Gehrock mit schwarzem Samtkragen. Nie zuvor hatte sie ein solches Kleidungsstück an einem Mann gesehen. Der Schwarz in Schwarz gemusterte Brokat mit Silberfäden sah wertvoll aus und fühlte sich gut an. Das Schaukeln des Zuges hatte zur Folge, dass Mia Lotta gegen den Mann wankte. Noch war der Kontakt sehr oberflächlich, doch das änderte sich, als sie sich vorbeugte, um sich besser im Spiegel sehen zu können. Sie könne beim besten Willen nichts Besonderes an sich entdecken, sagte sie.

Ein amüsiertes feines Lächeln umspielte den Mund des Mannes, der nun mit wenigen Handgriffen vor dem Spiegel das Bild einer Mia Lotta inszenierte, das ihr unheimlich und verlockend zugleich vorkam. Dabei hatte er nur seinen rot gefütterten Gehrock ausgezogen, gewendet und ihr umgelegt, ihr die aufgesteckten Haare gelöst, sie sodann leicht in die Wangen gezwickt und ihre Schultern nach hinten gezogen. Das alles hatte nichts Anrüchiges, sie spürte und wusste, dass von diesem Mann keine Gefahr für ihre Tugend ausging. Doch welche junge Frau träumte nicht davon, schön zu sein? Wer wollte nicht dem Flaumgewand des unscheinbaren Entleins entschlüpfen und sich als schöner stolzer Schwan bewundern lassen? Mia Lotta spürte genau, dass dieser Mann sie verstand.

„Ich kann nicht anders“, versicherte er ihr. „Ich bin besessen, wenn ich einem Juwel begegne, und Sie sind ein solches. Schauen Sie selbst.“

Sie schaute und sah sich mit den Augen des Fremden. Mit einem Mal erkannte sie sich selbst kaum wieder. Die vollen Brüste reckten sich stolz, ja geradezu keck dem Spiegel entgegen, das weinrote Seidenfutter umschmeichelte sie gemeinsam mit ihrem kupferroten Haar, und die Knöpfe ihrer Bluse spannten sich lustvoll, als ob sie wüssten, was Mia Lotta empfand.

Schäm dich, Mia Lotta!

Aber sie wollte sich nicht für etwas so Harmloses schämen. Trotzig warf sie den Kopf zurück und bedachte dabei nicht, wie dicht der fremde Herr hinter ihr stand. Eine Haarsträhne verhakte sich an einem Knopf seiner Weste, sie griff über ihre Schulter, um sich zu befreien, und da öffnete sich an ihrer Bluse Knopf um Knopf, wie bei einer Kettenreaktion.

„Noch mehr zauberhaftes Rot“, murmelte er. „Rosarot, Sie sind wie eine Rose, noch zart, aber bald voll erblüht.“

War es Absicht oder Zufall, dass sie stolperte und nach hinten fiel? Der Kavalier fing sie auf und hielt sie fest. Nun umschlangen seine Arme ihren fast nackten Oberkörper, der Spiegel schaukelte hin und her und zeigte ihr ein aufregendes Bild in Weinrot, Rostrot und Rosarot, und man hätte den Blick nur noch ein Stück weiter nach unten gleiten lassen müssen, um ein ganz besonderes Rot zu entdecken, wie sie bei den heimlichen Spielen mit Suzanna in Wien festgestellt hatte. Die Cousine hatte darauf beharrt, alles mit einem kleinen Spiegel ganz genau in Augenschein zu nehmen, erst bei der einen und dann bei der anderen und zuletzt, um besser vergleichen zu können, noch einmal zusammen mit gespreizten Schenkeln vor dem großen Standspiegel im Ankleidezimmer der Tante. Das große Spiegelbild hatte bewiesen, dass es in den zwischen glatten Schenkeln verborgenen Schatzkästchen nicht bei allen jungen Frauen gleich aussah. Die Unterschiede waren gewaltig, und mit heimlichem Stolz hatte Mia Lotta in Wien festgestellt, dass ihr Schoß eindeutig wandlungsfähiger war als der ihrer Cousine, was für ihren gewaltig anschwellenden kleinen Dorn ebenso galt wie für das lebhafte Farbenspiel ihrer Haut.

Mia Lotta spürte, wie ihr Schoß im Rhythmus des Zuges vibrierte. Nur mit Mühe konnte sie ein Stöhnen unterdrücken, doch ihre prallen feuchten Lippen und die halb geschlossenen Augenlider sprachen eine deutliche Sprache.

Ja!, sagten ihre Lippen. Ja! Komm! So komm doch! Küss mich! Berühr mich!

Es kam ihr wie eine Ewigkeit vor, bis die für einen Mann ungewöhnlich roten Lippen endlich ihren Hals berührten. Sie konnte es gleichzeitig sehen und spüren, auch diese Erfahrung war neu und ungeheuer aufregend.

„Ich habe nie zuvor so bereut, dass ich bin, wie ich bin“,

murmelte der Männermund und zupfte sanft an ihrem Hals, hinterließ winzige rote Male und schürte die Lust, ES endlich zu erfahren. Mit einem Mann aus Fleisch und Blut.

„Und wie sind Sie?“, hauchte sie.

Mit einem Mal wurde die Abteiltür aufgeschoben, und da stand der Schaffner vor ihnen und starrte Mia Lotta an. Seine kleinen Augen saugten sich an ihr fest und verwandelten die Offenbarung ihrer Schönheit und Leidenschaft in etwas Billiges. Mia Lotta wünschte sich, die Erde möge sich auftun. Doch ihr Reisebegleiter erwies sich erneut als Retter in der Not. In einem Tonfall, der keinen Widerspruch duldete, befahl er dem Uniformierten, sich umgehend abzuwenden.

Mürrisch gehorchte der Mann. „Und was ist mit Ihren Fahrkarten?“

Aus den Augenwinkeln verfolgte Mia Lotta, wie Conrad Cappellani den Schaffner nach draußen auf den Gang drängte und seine Brieftasche aus rot gefüttertem Lackleder zückte. Eilig schlüpfte sie aus ihrem Slip, der eklig klamm war und verdächtig roch. Sie stopfte ihn in ihre Handtasche, knöpfte hastig ihre Bluse zu, drehte die Haare notdürftig zusammen und fixierte sie mit ein paar Klemmen. Dann zog sie ihr Ticket aus ihrer Handtasche. Durch den Spalt der Abteiltür hörte sie den Beamten ungeduldig nach dem Fahrschein der jungen Dame verlangen.

„Hier bitte!“ So kühl wie möglich reichte sie den Fahrschein nach draußen.

„Dieser Fahrschein gilt nur für die zweite Wagenklasse“, erklärte der Kontrolleur.

„Ich weiß“, antwortete Mia Lotta.

„Aber Sie reisen erster Klasse", belehrte sie der Schaffner.

„Die Dame reist natürlich erster Klasse. Was bekommen Sie von uns?" Noch ehe Mia Lotta protestieren konnte, beglich Conrad Cappellani die Differenz.

Mit dem kleinen Wörtchen „uns" schirrte er sie beide zusammen und eliminierte jede Peinlichkeit. Er wollte seine Auslagen auch keineswegs zurückerstattet haben.

„Bringen Sie bitte einen Mann, der eine Schönheit wie die Ihre leider nur von Weitem bewundern kann, nicht in Verlegenheit."

„Aber das geht doch nicht", widersprach sie und ging vergeblich ihr Wiener Schatzkästchen für Etikette nach Verhaltensregeln für eine derartige Situation durch. Derlei war nicht vorgesehen, sie musste passen. Erneut schien Conrad Cappellani ihren Konflikt zu ahnen und kam ihr zu Hilfe.

„Aber wenn Sie möchten, könnten Sie sich durchaus revanchieren", meinte er.

„Gern", versicherte sie und unterdrückte gewaltsam die Erinnerung an noch frische Bilder vor einem mit schmalen Messingleisten gerahmten Spiegel.

„Dann gestatten Sie mir, dass ich Sie in den Speisewagen entführe. Ich hasse es, alleine zu speisen."

Mia Lotta nickte. „Mir geht es genauso. Aber was ist mit meinen Bildern?"

„Kein Problem. Es gibt ein bewachtes Abteil für wertvolle Gepäckstücke."

Es war herrlich, sich von diesem Gentleman helfen zu lassen. Ein Herr vom Scheitel bis zur Sohle. Die Zeit verstrich wie im Flug. Conrad Cappellani verstand überaus amüsant zu plaudern. Zudem war er dem Kellner bestens bekannt, der ihn hofierte wie eine wichtige Persönlichkeit. Bestimmt war er das auch. Seinen Erzählungen entnahm Mia Lotta, dass er mit den Reichen und Schönen und allen erdenklichen Berühmtheiten vertraut war. Sie alle kamen zu ihm in seinen Salon, um sich von ihm perfekt inszenieren zu lassen.

„Das muss wunderbar für Sie sein", meinte Mia Lotta und erntete ein Kopfschütteln.

„Auf Dauer ist es eher ermüdend. Aus einem Zirkuspferd machen Sie nun mal kein rassiges Vollblut. Es gibt viele Zirkuspferde auf dieser Welt, viel zu viele. Dabei dürfte ich mich genau genommen nicht beklagen, denn diese Klientel ernährt mich." Einem kummervollen Seufzer folgte eine kurze Pause, dann fuhr er mit einem bewundernden Blick fort: „Wissen Sie, was wirklich wunderbar für mich wäre?"

„Verraten Sie es mir", bat Mia Lotta.

„Wunderbar wäre, wenn ich eines Tages Ihnen einmal zu Diensten sein dürfte."

Der Zug verlangsamte seine Fahrt, über Lautsprecher wurde ihnen mitgeteilt, dass sie München in wenigen Minuten erreichten. Conrad Cappellani gab dem Kellner einen Wink, doch er war nicht der Einzige, der bezahlen wollte. Mit einem Ruck hielt der Zug. Mia Lotta sprang von ihrem Sitz auf. Sie hatte über der charmanten Unterhaltung beinahe vergessen, weshalb sie unterwegs war. Freundlicherweise hatte der Galerist angeboten, sie vom Bahnhof abholen zu lassen.

Mit einem hastigen „Danke vielmals!“ machte sie sich auf den Weg ins Gepäckabteil und stand wenig später atemlos auf dem Gleis, wo sie sich suchend umsah und erleichtert aufatmete, als sie über den Köpfen der anderen Reisenden ein Schild mit ihrem Namen entdeckte.

Im selben Moment stieg auch ihr Reisebegleiter aus dem Zug, um ihr mit eiligen Schritten zu folgen.

„Hallo, alter Junge, seit wann stellst du Ladys nach? Muss ich mir etwa Sorgen um dich machen?“ Ein Mann stellte sich Conrad Cappellani in den Weg und grinste lausbubenhaft, was ungemein ansteckend und sympathisch wirkte.

Doch offenbar nicht für Conrad Cappellani. „Ich folge dem Ruf der Schönheit“, sagte dieser sichtlich ungehalten. „Was machst du überhaupt hier? Seit wann benutzt Mark Neubauer ein öffentliches Verkehrsmittel?“

Ein gequältes Lächeln zeigte sich im Gesicht des ohne Zweifel gut aussehenden Mannes namens Mark Neubauer. Sein athletischer Körperbau zeichnete sich unter dem dünnen Stoff seines perfekt sitzenden Anzugs ab. Ein Dandy-Outfit, sollte man meinen. Nicht viele Männer konnten es sich leisten, ein solch seidig glänzendes Material mit schwarzen Nadelstreifen auf weißem Grund zu tragen. Das Oberhemd dazu war schwarz mit weiß gerundeten Manschetten und Kragenspitzen, die Schuhe waren schwarzweiß, das lässig offene Hemd zeigte einen kräftigen Hals, der zu dem markanten Gesicht darüber passte. Ein Adonis mit dem Gesicht eines leidenden Engels.

Conrad Cappellani schien indes diese Leidensmiene

nicht sonderlich zu bekümmern. Er zog skeptisch eine Augenbraue hoch, zupfte gleichzeitig eine Fluse vom Ärmel seines Gegenübers und streichelte dabei mit sichtlichem Wohlgefallen über den edlen Stoff. „Dieselbe Farbkonstellation wie bei deinem neuen Maserati", meinte er und fügte nach einer kurzen Pause hinzu: „Du hast ihn doch nicht etwa zu Schrott gefahren?"

„Wofür hältst du mich?", wehrte Mark, offenbar in seiner Ehre verletzt, ab. „Ich habe ihn meiner Schwester geliehen."

„Sehr generös von dir."

„Renata bringt unseren Vater mit dem Maserati zum Flughafen, wenn du es genau wissen willst." Mark versenkte bei diesen Worten eine Hand in der Hosentasche und ballte sie zur Faust, was zu Folge hatte, dass der dünne Hosenstoff sich spannte und keinen Zweifel daran ließ, dass sein Penis überdurchschnittlich proportioniert war.

„Hat deine Schwester sich nicht gerade selbst ein neues Auto zugelegt?", fragte Cappellani. „So einen kleinen schnellen Flitzer?"

„Der ist unserem Vater zu unbequem. Außerdem hätte sein Gepäck nicht in Renatas Kofferraum gepasst."

„Ich dachte, euer Vater will so rasch wie möglich seine neue Villa am Starnberger See beziehen. Und jetzt verreist er noch groß?"

Mark nickte grimmig. „An dem Einzugstermin darf sich auch nichts ändern, andernfalls sind wir so gut wie erledigt, insbesondere meine Wenigkeit."

„Hm. Ist denn wenigstens alles entschieden, was Ärger geben könnte? Die Möbel, die Bepflanzung, halt all diese Dinge?"

„Die Order meines Vaters lautet schlicht und ergreifend: Die neue Nachbarschaft soll vor Neid gelb anlaufen, wenn er seine Housewarming-Party schmeißt. Wie wir das anstellen, bleibt uns als den zukünftigen Erben des Neubauer'schen Imperiums überlassen. Manchmal wünsche ich mir fast, wir wären ohne Aussicht auf einen einzigen Penny zur Welt gekommen." Nervös bewegte Mark die Hand in seiner Hosentasche, sodass der Stoff bedrohlich spannte.

„Das wird schon. Deine Schwester hatte doch schon immer einen hervorragenden Geschmack", meinte Conrad Cappellani mit einem ebenso nervösen wie begehrlichen Blick auf die solcherart strapazierte Hosenregion.

Mark nahm die Hand aus der Hosetasche und strich sich eine Haarsträhne aus der Stirn. „Ist schon klar, dass du das sagst. Schließlich gehört Renata zu deinen besten Kundinnen. Sie kann dir einfach nicht widerstehen."

„So wenig wie du", bestätigte Conrad Cappellani. „Ihr beide werdet den stolzen Hausherrn gewiss nicht enttäuschen, davon bin ich überzeugt."

„Dein Wort in Gottes Ohr." Mark Neubauers Miene verdüsterte sich. Er sah jetzt aus wie ein tragischer Held. Auch diese Rolle stand ihm gut zu Gesicht.

„Euer Vater hat nun einmal sehr präzise Vorstellungen davon, wie etwas zu sein hat, und ..."

„Und wehe, etwas weicht von diesem vorgegebenen Kurs ab", ergänzte Mark, „dann ist Schluss mit lustig. Im Augenblick ist er speziell auf mich gar nicht gut zu sprechen. Ich bin in keinem Vorstand und in keinem Aufsichtsrat, ich bin noch immer nicht verheiratet, nicht einmal verlobt. Ich spiele kein Golf und tummele mich nicht pausenlos auf irgendwelchen Wohltätigkeitsveranstaltungen, ich bin – das ist ein Zitat – das Geld nicht wert, das mein Vater in meine Zukunft investiert hat."

„Dir ist doch immer noch etwas eingefallen." Conrad Cappellani strich andächtig über das Revers seines Gegenübers. „Was für ein Stöffchen."

Ungeduldig trat Mark einen Schritt zurück. „Allein für das Wort Stöffchen würde dich mein Vater steinigen. Er hat's gern seriös, um nicht zu sagen: erzseriös. Und wehe, einer erinnert ihn daran, womit er seine Millionen gemacht hat." Mark warf einen hastigen Blick auf seine Armbanduhr, die auf den ersten Blick schlicht wirkte, doch dem dezenten Glitzern nach rund um das Ziffernblatt ein Vermögen wert sein musste. „Nimm's mir nicht übel, ich muss los."

Conrad Cappellani nickte. „Dann viel Glück! Und denk daran, dass jemand wie dein Vater überall seine Informanten sitzen hat."

„Was willst du mir damit sagen?"

„Vielleicht, dass du eine Weile hübsch seriös bleiben solltest?"

„Gibt es etwas Seriöseres als echte und obendrein blaublütige Ahnen?" Damit machte Mark sich auf den Weg.

Nicht nur Conrad Cappellani sah ihm bewundernd nach. Eine ganze Reihe von Frauen tat mehr oder weniger unauffällig dasselbe. Mark war zweifelsfrei ein Mann, der überall auffiel.

Die Räume der Galerie waren weitläufig. Verteilt auf vier Stockwerken präsentierten sich Kunstwerke aus verschiedenen Kunstperioden, und je höher man kam, umso älter und teurer wurden die Exponate. Mia Lotta wurde mit ihrer Kollektion nach oben zum Allerheiligsten des Chefs geleitet.

„Es freut mich wirklich sehr, dass Sie den Weg zu uns gefunden haben“, sagte der Galerist. Er erwartete sie unter dem gläsernen Spitzdach und wies mit einer einladenden Handbewegung auf eine offene Flügeltür. „Herr Neubauer müsste jede Minute hier eintreffen. Wie er mir sagte, ist er außerordentlich interessiert. Was darf ich Ihnen anbieten? Kaffee, Tee, ein Gläschen Champagner?“

„Von dem Kaffee würde ich Ihnen abraten“, sagte eine Männerstimme.

Es war eine sehr tiefe und volle Stimme, die eine frappierende Wirkung auf Mia Lotta ausübte. Sofort fiel ihr ein, dass sie noch immer keine Strumpfhosen und nicht mal mehr einen Slip trug. Sie sollte sich schämen, doch stattdessen fühlte sie sich auf seltsam angenehme Weise nackt unter ihrem Kostümrock, als sie sich suchend umsah. Ihr Blick blieb an einer überlebensgroßen Skulptur hängen, deren mächtige Flügel Mia Lotta an die Engel im Park daheim erinnerte, auch wenn jene nicht wie dieses Exemplar aus schwarz glänzendem Granit waren. In diesem Augenblick bewegte sich etwas hinter der Engelsgestalt, duckte sich blitzschnell und trat mit einem schelmischen Lächeln unter dem linken Flügel hervor. Was für ein Mann! Ein Mann, der gewiss stets alle Aufmerksamkeit auf sich zog. Wie gebannt starrte sie den Fremden an.

„Herrn Neubauers Bemerkung über unseren Kaffee ist natürlich nicht ganz ernst gemeint“, sagte der Galerist.

„Sie ist sogar todernst gemeint“, widersprach der Fremde und sah dabei Mia Lotta unverwandt an. „Ich wage gar nicht, mir vorzustellen, was passieren könnte, wenn Sie dieses üble Gebräu zu sich nähmen. Ich kann Sie nur warnen.“

Mia Lotta konnte dem Besitzer der Galerie unschwer ansehen, wie wenig er den Worten des Neuankömmlings abgewinnen konnte, auch wenn er sich zu einem mühsamen Lächeln zwang. Mia Lotta hingegen begann, sich königlich zu amüsieren, und als ihre Augen denen des Spötters begegneten, musste sie automatisch lächeln. Selten zuvor hatte sie in solch ein perfektes Männerantlitz gesehen.

„Sie sind also Experte für die Kunst der Malerei“, sagte sie. „Und obendrein für das Kochen von Kaffee?“

„Um ehrlich zu sein, verstehe ich rein gar nichts von Gemälden“, lautete die freimütige Antwort. „Von gutem Kaffee hingegen schon …“

„Sie sind nicht zufällig Wiener?“, unterbrach ihn Mia Lotta und wurde sich ihrer Unhöflichkeit im gleichen Moment bewusst. Ihre Großmutter wäre außer sich, und erst der Zeremonienmeister in Wien, der sich unzählige Stunden mit ihr und Cousine Suzanna herumgeplagt hatte. Wer jemand anderem ins Wort fiel, galt als extrem unhöflich. Der Mann, dem gegenüber sie sich gerade diesen Fauxpas geleistet hatte, schien das jedoch weniger eng zu sehen.

„Sagen wir: Ich bin Wahlwiener. Und wenn Sie mögen, zaubere ich Ihnen die beste Melange Ihres Lebens. Im Gegenzug könnten Sie mich dann mit Ihren Ahnen vertraut machen. Sie sind doch die junge Dame mit dem hochwohlgeborenen Stammbaum.“

„Ja, schon“, stammelte Mia Lotta und suchte nach den

passenden Worten für solch eine Situation. Wer verkaufte schon seine Ahnengalerie an einen Mann, gegen den Luzifer ein Langweiler war? „Warum wollen Sie unsere Ahnengalerie kaufen, wenn Sie nichts für Kunst übrig haben?", fragte sie.

„Es handelt sich um eine Überraschung für meinen Vater", erklärte Mark Neubauer bereitwillig. „Meine Schwester und ich … Entschuldigung." Er griff in die Tasche seines Sakkos, zog ein extrem flaches Handy hervor und wandte sich zur Seite.

Der Besitzer der Galerie nutzte die Gelegenheit, um Mia Lotta zu sechs Staffeleien zu lotsen, auf denen sie die sechs von ihr mitgebrachten Porträts arrangieren konnte. Er senkte seine Stimme zu einem vertraulichen Flüstern.

„Der junge Herr Neubauer ist mitunter etwas – ähm – impulsiv, aber nichtsdestotrotz ein zuverlässiger Geschäftspartner. Das darf ich Ihnen versichern."

Sekunden später lieferte Mark Neubauer einen überzeugenden Beweis für seine Impulsivität und überrumpelte damit nicht nur den Galeristen, sondern auch Mia Lotta.

„Meine Schwester wird sich verspäten, und das Flugzeug meines alten Herrn hat Verspätung. Ich schlage vor, dass wir uns direkt in der Villa treffen und gleich vor Ort prüfen, wie sich die Bilder dort machen. Wäre Ihnen das recht?", fragte Mark an Mia Lotta gewandt.

Verdattert stimmte sie zu, ohne zu wissen, dass besagte Villa ziemlich weit entfernt von München lag.

Die Villa am Starnberger See war von einer Sorte Traum, bei dem Mia Lotta das Gefühl nicht loswurde, sich durch eine Hollywoodkulisse zu bewegen. Von allem etwas zu viel. Sie fühlte sich von dieser Ansammlung teuerster Möbel und Teppiche förmlich erschlagen, alles atmete eine unpersönliche Kälte. Während Mark sie herumführte, fragte sie sich, ob die Notlage der Obersteins es ernsthaft rechtfertigte, ihre Ahnen an solch einem Ort auszusetzen.

„Ist Ihnen kalt?", erkundigte Mark sich besorgt.

„Ja, ein wenig", antwortete sie. „Es ist so ..." Sie stockte.

„Dass diese Protzvilla Ihnen das Blut in den Adern stocken lässt?" Mark traf den Nagel auf den Kopf, auch wenn sie es niemals so offen gesagt hätte. Noch ehe sie höflich widersprechen konnte, fuhr er fort: „Sie haben vollkommen recht, es ist ein Albtraum. Für Menschen wie Sie und mich ist das hier ein Albtraum, für einen Selfmademan wie meinen Vater hingegen ist es perfekt. Aber ich könnte Ihnen den Park und den See zeigen, bis meine Schwester endlich kommt. Direkt am Ufer gibt es einen wunderhübschen Pavillon, wo, wie es heißt, einst die Gattin des ersten Besitzers ihren Liebhaber empfangen hat. Dieser Pavillon ist übrigens alles, was von der alten Residenz geblieben ist. Die werten Nachbarn scheinen es ausgesprochen persönlich zu nehmen, dass mein Vater ansonsten keinen Stein auf dem anderen gelassen hat. Sie halten Distanz. Ich will mir gar nicht vorstellen, was los sein wird, sollten sie seine Big Party boykottieren."

„Das tut mir leid für Ihren Vater", erwiderte Mia Lotta und unterdrückte das Gefühl, die unbekannten Nachbarn gut verstehen zu können. Dazu gesellte sich ein völlig unpassendes Prickeln, das von einem einzigen Wort ausgelöst worden war. Ihr Begleiter hatte von einem Liebhaber gesprochen, und plötzlich gelüstete es sie ungemein, jenen Ort der verbotenen Leidenschaft aufzusuchen. „Ich würde mir den Pavillon sehr gern anschauen", fügte sie hinzu. Ihre Wangen brannten, sie erkannte sich selbst kaum wieder. Luft und Wind würden sie hoffentlich abkühlen, bevor Mark etwas merkte. Rasch wandte sie sich um und ging nach draußen in den Park, der zum See hin abfiel.

Wenig später hörte sie, wie das schwere Portal des Hauses ins Schloss fiel. Schuhe knirschten über den Kies, dazu gesellte sich ein zartes Klirren. Welch ein Anblick! Der Sohn des Hausherrn balancierte ein Silbertablett mit zwei Sektflöten, einem Sektkühler nebst Flasche und zwei Schälchen.

„Oh!", war alles, was sie hervorbrachte. Wollte er sie etwa beschwipst machen? Doch statt sich zu sorgen, dieser Fremde könnte die Situation ausnutzen, verspürte sie den Drang, ihrer Cousine im fernen Wien zu beweisen, dass auch eine Mia Lotta sich etwas traute.

Ich hatte unter meinem Rock nichts an, hörte sie sich in Gedanken sagen und Suzanna am anderen Ende der Telefonleitung nach Luft schnappen. Und dann? Natürlich würde ihre Cousine darauf bestehen, jedes Detail zu erfahren. Dann, würde Mia Lotta erwidern, dann habe ich ihn dazu gebracht, mir den Pavillon zu zeigen, und nicht nur den Pavillon. Es war eine Offenbarung, wie er mich gepackt und an sich gerissen …

„Achtung!", warnte Mark. „Hier hört die Zivilisation auf."

Mia Lotta bemerkte zu spät, dass der von kunstvoll geschnittenen Buchsbaumkugeln gesäumte Weg abrupt endete und sich zum Ufer hin senkte. Wurzeln, dicker als ihr Unterarm, zogen sich durch das feuchte Erdreich, und schon war sie mit einem Absatz hängen geblieben, ruderte sekundenlang mit den Armen in der Luft und schlug der Länge nach hin. Beschämt rappelte sie sich hoch und blickte an sich hinab. Ihr ganzes Kleid war voller schlammiger Flecke, die Feuchtigkeit saugte sich durch den Stoff und zeichnete ihre Schenkel nach und formte im Schritt eine verräterische Mulde. Mit hängenden Armen stand sie da wie paralysiert.

„Das tut mit leid!“, rief Mark Neubauer besorgt. „Ich hätte Sie eher warnen müssen. Am besten kehren wir ins Haus zurück, um Ihre Kleider dort zu reinigen.“

So viel zum Thema Liebhaber, dachte Mia Lotta frustriert und folgte Mark zurück zum Haus. Womöglich hatte sie eine Chance vertan, ES mit einem Mann zu tun, der Teufel und Engel in einem war.

Als sie das imposante Portal der Villa wieder erreichten, stieß Mark Neubauer mit einem Mal einen Fluch aus: „Verdammt!“

„Stimmt etwas nicht?“, erkundigte sie sich vorsichtig.

„Ich habe den Schlüssel in der Halle vergessen. Wir kommen nicht mehr hinein.“

Mia Lotta zupfte an ihrem durchnässten Rock, der sich beim Gehen immer höher geschoben hatte und an der nackten Haut zwischen ihren Beinen festklebte. „Und jetzt?“, fragte sie nervös. „Meine Handtasche ist auch noch dort drinnen.“

„Jetzt können wir nur darauf hoffen, dass meine Schwester sich beeilt.“

„Und was machen wir so lange? Wenn mich jemand so sieht. Und es wird auch langsam kühl.“ Und, ergänzte Mia Lotta stumm, mein Slip ist in meiner Handtasche.

„Wir warten im Pavillon“, sagte Mark. „Dort finden wir bestimmt etwas Trockenes für Sie, einverstanden?“

„Einverstanden.“

Mark zog sein Handy aus der Brusttasche. „Ich rufe meine Schwester an, dass wir im Pavillon auf sie warten“, sagte er. Wenige Minuten später – er hatte seiner Schwester eine Nachricht auf der Mailbox hinterlassen – geleitete er Mia Lotta zum Pavillon, der wie ein Hexenhaus wirkte. Knöterich und Clematis hatten die Fenster komplett überwuchert, sodass sie sich nicht mehr öffnen ließen. Sobald man die Tür schloss, umfing einen Dunkelheit. Es gab in dem Häuschen weder elektrisches Licht, noch eine Heizung und erst recht kein trockenes Kleidungsstück. Die Holzbohlen knarrten, untermalt von Vogelgezwitscher, eine kühle Brise wehte durch die Türritze, und man hörte die Wellen des Sees sanft gegen das Ufer plätschern.

Mia Lotta fühlte sich in eine andere Welt versetzt. Irrwitzige Gedanken kamen ihr in den Sinn, Verführungsszenen aus Romanen, die sie und Suzanna sich einander wieder und wieder vorgelesen hatten. Romantik und Wildheit, die so mitreißend war, dass sie jede Moral außer Kraft setzte …

„Sie haben ja eine Gänsehaut“, sagte Mark erschrocken. „Sie werden sich den Tod holen, und ich bin schuld. Warten Sie, ich gebe Ihnen mein Sakko.“

„Ich bräuchte etwas Trockenes auf der Haut“, sagte Mia Lotta.

„Vielleicht", schlug er zögernd vor, „wäre es besser, wenn Sie das Kostüm auszögen. Sie können sich auf mich verlassen, ich werde die Situation nicht ausnutzen."

Das war der Augenblick, in dem Mia Lotta beschloss, die Gunst der Stunde zu nutzen. Das Schicksal bot ihr den perfekten Vorwand, und dieser Mann war ein Traum. Sie gehörte geprügelt, wenn sie jetzt nicht zugriff.

Während Mark sich diskret umwandte, stieg sie aus Rock, Kostümjacke und Bluse, zog auch noch den BH aus und versteckte ihn hastig in der Tasche des Sakkos, das sie nun anzog. Es reichte ihr bis zur Mitte ihrer Oberschenkel und war noch warm von seinem Körper. Es roch auch nach ihm. Wohlig schmiegte sie sich in das Futter.

„Sie können sich wieder umdrehen", sagte sie mit heiserer Stimme. „Und ein Glas Sekt wäre jetzt auch schön. Offen gestanden, habe ich Durst."

„Und Hunger?", fragte er und wandte sich zögernd zu ihr um. Seine kräftigen Hände hielten das Silbertablett, auf dem es jetzt bedenklich schepperte. Gerade so, als ob ein Orkan durch den Pavillon brauste.

„Kommt darauf an, was Sie so zu bieten haben", sagte sie und musste sich über sich selbst wundern. War das noch die gänzlich unerfahrene Mia Lotta? Die junge Frau, die allenfalls im stillen Kämmerlein ihre Fantasie und Finger spielen ließ?

„Ich hoffe, Sie mögen Cracker und Cornichons? Die Vorratskammer ist noch leer, und die neue Haushälterin tritt erst nächste Woche ihren Dienst an. Aber der Champagner ist wirklich gut, wenn auch etwas zu warm."

„Machen Sie ihn auf", bat Mia Lotta und kam ihm entgegen. Es war wohl kein Zufall, dass das tief gezogene Revers verrutschte und weit mehr preisgab, als sich gehörte. Sie hatte sich immer danach gesehnt, mehr von ihren Brüsten herzeigen zu dürfen. Wenn sie auf etwas an ihrem Körper stolz war, dann auf diese milchig weißen, vollen Kugeln, die weich und zugleich fest waren und einen aparten Kontrast zu ihrer schmalen Taille bildeten.

Mark öffnete die Flasche und füllte die Sektflöten, von denen er ihr eine reichte.

„Danke", sagte sie, hielt mit einer Hand das Sakko zusammen und nahm einen kräftigen Schluck.

„Mögen Sie auch einen Cracker? Oder ein Gürkchen?" Er wirkte verlegen: Der Gegensatz zu seiner äußeren Erscheinung war immens, und dieser Kontrast machte sie mutiger.

Sie nahm noch einen Schluck und noch einen. Der lauwarme Champagner kitzelte in Hals und Nase. Sie musste kichern. „Dann müssen Sie mich aber füttern", sagte sie. „Sonst muss ich nämlich Ihr Sakko loslassen, und dann bin ich nackt."

Mark Neubauer fütterte sie. Er war hinreißend um sie besorgt. Abwechselnd ließ er sie in einen Cracker und ein Gürkchen beißen. Es krümelte und tropfte auf den Stoff seines Sakkos. Sie wurde sich mehr und mehr ihrer nackten Haut darunter bewusst, und sie nahm den Geruch des leicht modrig riechenden Polsters des einzigen Möbelstücks im Raum wahr, eine ausladende Recamière, deren Sprungfedern fast bis zum Boden durchhingen.

„Geht es Ihnen jetzt etwas besser?", erkundigte er sich und mühte sich redlich, jeden Kontakt zu ihren vorwitzigen Brüsten zu vermeiden.

Mia Lotta bohrte die Ellbogen in das Polster und richtete sich so gut es ging auf, was zur Folge hatte, dass ihr Hinterteil immer tiefer in die Kuhle des Liegemöbels rutschte und sein Jackett endgültig den Kampf mit ihrem wollüstigen Körper verlor. Sie fühlte sich sicher in diesem Pavillon, als Herrin der Situation, gerade so, als ob der Geist jener anderen Frau sich ihrer bemächtigt hätte und ihr zeigen wollte, wie man einen Liebhaber verführte. Oh ja, sie wollte ihn verführen. Sie wollte es endlich tun und einen Männerkörper an sich spüren. Lüge! Sie wollte ihn nicht nur an sich, sondern ihn auch in sich spüren. Sie wollte, dass dieses herrliche Mannsbild in ihr williges Fleisch griff, sie walkte und melkte und am Ende aufspießte. Sie wollte alles. Jetzt gleich. Sie schloss die Augen, lehnte den Kopf nach hinten und stöhnte leise.

„Mein Gott! War das Salzgebäck etwa nicht mehr gut?"

„Es hat gekrümelt." Mit geschlossenen Augen tippte Mia Lotta auf eine Stelle in der Höhe ihres Brustbeins.

„Das … das tut mir leid." Er stotterte tatsächlich.

War das niedlich! Dieser Riesenkerl, der aussah, als ob er einem Wildschwein mit der bloßen Hand den Garaus machen könnte, ließ sich von ein bisschen nackter Haut aus der Fassung bringen.

Von ihrer Haut wohlgemerkt!

„Vielleicht könnten Sie den Krümel für mich wegmachen", schlug sie vor. „Er kitzelt nämlich ganz schrecklich, und mir ist auf einmal so schwindelig." Sie spürte, wie er zurückzuckte. Unter leicht gehobenen Wimpern sah sie ihn verharren und dann vorsichtig wieder näher kommen.

Eine Hand streckte sich aus, ein Finger schnellte vor, zwei Finger formten sich zum Pinzettengriff und pickten einen der beanstandeten Krümel auf. Sie hörte ihn schwer atmen, gerade so, als ob er soeben eine Mutprobe hinter sich gebracht hätte.

„Ist es besser so?", erkundigte er sich.

Mia Lotta beschloss, alles auf eine Karte zu setzen. Genau genommen war es allerdings nichts, was sich zu einem Gedanken formte, sondern ein Impuls, der stärker als sie selbst und jede Etikette war. Sie schnappte nach seiner flüchtigen Hand, umklammerte sein Handgelenk und hielt es fest. Daran zog sie sich hoch, bis sie seine dampfende Wärme spürte. Er schwitzte, und wie er schwitzte. Nun roch sie es auch: eine köstliche Mischung aus Aftershave und frischem Schweiß. Jetzt waren auch seine Augen nicht länger auf der Flucht, wie sie zufrieden feststellte. Wie gebannt starrte er auf ihre großen weißen Kugeln mit den kecken dunklen Kirschen darauf. Zweifelsfrei war sie es, die diesen Mann derart in Wallung brachte, und sie musste ihm jetzt nur noch klarmachen, dass seine Hemmungen absolut überflüssig waren. Das Schicksal hatte ihn auserkoren, sie von etwas zu befreien, das für eine junge Frau von sechsundzwanzig Jahren nur noch peinlich war.

„Gefallen sie Ihnen?", fragte sie kokett und verfluchte ihre Stimme dafür, dass sie bei der Umsetzung ihrer Verführungsoffensive so merkwürdig vibrierte und in die Höhe rutschte. Eine piepsende Femme fatale, du meine Güte!

„Wie bitte?"

„Ich fragte, ob …" Sie führte seine Hand von der einen zur anderen Brust und fuhr dann fort: „… sie Ihnen gefallen. Oder sind sie Ihnen zu üppig?“

„Sie haben ganz wunderbare Brüste“, stotterte er. „Einmalig schöne Brüste. Ich bin nur einmal in meinem Leben einer Frau mit solchen Brüsten begegnet, genauso weich und samtig. Ein Ruhekissen, an dem man die Welt um sich herum vergessen möchte.“ Sein Blick veränderte sich, wurde weich und sehnsüchtig.

Mia Lotta konnte nicht anders. Sie zog ihn an sich, sodass sein Gesicht auf ihrem doppelten Naturkissen zu liegen kam. Wie von selbst liebkosten seine vollen Lippen die zarte Haut, suchten und fanden die sich aufgeregt reckenden Knospen und begannen gierig zu saugen, während seine Hände sie umklammerten. Mia Lottas Hand tastete sich in seinen breiten Nacken, die Temperatur dort war tropisch. Sie schob den offenen Kragen nach unten, sie wollte ihn endlich ganz spüren, er sollte dieses verdammte Hemd ausziehen und sie nehmen, mit Haut und Haar, sie war bereit.

Es dauerte einen Augenblick, bis sie bemerkte, dass er sich von ihr gelöst hatte und sich aufrichtete. Allerdings nicht, um sich endlich im Adamskostüm zu präsentieren.

„Das Handy“, murmelte er. „Das wird meine Schwester sein.“ Er sprang auf und tastete seinen Körper suchend ab, etwas, was sie liebend gern getan hätte. Dann ging er in die Knie und begann fieberhaft am Boden zu suchen. „Wo ist das verflixte Ding nur?“ Er verfolgte das nervtötende Geräusch bis unters Sofa und meldete sich hastig.

„Renata … hallo … was sagst du? Warte eine Sekunde, hier drinnen ist kein guter Empfang, ich muss kurz raus.“ Mit dem Handy in der Hand stürzte er hinaus ins Freie, ließ die Tür offen.

Ein Schwall kühler Seeluft schwappte herein. Dazu gesellten sich tanzende Insekten. Fröstelnd zog Mia Lotta sich das Männersakko um den Körper. Was tat sie hier?

Als Mark endlich zu ihr zurückkehrte, schien es Mia Lotta, als sei eine Ewigkeit vergangen. Seine Mimik verriet die pure Verzweiflung.

„Ich fürchte, ich habe keine guten Neuigkeiten", gestand er. „Und was das Schlimmste ist: Mein Akku hat sich gerade verabschiedet. Jetzt sitzen wir hier fest, denn ich kann nicht einmal mehr ein Taxi rufen. Und so wie wir aussehen ..."

„Was ist denn mit Ihrer Schwester?", fragte sie.

„Ich habe nur noch Renatas Nachricht auf der Mailbox abrufen können. Sie schafft es heute nicht mehr bis hierher. Es ist etwas mit dem Maserati. Der Wagen muss abgeschleppt werden, und die Werkstatt öffnet erst morgen früh um acht. Möglicherweise muss auch ein Ersatzteil geordert werden, und das kann dauern. Deshalb hat sie versucht, den Hausverwalter meines Vaters zu erreichen, aber er hat offenbar schon Feierabend."

„Dann müssen wir also hier übernachten", konstatierte Mia Lotta und versuchte, sich nicht anmerken zu lassen, dass diese Aussicht ausgesprochen belebend auf sie wirkte. Eben waren sie unterbrochen worden, jetzt konnten sie ungestört weitermachen, denn mitten in der Nacht kam sicher niemand mehr zu ihnen heraus und störte sie.

„Es tut mir wirklich aufrichtig leid", versicherte er. „Wenn ich nur irgendetwas tun könnte."

„Du könntest mich mit einem zweiten Glas Champagner trösten", schlug sie vor und registrierte, dass sie schon wieder gegen eine Regel des guten Benehmens verstoßen hatte. Niemals durfte eine junge Dame einen Herrn mit dem Du überfallen, erst recht nicht, wenn dieser Herr gut und gern fünfzehn Jahre älter war als sie selbst. „Ist es in Ordnung, wenn wir uns duzen?", fragte sie schnell und ergänzte stumm: Gegen Küssen und Fummeln und das volle Programm habe ich auch nichts.

Mark nickte verdattert, dann schüttelte er den Kopf. „Ja", sagte er. „Ich meine, nein, natürlich ist das in Ordnung. Es ist sogar mehr als in Ordnung." Er holte tief Luft, bevor er voll aufrichtiger Bewunderung fortfuhr: „Du bist wirklich eine bemerkenswerte Frau. Jede andere an deiner Stelle würde kreischen oder sonst wie herumzicken. Sogar meine Schwester würde die Nerven verlieren."

„Was ist denn nun mit dem Champagner?", fragte sie betont burschikos. Sie wollte jetzt nicht über seine Schwester oder Zicken reden. Sie wollte gar nicht reden. „Und wenn du noch ein saures Gürkchen für mich hättest … Aber schließe bitte wieder die Tür, sonst kommen die Mücken herein und fallen über mich her. Ich habe nämlich total süßes Blut."

Mark folgte ihrer Bitte umgehend. Die Dunkelheit kam ihren Plänen zupass, und weil es weder eine Taschenlampe noch eine Kerze gab, blieb Mark nichts anderes übrig, als alles zu ertasten. Das galt für die Schüssel mit den Cornichons ebenso wie für die Cracker und die Sektflasche und erst recht für ihren Mund, den er aufspüren sollte.

Mia Lotta machte es ihm absichtlich schwer und sorgte dafür, dass er mit dem Verlangten den eigentlichen Bestimmungsort immer wieder verfehlte. Sie beherzigte alles, was Suzanna ihr als perfekte Verführungsstrategie gepriesen hatte. Das waren Taktiken, die schon die Mätressen am Hof des Sonnenkönigs mit Erfolg praktiziert hatten. Und es klappte. Seine tastenden Hände erreichten ihre Schlüsselbeine, ihren Nabel und schließlich das weiche Polster zwischen ihren Beinen, das sich gierig spaltete. Anfangs entschuldigte er sich immer wieder, wenn er die falsche Öffnung bestücken wollte, aber endlich verstummte er. Der Ritter war unterlegen. Übrig blieb ein mehr als agiler und perfekter Männerkörper. Perfekt, um sie zu wärmen und ihr zu zeigen, wie es war, wenn es sich zwischen solch harten Muskelsträngen und Lenden ohne ein Gramm Fett regte und pochte und aufrichtete. Sein Phallus war genial, seidig und knorrig zugleich, und endlich hatte ihre neugierige Hand es geschafft, diesen prächtigen Schaft zu finden, zu umschließen und festzuhalten.

Der erste echte Männerschwanz in meinem Leben, dachte sie verzückt. Jetzt, war ihr nächster Gedanke, jetzt gleich! Leise Zweifel überfielen sie, wie ihr Part im Weiteren aussah. Was sollte sie tun? Was wurde an dieser Stelle von einer Geliebten erwartet? So genau wurde das in ihren Romanen nirgends beschrieben. Da kam der Held und nahm die Angebetete im Sturm. Auch die Tipps der Wiener Cousine hörten an dieser Stelle auf. Mark war offenbar ein echter Kavalier: Bis zum letzten Augenblick überließ er es ihr, wie weit sie gehen wollte, doch konnte sie ihm schlecht anvertrauen, dass dieser Weg absolutes Neuland für sie war. Zaghaft begann sie, seinen Knüppel zu streicheln. Ihre Hand fuhr auf und ab. Gleich würde er sie gewiss umgekehrt verwöhnen, und ihre Schenkel öffneten sich bereitwillig.

Auf und ab, allmählich schlief ihr das Handgelenk ein, und noch immer machte Mark keinerlei Anstalten, ihren geilen kleinen Punkt anzusteuern und zu einem großen Punkt zu machen. So weit war sie dank Wien mit ihrer Anatomie schon vertraut. Nichts. Sie löste ihre Hand von ihm. Ein letztes zartes Wippen, dann bog sich der eben noch stolz gereckte Stamm zur Seite und knickte um.

„Mark?“

Ein leises Schnarchen antwortete ihr. Mark war eingeschlafen. Im Schlaf schmiegte er sich an sie, sein Kopf suchte automatisch den Platz zwischen ihren Brüsten, wo er liegen blieb. Ein Schenkel schob sich angewinkelt über sie, er schirmte sie gegen die Kälte und die Insekten ab und gab ihr eine Vorstellung davon, wie es hinterher sein konnte. Warm und nah. Sie hatte nicht gedacht, dass es mit einem Mann so sein könnte. Nur das Zwischenstück fehlte, denn der Hauptgang war ausgefallen. Dabei wusste sie nicht, ob das an ihr gelegen hatte. Mit nagenden Selbstzweifeln schlief auch sie ein.

Sie schreckte auf, als helles Tageslicht mit einem Mal in den Pavillon brach, begleitet von einer unbekannten Stimme. Der Mann trug einen Lodenanzug mit Hirschhornknöpfen und ein dazu passendes Hütchen. Er sah aus wie jemand, der in einem Heimatfilm den Oberförster spielte. Weil Mia Lotta noch damit beschäftigt war, Traumland und Wirklichkeit zu trennen, durfte der Lodenmann ungeniert ihre Kurvenlandschaft observieren, und er sah sehr genau hin. Erst als Mark sich neben ihr zu regen begann, wurde Mia Lotta klar, dass sie keineswegs träumte.

Der Mann neben ihr war echt, der ungebetene Besucher war ebenfalls echt, und eine Zudecke gab es nicht. Mark war ihr einziges mögliches Schutzschild. Sie versuchte so gut es ging, sich seiner Arme und Beine zu bedienen, um sich gegen den penetranten Blick des fremden Mannes abzuschirmen. Warum drehte sich dieser ungehobelte Klotz nicht wenigstens um? Stattdessen sezierte er das Bild, das sich ihm bot, mit seinen unsympathischen Glubschaugen. Er stand dort wie festgenagelt.

„Was wollen Sie denn hier, von Grünen?“, knurrte Mark. „Sehen Sie nicht, dass Sie stören?“

Das dämliche grüne Hütchen begann zu wippen. „Ähm, Ihre Frau Schwester hat mich ausdrücklich beauftragt, so rasch wie möglich mit dem Ersatzschlüssel für die Villa herzukommen. Ähm. Offen gestanden hätte ich nicht damit gerechnet, Sie in Gesellschaft einer … ähm … Dame anzutreffen.“

In Mia Lotta begann es zu kochen. Dieses „Dame“ in Verbindung mit tausend Ähms hörte sich eindeutig halbseiden an. Dabei war sie eine anständige junge Frau, sie war sogar noch Jungfrau.

„Hören Sie!“, setzte sie an und wurde von Mark unterbrochen.

„Meine Verlobte und ich würden uns jetzt gern ohne Publikum anziehen“, sagte er. „Sie können ja schon mal in die Villa rübergehen und nachschauen, ob in den Bädern alles funktioniert. Und ein Frühstück wäre auch nicht übel, wenn Sie schon mal da sind.“ Mit einer mannhaften Handbewegung scheuchte Mark den Eindringling hinaus.

Mia Lotta konnte nicht anders, als ihn zu bewundern.

Er war ihr Held, auch wenn er die Festung – ihre Festung – warum auch immer nicht wie erhofft im Sturm genommen hatte. Trotzdem gab er Mia Lotta das Gefühl, eine andere zu sein. Es war ein königliches Gefühl, eng umschlungen mit einem Mann wie Mark aufzuwachen und verteidigt zu werden. Sie fühlte sich beschützt, sie war etwas Kostbares, und wenn sie sich gerade nicht verhört hatte, war sie sogar zur Verlobten befördert worden. Natürlich nur, um die zweifelsfrei schmutzigen Gedanken dieses Lodenmanns zu eliminieren und ihren guten Ruf zu schützen. Aber das änderte nichts daran, dass es ein herrliches Gefühl war.

„Ich bedauere sehr, dass du durch mich …“ Was Mark sonst noch sagte, verstand Mia Lotta nicht, da er sich gerade hektisch sein Hemd über den Kopf zog und damit endgültig die innige Verbindung zwischen ihren beiden Körpern auflöste.

So was nannte man dann wohl die Vertreibung aus dem Paradies.

Mia Lotta sprang auf, langte nach ihrer zum Trocknen am Fensterkreuz aufgehängten Kostümjacke, schlüpfte hinein und sah sich suchend nach ihrem Rock um. Ihre Jacke reichte gerade mal bis zum Bauchnabel, darunter flammte im Licht der Morgensonne ihr rötlich-blonder Busch, ein, wie sie zugeben musste, reichlich schlampiger Anblick. Die getrockneten Schlammflecken auf der Kleidung taten ein Übriges. Wo verflixt war ihr Rock? Etwa unter der Recamière? Bücken konnte sie sich nicht. Der bloße Gedanke daran, im Taghellen jede Sommersprosse auf ihrem Gesäß und die Schlucht dazwischen vorzuführen, ließ sie schaudern. Egal, was in der hinter ihr liegenden Nacht geschehen war, im Augenblick fühlte sie sich nur noch nackt und verletzlich.

Ihr Übermut vom Vorabend war verschwunden. Wie sollte sie ihrer Großmutter erklären, warum sie über Nacht fortgeblieben war, nicht einmal angerufen hatte und nun vollkommen derangiert aussah? Im selben Augenblick sah sie sich moralisch schrumpfen. Wenn davon etwas nach Oberstein durchsickerte, wäre dies eine Katastrophe.

„Mein Gott“, stöhnte sie und fasste in die Taschen ihrer Kostümjacke, die seltsam ausgebeult waren. Ihre Finger erwischten ihren Büstenhalter. Zusammen mit dem Höschen in ihrer Handtasche waren es untrügliche Indizien dafür, dass sie willentlich ein unschickliches Verhältnis hatte herbeiführen wollen. Sie sollte sich nicht wundern, wenn die Strafe auf dem Fuße folgte. „Mein Gott!“, sagte sie noch einmal und hielt die eine Hand vor ihre Scham und bedeckte mit der anderen ihre Poritze. „Ich muss gehen“, sagte sie. „Ich muss so schnell wie möglich nach Hause.“

„Beruhigen Sie sich“, sagte Mark. „Ich werde auf der Stelle alles Nötige veranlassen.“

Und er hielt Wort. Mia Lotta saß bereits im Zug – ihre Kleidung war dank der hauseigenen High-Tech-Reinigungsgeräte wieder in einem tadellosen Zustand, und auch sonst erinnerte äußerlich nichts mehr an die vergangene Nacht –, als ihr bewusst wurde, dass Mark zum formellen Sie zurückgekehrt war und sie auch nicht gefragt hatte, ob er sie wiedersehen dürfe. Immerhin hatte er darum gebeten, die Ahnenporträts bei sich behalten und sie seiner Schwester zeigen zu dürfen. „Wir melden uns dann“, hatte er gemeint.

Von Marks Penthauswohnung waren es nur ein paar Schritte bis zum Marienplatz, einem der beliebtesten Treffpunkte Münchens. Hier pulsierte das pralle Leben. Mark kannte jede schicke Bar und wurde praktisch zu jeder Party eingeladen. Er war ein Paradiesvogel, um den man sich riss. Trotzdem schien es möglich, dass die Tage dieses süßen Lebens gezählt waren. Er musste vorsichtig sein. Seine Schwester hatte ihn tags zuvor noch einmal eindringlich gewarnt. Ihr Vater verwandelte sich in eine Planierraupe, wenn ihm etwas nicht gefiel. Dann walzte er alles nieder, was auch für Menschen galt, die er einmal geliebt hatte und von denen er sich verraten fühlte. So wie von Marks Mutter, welche die Nachfolgerin von Renatas Mutter und die letzte offiziell geführte Ehefrau seines Vaters war. Marks Mutter hatte nach der Trennung nie mehr ein Engagement beim Theater bekommen. Wenn sie auftauchte, gab es in ganz München keinen freien Tisch mehr, und einen Cent von den Millionen ihres Ex-Mannes sah sie auch nie. Sie hatte die Stadt verlassen müssen und tingelte mit einem zweitklassigen Varieté durch die Lande, während Renatas Mutter den Alten wenigstens noch gehörig zur Kasse gebeten hatte. Was dieser als Indiz dafür nahm, dass seine erste Frau über die stärkeren Gene verfügte und diese auch an Renata weitergeben hatte. Seiner Tochter räumte der Alte, davon war Mark überzeugt, noch gewisse Chancen ein, wogegen er seinen Sohn längst abgeschrieben hatte.

„Vertu dich da mal nicht, Alter!“, sagte Mark zu seinem Spiegelbild. „Ich lasse mich nicht unterbuttern. Von dir schon gar nicht.“ Er hatte sich ausgezogen und zeigte dem Spiegel seine geballte Faust. Nicht übel diese Muskeln. Nicht zu viel und nicht zu wenig. Dazu eine makellose Haut und eine Wendigkeit, die aus ihm einen genialen Tänzer machte.

Ob er auch ein guter Schauspieler war?

Ob der Hausverwalter ihm die Nummer mit der Verlobten abgenommen hatte? Wenn die Lage nicht so ernst für Mark gewesen wäre, hätte er sich in der Erinnerung an das Gesicht dieses Hanswursts vor Lachen ausschütten können. Rudolf von Grünen war einer derer, die seit mehr als vier Jahrzehnten als getreues Echo des Alten durchs Leben gingen und nicht davor zurückschreckten, ein hilfloses Kind auszuspionieren. Als Spion im Kleiderschrank und sogar auf der Toilette, dieser penetrante Mensch hatte keine Gelegenheit ausgelassen, Mark anzuschwärzen. Diesmal hatte er sich geschnitten. Marks süße kleine Freifrau hatte ihm die Sprache verschlagen.

Wirklich? Oder würde es dem Hausverwalter erneut gelingen, ihm auch daraus einen Strick zu drehen? Was würde er ausplaudern? Würde er dem Alten überhaupt etwas von der „Verlobten" erzählen?

Mark zog eine Grimasse. Seine Verlobte, guter Witz. Er musste hier raus, unter Freunde gehen und vergessen, dass seit Wochen ein Damoklesschwert über ihm schwebte. Sein Vater hatte ihm ein Ultimatum gestellt, angeblich das letzte. Er solle endlich beweisen, dass ein richtiger Kerl in ihm steckte.

Einer, der in Schrott machte und Maßkrüge stemmte, in jedes Dirndl langte und alles plattwalzte, das anders tickte als er?

„Nein danke!", sagte Mark laut und zuckte zusammen,

weil genau über seinem Kopf der Türgong anschlug. Er reagierte nicht. Er hatte keine Lust auf ungebetene Besucher. Sein Bedarf für diesen Tag war gedeckt.

Eine Minute später wurde die Tür aufgeschlossen.

„O lala", sagte seine Schwester und musterte ihn ungeniert von Kopf bis Fuß. „Nicht übel, Brüderchen, alles was recht ist. Wenn wir nicht blutsverwandt wären ..." Ihre wie immer kühle Hand glitt über seinen Brustkorb und den flachen Bauch darunter. Ihr Armschmuck verhedderte sich in dem haarigen Pfad, der von oben nach unten führte. Sie trug stets sehr extravaganten Schmuck. Bei dem Versuch, sich zu befreien, tippten die Anhänger des Armreifs immer wieder gegen sein Geschlecht. Er verspürte ein Ziehen in den Lenden, etwas regte sich. Offenbar war sein kleiner großer Freund schon genauso von der Rolle wie er selbst. Auch das ging letztlich aufs Konto seines Erzeugers.

„Lass das", sagte er barsch und trat einen Schritt zurück. Sein Riemen pendelte nunmehr halbsteif hin und her. Selbst im nicht voll ausgefahrenen Zustand war er prächtig anzusehen, was auch für den prall gefüllten Sack darunter galt.

„Oho", erwiderte seine Schwester, die nicht nur bei der Auswahl ihres Schmucks sehr exzentrisch war. „Welches Vögelchen hat dir denn geflüstert, dass ich gern auch mal die härtere Gangart einlege?" Renata versetzte seinem schwingenden Riemen mit der Kniespitze einen gezielten Schubs und offenbarte gleichzeitig, dass sie ein im Schritt geschlitztes Höschen trug, durch das sich ihr Schamhaar in üppiger Fülle drängte. Sie liebte es, andere mit ihren Possen zu provozieren, doch im Gegensatz zu dem Alten war sie weder kalt noch geizig, sondern hatte sich dem Leben mit all seinen Facetten verschrieben.

„Wie wär's, wenn du dich mit solchen Gelüsten an deinen Göttergatten wendest?", schlug er vor.

„Willst du mich beleidigen?", zischte Renata.

„Ich will dich nur daran erinnern, Schwesterchen, dass du glücklich verheiratet bist." Mark spürte, wie er lockerer wurde und wieder Oberwasser bekam. Sein lieber Schwager Phillip spurte keineswegs so, wie Renata es wollte.

„Erstens bin ich nur deine Halbschwester", konterte sie, „und zweitens habe ich den dringenden Verdacht, dass du nur ablenken willst."

„Ich doch nicht. Ich bin klein, mein Herz ist rein, soll niemand drin wohnen als Renatchen allein. Zufrieden?" Ihr zu Ehren forcierte er das Wippen in seiner Leibesmitte kurz, bevor er sich abwandte. Jetzt half wirklich nur noch eine kalte Dusche.

Ohne sich weiter um sie zu kümmern, stolzierte er ins Bad. In dieser Luxusbehausung gab es nirgends feste Trennmauern, was genau dem entsprach, wie er es liebte. Wenn man davon absah, dass er sich um sein Elternhaus betrogen fühlte. Er liebte das Haus, das den Namen seiner halb italienischen Mutter trug. Schon als Knirps hatte er davon geträumt, eines Tages der Herr der Casa Regina zu sein.

„Herzen sind so unerotisch", maulte Renata dicht hinter ihm. Sie war ihm gefolgt und klatschte ihm einmal kräftig auf sein Hinterteil. „Ich weiß wirklich nicht, was ich davon halten soll", sagte sie und nutzte die günstige Gelegenheit, um ihm kurz ihren Zeigefinger in den Po zu stecken. Was ihn nicht nur an die gemeinsamen Doktorspiele erinnerte, sondern auch daran, wie hochsensibel diese Region war.

Er kniff die Pobacken zusammen und versuchte, die aufgeheizte Atmosphäre mit einer Prise Humor zu neutralisieren. „Du weißt nicht, was du von meinem Hintern halten sollst? Kriege ich etwa Dellen? Igitt!"

„Spinn nicht rum", erwiderte Renata. „Du weißt genau, was ich meine. Stimmt es, dass unser guter Rudolf von Grünen dich mit einem Weib in flagranti im Pavillon erwischt hat? Und dass du besagtes Weib auch noch als deine Verlobte deklariert hast?"

„Ich glaube nicht, dass du so über eine junge Frau aus bestem Haus reden solltest." Diesmal scherzte Mark zu seiner eigenen Verwunderung nicht. Offenbar fühlte er sich zum Schutzpatron der jungen Freifrau berufen. Sie war so süß, so herrlich unverdorben, wie sie roch und sich anfühlte und ihn an ihre weichen Brüste gezogen hatte.

„Heh, könnte es sein, dass dir die junge Lady ernsthaft etwas bedeutet? Das wäre natürlich genial."

„Und wieso wäre das genial?"

„Weil du durch eine solche Heirat bei unserem Vater auf einen Schlag alles wettmachen könntest, was du verbockt hast. Ich gehe mal davon aus, dass es sich bei der jungen Dame um die Besitzerin dieser adligen Ahnengalerie handelt."

„Vergiss es."

„Den Teufel werde ich tun. Hör mal, das wäre die Lösung. Wir kaufen nicht ein paar adlige Ahnen in Öl, nein, wir heiraten blaues Blut und werden eine große, glückliche Familie."

„Sie ist zu schade für deine Spielchen. Sie ist etwas Besonderes. Sie erinnert mich sogar an – an meine Mutter."

„Umso besser. Du hast es ja nie verwunden, dass unser Vater sie vor die Tür gesetzt hat und plötzlich keine Mama mehr da war, die du kämmen und zutexten und um den Finger wickeln konntest. Nicht zu vergessen eure Badezeremonie. Manchmal konnte ich unseren Erzeuger fast verstehen. Im Grunde war sie wohl nicht nur deine Mama, sondern auch …"

„Halt die Klappe, oder …"

„Oder du bestrafst mich?", stichelte Renata und tänzelte um ihn herum. Noch immer konnte sie ihre Finger nicht bei sich behalten. Mit den langen Nägeln schabte sie über seine nackte Haut, fest und zart, schnell und langsam, sie verstand ihr Handwerk. Schon wieder reckte sich der arme Kampfgefährte in seiner Leibesmitte.

Mit einem Fluch befreite Mark sich und schob Renata Richtung Tür. Sie wehrte sich mit Händen und Füßen, weshalb er sie in den Schwitzkasten nehmen musste. Sie nutzte die Situation leidlich aus, um sich mit vollem Körpereinsatz an ihm zu reiben. Sie war ein Biest, und wenn sie erst einmal in Fahrt kam … Andererseits war sie seine Schwester.

„Ich gehe", zwitscherte sie fröhlich, als er sie endlich durch die Tür nach draußen befördert hatte. „Aber ich gebe nicht auf, denn ich will nur dein Bestes."

Fort war sie, und er blieb mit einem Mordsständer zurück.

„Sie ist meine Halbschwester", sagte er streng zu dem aufmüpfigen Recken. „Sie ist nur meine Halbschwester. Capito?"

Doch der Recke hatte seine eigene Sicht der Dinge. Für

ihn gab es nun kein Halten mehr. Es interessierte ihn die Bohne, ob ein Jagdgebiet freigegeben war oder nicht. Er vibrierte und ließ dabei ein beeindruckendes Geflecht von Adern spielen. Dann schob sich der eben noch verborgene rote Kopf durch den braun gefältelten Hautring, spannte diesen gefährlich. Der Sprengsatz war gezündet, und ein vorwitziger milchiger Tropfen quoll aus der Spitze hervor, weitere folgten. Die pure Verschwendung. Liebevoll verteilte Mark die Emulsion mit den Fingerspitzen. Er ließ sich Zeit damit, genau wie beim Essen. Er war ein Gourmet. Bei ihm ging es nie darum, einfach nur satt zu werden.

Mark wollte genießen und auskosten, was nur ging, wenn er eine Geschichte inszenierte. Das Dramatische lag ihm im Blut. Diesmal stellte er sich vor, seine Schwester wäre nicht gegangen. Er sah erneut ihre gierigen kleinen Hände nach seinem Schwanz greifen, seine eigenen Hände waren allenfalls Helfershelfer. Eine köstliche Vorstellung, dass Renata ihn dirigierte. Sie war drei Jahre älter als er und hatte ihn noch vor der ersten Heiligen Kommunion mit wissenschaftlichem Interesse erkundet, an ihm geübt. Bis sie ihn endlich für würdig befand, war er schon fast erwachsen.

„Sieh mal einer an", hatte sie damals gesagt. „Mein Brüderchen wird doch noch ein Mann. Da sprießt jetzt was Richtiges." Das war nachts in der Vorratskammer, dort kam ihr Vater um diese Zeit niemals hin.

„Willst du auch eine Gewürzgurke?" Ihm fiel nichts Besseres ein, er hielt ihr die tropfende Gurke hin. Süß sauer und noch von seiner Mutter eingelegt. Die Gläser hielten sich ewig.

kichernd. „Probier mal bei mir!"

Er ging ebenfalls auf die Knie.

„Und?", wollte Renata wissen.

Er hob das Gesicht und grinste. „Schmeckt wie eingelegte Gurke und riecht wie eingelegte Gurke." Er war stolz auf sich gewesen, dass er so rasch seine Fassung zurückgewonnen hatte.

„Na warte!" Renata hatte sich über ihn geworfen, eine herrliche Balgerei nahm ihren Anfang, sie waren ja noch wie Kinder. Zwei, die ausprobierten, was sich alles mit einer Gurke anstellen ließ und wie ihr Geschmack sich veränderte, wenn man sie in eine Muschi tauchte oder mühsam durch jene Rosette zwängte, die ganz in der Nähe beheimatet war. Gurken, Bananen, geschält und ungeschält, sie hatten vor Lachen kaum an sich halten können und einander wie Verschwörer zugezwinkert, wenn die Rede auf gesunde Ernährung kam.

„Esst ihr beiden auch genug Obst und Gemüse?"

Daraus war ihr Geheimcode entstanden, auch wenn sie natürlich längst nicht mehr miteinander experimentierten. Die Zeit der Kinderspiele war vorbei, was er manchmal bedauerte. Während er seinem zuckenden Schwanz endlich zur Erlösung verhalf, schob sich ein neues Bild vor die Szene aus der Speisekammer. Das Gesicht seiner Schwester machte einem anderen Gesicht Platz. Unschuldsvoll und keck zugleich, die blonden Haare mit dem rötlichen Schimmer lösten sich und flossen über mädchenhafte Schultern, eine kleine Madonna mit üppigen Brüsten und einer Haut wie Milch und Honig.

Er stöhnte laut. Sein Schwanz zuckte noch immer,

schwelgte offenbar in Erinnerungen. Solche Bilder blieben, auch wenn die Aktion selbst längst beendet war. Mit solchen Bildern konnte man andere weniger schöne Bilder vertreiben. Bilder, die einem Angst machten. Verdammt, er wollte, dass man ihn liebte. Alle sollten ihn lieben. Er sehnte sich nach Brüsten zurück, die nur für ihn allein da waren, als sein Ruhekissen, weich und wohl duftend. Gleichzeitig sehnte er sich nach dem pulsierenden Leben, das gleich vor der Tür seines Penthauses auf ihn wartete. Er beschloss, rasch zu duschen und dann auf die Piste zu gehen. Das Leben war zu kurz, um es nicht zu genießen. *Carpe diem!* Darin war er groß. Er war ein Künstler darin, aus allem das Beste zu machen.

2. KAPITEL

Als Mia Lotta auf den Wagen wartete, der sie zum Starnberger See bringen sollte, musste sie an das arme Aschenputtel aus ihrem Lieblingsmärchen denken. Zwar stammte ihr Abendkleid ganz real aus einem der besten Geschäfte Wiens, und sie ging auch nur zur Einweihung einer für ihren Geschmack viel zu protzigen Villa. Doch hatte sie das Gefühl, sich neuerdings in absolut märchenhaften Gefilden zu bewegen. Mark Neubauer hatte sich gemeldet. Damit war es losgegangen. Als Nächstes wurde dem Konto der Freifrau Amelie von Oberstein eine stattliche Summe für die komplette Ahnengalerie gutgeschrieben, und mit einem Mal waren die von Obersteins bei der Bank wieder wohlgelitten. Und das Beste war: Mia Lottas Großmutter konnte endlich die teure Kur in der Schweiz antreten und Tante Herta als Begleitperson mitnehmen. Nun wollte Mark sie, Mia Lotta, sogar seiner Familie vorstellen. Dabei hatten sie sich seit jener Nacht nur ein einziges Mal zwecks Übergabe der restlichen Bilder wiedergesehen, und das außerdem in Anwesenheit des Galeristen.

Das war's wohl, hatte Mia Lotta betrübt gedacht. Adé, mein Ritter!

Heute jedoch würde jeden Augenblick der Chauffeur seines Vaters vorfahren. „Nimm es mir bitte nicht übel", hatte Mark am Telefon gesagt, „dass ich dich nicht persönlich abhole. Aber ich gehöre ebenso wie meine Schwester zum offiziellen Empfangskomitee."

Ob ihr Ritter, wie Mia Lotta ihn insgeheim nannte, noch andere junge Damen eingeladen hatte? Bestimmt kannte er unglaublich viele Ladys, und natürlich beteten sie ihn alle an und machten sich Hoffnungen. Selbst wenn der Zauber nicht wie im Märchen Schlag Mitternacht aufhörte, durfte sie diese Einladung nicht überbewerten. Das sagte sie sich auch noch, während sie im Rolls Royce zum Starnberger See fuhr. Mia Lotta, hör auf zu träumen!

Es war schwierig, sich das Träumen zu verbieten, wenn sich bereits die Kulisse als Traum präsentierte. Pechfackeln säumten die Zufahrt, im Park waren Zelte aufgebaut, überall brannten mehrarmige Kerzenleuchter aus schwerem Silber und spiegelten sich im See. Ein Streichorchester spielte auf, eine illustre Gesellschaft war versammelt, Mia Lotta erkannte einige Berühmtheiten. Und dann kam Mark mit ausgestreckten Armen auf sie zu.

„Meinen Glückwunsch", flüsterte sie. „Es sind ja doch alle gekommen, die Rang und Namen haben. Dein Vater kann zufrieden sein."

Noch ehe Mark etwas erwidern konnte, bekamen sie Gesellschaft. Mia Lotta wusste sofort, wer diese imposante, leicht bullige Gestalt war. Marks Vater war zweifellos ein Mensch, dachte sie, der keine Umschweife mochte, ein Macher.

„Es gibt Sie also wirklich", sagte Gottfried Neubauer, was eine ausgesprochen merkwürdige Begrüßung war.

Mia Lotta zuckte zurück. „Warum sollte es mich nicht geben?"

„Weil viele Menschen es darauf anlegen, mir etwas vorzumachen", lautete die Antwort. „Aber Spaß beiseite. Ich habe alles nachprüfen lassen. Sie sind eine echte Freifrau von Oberstein, und Schloss Oberstein gehört noch zum

Familienbesitz, auch wenn alles reichlich marode ist. Ist alles gecheckt, einschließlich Bausubstanz und Kalkulation der Kosten für die komplette Sanierung. Ein hübsches Statussymbol. Außerdem würde es mir gar nicht gefallen, wenn meine Familie so weit vom Schuss lebte."

„Wieso Ihre Familie?", fragte Mia Lotta perplex.

„Mädchen, machen wir es nicht so spannend. Time is money." Marks Vater gab der Kappelle ein Zeichen, ein Tusch ertönte, jemand reichte dem Gastgeber ein Mikrofon und half ihm auf die wenige Schritte entfernte Bühne. Ein anderer Mann geleitete Mia Lotta nach oben, die sich wie betäubt mitziehen ließ und sich Hilfe suchend zu Mark umsah, der ihr auf dem Fuß folgte und sich oben angekommen zwischen sie und seinen Vater drängte. Ein mutiges Unterfangen, das jedoch brutal mit einem väterlichen Ellbogen ausgebremst wurde.

„Vater, du kannst doch unmöglich …" , setzte Mark hinter ihnen stehend an.

„Red nicht!", befahl sein Vater. „Ich kann und ich werde." Er versuchte nicht einmal, seine Order diskret zu übermitteln, gerade als ob sein Sohn lediglich ein Befehlsempfänger wäre. Dann wandte er sich erneut Mia Lotta und der Gästeschar zu: „Meinen Segen habt ihr hiermit." Der nächste Tusch ertönte, und dann hörte Mia Lotta, wie ihre Hochzeit angekündigt wurde. Ihre Hochzeit mit Mark, der in seinem weißen Smoking zum schwarz gefältelten Hemd wie ein junger griechischer Gott aussah. Ein Gott, dem man soeben Zepter und Schwert entrissen hatte. In Mia Lotta wallte heiliger Zorn auf, wie konnte ein Vater nur so mit seinem Sohn umspringen? Sie griff nach Marks Hand, die eiskalt war und zitterte, und drückte sie. Am liebsten hätte sie ihn in den Arm genommen und seinen Kopf an ihrer Brust geborgen. Er war so süß und ganz anders als sein schrecklicher Vater.

„Nun küsst euch gefälligst, wie es sich unter Verlobten gehört", kommandierte der alte Neubauer. „Geübt habt ihr ja schon reichlich in meinem Pavillon, wie mir zu Ohren gekommen ist." Worte, die zunächst Stille erzeugten, dann vereinzelte Lacher und schließlich Applaus.

In Mia Lottas Ohren rauschte das Blut, die Röte schoss ihr ins Gesicht. Eine Schutzbehauptung, hatte sie gedacht, als Mark sie damals im Pavillon zu seiner Verlobten erklärt hatte, und trotzdem hatte sie seitdem immer wieder davon geträumt, wie es wäre, wenn ihr Ritter tatsächlich ernsthaft um ihre Hand anhalten würde. Mit allem, was dazugehörte. Im Schutz ihres Jungmädchenzimmers hatte die Wollust sich Zutritt zur Ewigkeit verschafft. Bis dass der Tod euch scheidet.

„Mach dir keine Sorgen", sagte Mark leise. Sein Gesicht war weiß wie die angestrahlte Fassade der Villa hinter ihm. Offenbar sorgte er sich aufrichtig um sie.

Und schon wieder übernahm sein dominanter Vater die Regie: „Worüber sollte meine Schwiegertochter in spe sich noch Sorgen machen", meinte er mit dröhnender Stimme, sodass es alle Gäste hören konnten. „Wenn sie hört, was mein Hochzeitsgeschenk ist, gibt es keine Sorgen mehr. Ein Gottfried Neubauer lässt sich schließlich nicht lumpen."

Mia Lotta war noch nie zuvor ohnmächtig geworden. Als junges Mädchen hatte sie sich oft gewünscht, im passenden Moment in Ohnmacht fallen zu können und von ihrem Traumprinz auf starken Armen davongetragen zu werden – wie bei den Frauenfiguren in ihren Romanen. Doch scheiterte die Umsetzung allein schon daran, dass nicht einmal Unmengen von Weihrauch ihrem Kreislauf etwas anhaben konnten. Sie war robust. Nun hatte sie sechsundzwanzig Jahre alt werden müssen, um doch noch in den Genuss einer Ohnmacht zu kommen. Jedenfalls hatte sie keinen blassen Schimmer, wie sie von der Bühne im Park in das Bad von der Größe eines halben Tanzsaals gekommen war. Und ebenso wenig wusste sie, wer die rassige Frau war, die sich gerade an ihrem Dekolleté und dem BH zu schaffen machte.

„Was tun Sie da?", fragte Mia Lotta mit schwacher Stimme. „Wer sind Sie?"

„Du bist umgekippt, und ich helfe dir, so simpel ist das." Das letzte Häkchen an Mia Lottas BH sprang auf, die Spitzenkörbchen lösten sich von der Füllung. „So", konstatierte die Frau zufrieden, „jetzt kannst du wenigstens wieder frei atmen. Sag einfach Renata und du zu mir, schließlich bin ich deine zukünftige Schwägerin."

Mia Lotta schüttelte den Kopf. „Das ist alles nur ein Missverständnis. Der arme Mark, er hat mir so leidgetan."

„Du magst ihn wirklich?" Renata besaß grüne Katzenaugen und ausgeprägte Wangenknochen. Sie beugte sich über Mia Lotta, die auch Renatas Brüste registrierte, die von der Art waren, wie Mia Lotta sie immer selbst hatte haben wollen. Klein und handlich, so wie alles an dieser Frau mit Lippen, bei denen ein Mann automatisch ans Küssen denken musste.

„Natürlich mag ich Mark", erwiderte Mia Lotta. „Ich kenne ihn zwar noch nicht sehr lange, aber man muss ihn einfach mögen. Er ist so süß und stark."

„Das hört sich nach dem perfekten Ehemann an", konstatierte Renata mit einem spöttischen Unterton.

„Bezweifeln Sie das etwa? Sie als seine Schwester sollten zu ihm stehen, wenn schon sein Vater so mit ihm umspringt. Mark hat wahrlich etwas Besseres verdient."

„Dann ist doch alles klar", erklärte Renata fröhlich. „Du heiratest ihn, und alle sind glücklich. Ganz nebenbei wird auch euer Schloss gerettet. Unser Elternhaus ist übrigens ebenfalls nicht zu verachten, auch wenn es für meinen Geschmack etwas zu nah an der neuen Villa unseres Vaters liegt."

„Euer Elternhaus?", fragte Mia Lotta und ging ohne sich dessen bewusst zu werden zum Du über. „Du meinst das Haus, in dem du und Mark groß geworden seid?"

Renata nickte. „Mark liebt dieses Haus, auch wenn er es vielleicht nicht zugeben will."

„Klar, wenn es doch sein Zuhause ist. Ich liebe unser Schloss auch."

„Da habt ihr beiden Süßen ja schon wieder eine Gemeinsamkeit." Renata strich mit einem langen spitzen Fingernagel über Mia Lottas Lippen, von dort wanderte ihr Zeigefinger zum Kinn und weiter den Hals hinab zu den vollen Brüsten, die kein Büstenhalter mehr einzwängte. „Er wird dir ewig dankbar sein, dass er das Haus doch noch bekommt, und natürlich kannst du immer auf mich zählen." Die Fingernagelspitze wanderte tiefer, umrundete erst die eine und dann die andere Brust, und schon richteten sich

Mia Lottas Nippel auf, was ihr ungeheuer peinlich war. Sie reagierte auf die Liebkosung einer Frau, die zudem Marks Schwester war.

„Du hast die geilsten Brüste, die ich je gesehen habe", raunte Renata und stülpte, noch ehe Mia Lotta sich erwehren konnte, ihre vollen Lippen über einen Nippel, brachte ihn nun vollends zum Erblühen und sorgte dafür, dass die frohe Botschaft umgehend weitergetragen wurde.

„Aber …", protestierte Mia Lotta, doch wünschte sie sich gleichzeitig, dass die andere weitermachte. Wie sie saugte und kurz wieder losließ, dieses sinnliche Schmatzen und das Wissen, etwas Verbotenes zu tun, etwas ganz und gar Ungehöriges, obwohl Mia Lotta diese Spiele oft genug in Wien mit Suzanna gespielt hatte. Marks Schwester schien eine erfahrene Frau zu sein. Gerade noch hatte ihre Zunge sanft den Vorhof der einen Brust massiert, da biss sie zu. Mia Lotta schrie auf.

Eine Hand presste sich auf ihren Mund. „Willst du, dass man uns Mädels erwischt, wie wir es uns gemütlich machen?"

Mia Lotta schüttelte den Kopf, das benommene Gefühl kehrte zurück, dazu gesellte sich eine Gier, derer sie sich eigentlich schämen sollte. Was tat sie hier?

„Habe ich deiner süßen Mordstitte wehgetan? Verzeih mir! Oder willst du mich lieber bestrafen?" Marks Schwester blies kühle Luft auf die malträtierte Spitze und führte gleichzeitig Mia Lottas Hand in ihren eigenen Ausschnitt. „Schnapp sie dir! Bestraf sie!"

„Ich kann das nicht", wehrte sich Mia Lotta.

„Würdest du sie lieber küssen?" Renata zog ihre Corsage mit einem Handgriff nach unten, darunter war sie nackt. „Oder findest du sie hässlich?"

„Du hast wunderschöne Brüste", flüsterte Mia Lotta.

„Dann zeig es ihnen, bitte."

Es war eine Nacht, in der alles auf den Kopf gestellt wurde. Eine andere Erklärung konnte Mia Lotta nicht für das finden, was sich nun abspielte. Sie tat, worum Renata sie bat, und es brauchte nicht lange, bis sie sich mit der neuen Rolle anfreundete. Marks Schwester machte es ihr leicht, und das in doppelter Hinsicht. Zum einen präsentierte Renata ihren Körper wie einen Korb mit den exotischsten Früchten, die man unmöglich verschmähen konnte, zum anderen gab sie Mia Lotta das berauschende Gefühl, selbst Herrin ungeahnter Schätze zu sein.

Anfangs noch zaghaft berührte Mia Lotta einen dieser Spitzkegel, die sich so sehr von ihren eigenen Brüsten unterschieden. Fest und klein präsentierten sich Renatas Brüstchen, dafür waren die braunen Vorhöfe umso riesiger, was ebenso unanständig wie aufregend aussah. Mia Lotta spürte, wie ihr Hals trocken und ihre Hände feucht wurden, als einer dieser braunen, grobporigen Vorhöfe sich beharrlich näher schob und der fremde Nippel auf ihre eigene Brustwarze traf, die sich prompt versteifte. Mia Lotta konnte nicht anders, als fasziniert die Annäherung der beiden so ungleichen Brüste zu verfolgen und sich zu wünschen, dass dieses verbotene Spiel nie enden möge. Gleichzeitig predigte ihr die Stimme der Vernunft, dass es auch jenseits aller moralischen Bedenken ausgeschlossen war, dass eine Frau wie Renata sich ernsthaft lange mit einer absoluten Anfängerin abgeben würde.

„Du wolltest sie küssen“, gurrte Renata und schob eine Hand in Mia Lottas Nacken, übte einen sanften Druck aus. „Küss sie“, forderte sie heiser. „Siehst du nicht, wie sie leiden?“

Mia Lotta beugte sich vor, dann ging alles sehr schnell. Die eben noch glatten braunen Vorhöfe zogen sich zusammen und wurden hart. Der ungewöhnlich runde Knopf in der Mitte schwoll an, schob sich zwischen ihre Lippen und drängte gegen ihre Zähne, die sich bereitwillig öffneten, um den fremden Besucher einzulassen. Alles an Mia Lotta wurde feucht und glitschig. Das galt für die Stelle in ihrem Nacken, wo sie noch immer Renatas Hand hielt, ebenso wie für jedes andere Fleckchen Haut und erst recht für Mia Lottas Mundhöhle. Ihr Speichel floss in Strömen und rann ihr aus einem Mundwinkel.

„Bist du überall so saftig?“, wollte Renata wissen, schob Mia Lottas Haare beiseite und beugte sich ihrerseits vor, um die freigelegte Nackenpartie abzulecken. Winzige feuchte Tröpfchen formierten sich zu einer Seenlandschaft, so kam es Mia Lotta vor. Sie war froh, dass ihr Höschen einen braven doppelten Steg besaß, andernfalls würde es jetzt auch dort heraustropfen. Ja, sie war saftig. Mia Lotta beschloss, sich auf das Spiel ihrer Zunge zu konzentrieren und an nichts sonst zu denken. Ein Vorsatz, der bewirkte, dass sie nun ausgesprochen mutig wurde und zart an dem fremden Nippel zu nagen begann.

„Fester“, befahl Renata und drückte Mia Lotta gleichzeitig tiefer, immer tiefer. „Aber lass nicht los, meine Nippel vertragen was.“ Renatas Daumen strich über Mia Lottas gerundete Wirbelsäule, die fremde Brust verfügte über eine unglaubliche Elastizität und schien kein normales Schmerzempfinden zu kennen, während der teuflische Daumen jenen wollüstigen Punkt ansteuerte, an dem Mia Lottas Pobacken sich teilten. Genau dorthin wollte dieser Daumen, und er fand sein Ziel und massierte und kratzte und entfachte eine Glut, die Mia Lotta jede Rücksichtnahme vergessen ließ. Jetzt kämpfte sie darum, ihre Beute zu behalten und die Verbindung nicht abbrechen zu lassen, sie kaute und nagte an der fremden Brust und ließ nicht los. Sie konnte gar nicht anders.

„Mein Gott, du lernst schnell." Renatas Atem beschleunigte sich. Nun begann auch ihre Haut zu dampfen und zu glänzen. Ihre kleinen Füße verloren den Halt, sie rutschte vorwärts und brachte Mia Lotta gleichfalls ins Schwanken. Mia Lotta öffnete die Lippen, was ein Fehler war, denn nun entglitt ihr die geile Kirsche und nahm an der Rutschpartie über ihren Rücken teil. Renatas Oberkörper schob sich kopfüber auf Mia Lottas Rücken.

Was für ein Gefühl! Welch süße Last! Haut auf Haut, Schweiß an Schweiß! Renatas Daumen gelangte im nächsten Moment wie ein blinder Passagier zwischen Mia Lottas zitternde Pobacken, glitt über jene gefährliche Landschaft, die Mia Lotta einmal heimlich mit ihrer Cousine vor einem Spiegel sitzend ausgekundschaftet hatte. Renata war unglaublich zart und zierlich anzusehen, doch ihr Daumen war fast derb, so zumindest kam es Mia Lotta vor. Die runde Kuppe dieses Daumens robbte sich durch aufgeregtes Feuchtgebiet und kümmerte sich nicht darum, dass der zugehörige Körper immer heftiger schwankte. Seidige Härchen wurden zur Seite geschoben, einen winzigen Moment lang schämte Mia Lotta sich des üppigen Flaums an dieser delikaten Stelle. Rotblonde Härchen, die man normalerweise weder sah noch fühlte.

„Du könntest sie ja abrasieren", hatte die Cousine in Wien gelästert. „Aber dann kriegst du da unten vielleicht harte Stoppeln. Haare, die man rasiert, werden fast immer hart."

So hart wie das, was sich nun ohne Vorwarnung vor Mia Lottas Gesicht schob und dort verharrte? Ein dunkler Schatten zwischen gegrätschten Beinen und so nah, dass Mia Lotta einen Moment lang brauchte, um zu erkennen, was das war. Renatas Muschi war straff gespannt, die Haare waren schwarz und drahtig, der Schlitz in der Mitte hingegen offenbarte fast schon frivol sein rosiges Innenleben, die Lippen klafften gierig und stülpten sich sodann blitzschnell über Mia Lottas Nase, raubten ihr sekundenlang die Luft.

„Hilfe!", japste sie und verlor nun endgültig das Gleichgewicht. Ihr Körper legte sich wie ein leckes Schiff zur Seite auf den glitzernden Marmorboden.

„Wir helfen uns gegenseitig", flüsterte Renata und nutzte die neue Position, um synchron Mia Lottas Vorder- und Rückseite zu bearbeiten. Rücklings weiter mit dem Daumen und von vorne kommend mit spitzen Fingernägeln, die, kleinen Dolchen gleich, Mia Lottas Grotte abtasteten und immer frecher wurden und anscheinend nicht begreifen wollten, dass eine natürliche Barriere den Übergang von der einen in die andere Öffnung verhinderte. Der doppelte Druck auf Mia Lottas Damm wurde immer stärker.

„Autsch!" Mia Lotta revanchierte sich und biss zu. So musste sich der Biss in ein rohes Stück Steak anfühlen.

Allerdings wuchsen auf einem Steak weder Haare, noch strahlte es eine solche Hitze aus. Je mehr der Schmerz im eigenen Schoß nachließ und der Gier Platz machte, umso größer wurde auch Mia Lottas Lust auf die Erkundung der fremden Grotte. Der leise Ekel vor dem ungewohnten Duft und der merkwürdigen Konsistenz des fremden Venushügels verflüchtigte sich, zumal es nun auch bei Renata zu saften begann. Das verband sie beide ebenso wie die Kontraktionen, die immer heftiger und rhythmischer wurden. Jetzt bewegten sie sich im Takt, und auch ihr atemloses Keuchen schweißte sie zusammen und trieb sie in einen Strudel, aus dem es kein Entkommen mehr gab. Gleich, war alles, was Mia Lotta noch denken konnte. Jetzt gleich. Sie wurde eng und wieder weit, eng und weit, jeder Muskel war an dieser aberwitzigen Karussellfahrt beteiligt. Gleich, jetzt gleich, mit Urgewalt trieb es sie auf jenen Punkt zu, den sie weder sehen noch schmecken noch ertasten konnte und der dennoch allgegenwärtig wurde. Jaaa!

Dann war es vorbei. Renata küsste sie auf den Mund.

„Willkommen, Schwester!“

„Schwester?“, echote Mia Lotta.

„Du bist jetzt meine kleine Schwester“, sagte Renata, „Schwestern teilen tausend Geheimnisse, wusstest du das nicht? Dazu gehören auch solche Spiele.“

Mia Lotta kicherte. Sie hatte schon immer eine ältere Schwester haben wollen. Dies hier war ein Versprechen für die Zukunft. Am liebsten hätte sie noch stundenlang halbnackt mit Renata auf dem spiegelglatten Boden des Bads gelegen und geredet, um die neue Intimität zu genießen. Von Schwester zu Schwester.

„Wir sollten jetzt besser das Bad räumen. Könnte ja sein, dass sich jemand wundert, was wir hier so lange treiben."

„Du hast recht." Mia Lotta sprang auf. Sie fühlte sich leicht und beschwingt, gerade als ob sie den Körper einer Elfe hätte. Sie verließ das Bad zuerst. Als sie die Tür zum Flur öffnete, glaubte sie, Mark zu hören, wie er draußen im Park nach ihr rief. Nicht auszumalen, wenn er sie in inniger Umarmung mit seiner Schwester erwischt hätte. Mit einem hastigen „Bis später!" trennte Mia Lotta sich von Renata und lief los.

Mia Lotta rannte geradewegs einem gut aussehenden Mann mittleren Alters in die Arme.

„Hoppla, nicht so eilig, meine Schöne." Eine breite Hand, übersäht mit Sommersprossen, stoppte sie. Die Haut des Mannes war extrem hell, auch die Brauen und Wimpern waren fast weiß.

Ein Albino, dachte Mia Lotta und fragte sich, wer dieser Mann war und was er von ihr wollte. Sie hatte das Gefühl, dass ihre Wege sich nicht zufällig kreuzten. „Würden Sie mich bitte weitergehen lassen", bat sie.

„Glauben Sie, das wäre in Ihrer Aufmachung ratsam?" Die Hand strich über ihren Rücken, ohne auf den Widerstand eines BHs zu treffen, und schlängelte sich dann unter ihrem Arm hindurch nach vorn, wo ebenfalls nichts einengte. Mia Lotta spürte, wie ihre Haut zu brennen begann. Ihr BH hatte sich in der Eile gelöst und war unbemerkt zu ihrer Taille gerutscht.

„Warten Sie, ich helfe Ihnen." Die Hand mochte breit sein und die Finger kurz, doch waren sie bemerkenswert flink. Ein Ende ihres Büstenhalters hatte sich an einem ihrer halterlosen Strümpfe verhakt. Noch tasteten die fremden Finger oberhalb des Kleiderstoffs, doch der Mann tat dreist kund, dass man so nicht weiterkäme. „Wenn Sie gestatten", sagte er und bückte sich.

„Unterstehen Sie sich!", keuchte Mia Lotta.

Zu spät. Der unverschämte Fremde war bereits unter ihren weit schwingenden Rock gekrochen und strich mit etwas an ihren bestrumpften Beinen hoch, das viel zu zart und feucht für ein paar Fingerspitzen war. Seine unverschämten Lippen erreichten nacktes Fleisch, und noch immer rührte Mia Lotta sich nicht. Was sollte sie tun? Um Hilfe schreien? Und dann? Zwei Hände waren den dreisten Lippen gefolgt und erkundeten nun intensiv die Beschaffenheit ihrer Schenkel. Die Hände benutzten das freie Ende des Büstenhalters, um das besonders empfindliche Fleisch an der Innenseite ihrer Schenkel zu kitzeln. Dabei schob sich ihr Dessous stetig höher. Dieser Irrsinnige zog die elastische Spitze durch ihren Schritt und bewegte sie hin und her, zunächst ganz sanft, dann fester. Ihre Vulva war dank Renatas köstlichem Vorspiel noch immer in Hochspannung und schnappte gierig zu.

„Hören Sie auf! Hören Sie sofort auf!", verlangte Mia Lotta und presste die Beine zusammen, was die Reibung indes nur noch schärfer machte. Hin und her und immer höher, ihr Kitzler erwachte zu vollem Leben, der Saft begann aus ihr zu tropfen, und diesem Unhold blieb nichts von alledem verborgen. Er ließ sich alle Zeit der Welt, um mit ihrem Büstenhalter in der Hand wieder aufzutauchen. Allein für seinen süffisant zufriedenen Gesichtsausdruck hätte er gesteinigt gehört.

„Da haben wir den Bösewicht", sagte er und ließ den Büstenhalter vor Mia Lottas Augen hin und her pendeln. Der BH roch nach Möse, war durchtränkt von ihrem Mösensaft, und Mia Lotta befürchtete, dass jedermann nun von Weitem schon wittern konnte, was für eine sie war.

„Tun Sie das weg", bat sie mit zitternder Stimme.

„Gute Idee!", sagte der Mann breit grinsend und verstaute den BH in seiner Hosentasche. „Wir wollen ja nicht, dass jemand unsere kleine Braut schief ansieht. Mein Schwiegervater ist in dieser Hinsicht ausgesprochen engstirnig."

„Sie sind der Mann von Renata?" Mia Lotta spürte, wie ein Flächenbrand der Scham sich auf ihrem Körper ausbreitete. Zuerst Marks Schwester, nun auch noch sein Schwager. Erde, tu dich für mich auf!

„Alles halb so schlimm", tröstete sie ihr Gegenüber. „Es bleibt ja in der Familie. Übrigens sollten wir als bald Verwandte zum Du überwechseln. Ich heiße Phillip. Wie du heißt, weiß ich ja schon. Und jetzt solltest du dich etwas beeilen. Dein Bräutigam sucht überall nach dir. Den Kuss holen wir dann nach, einverstanden?"

Mia Lotta blieb ihm die Antwort schuldig und floh, weshalb sie auch nicht mitbekam, wie die Tür des Badezimmers sich erneut einen Spalt öffnete und Renatas Koboldgesicht sichtbar wurde, gefolgt von einem Arm, der blitzschnell nach Phillip schnappte und ihn zu sich hereinzog. Die Tür wurde mit einem Fußtritt geschlossen.

„Was denkst du dir eigentlich?", herrschte Renata ihren Mann an.

„Vermutlich dasselbe wie du“, erwiderte er gelassen. „Nämlich, dass die Zukünftige unseres lieben Mark ein ausgesprochen appetitlicher Happen ist. Natürlich muss sie noch ein wenig eingeritten werden, um unseren Ansprüchen gerecht zu werden, weshalb wir selbstverständlich deinen Bruder nach besten Kräften entlasten werden, schon damit er sich nicht vor eurem Vater blamiert und der Ärger von Neuem beginnt. Wenn du mich fragst, ist das hautnah praktizierter Familiensinn.“

„Fragt dich jemand?“, zischte Renata und inspizierte vor dem bis zur Decke reichenden Spiegel ihr Äußeres. Im Gegensatz zu Mia Lotta sah sie aus, als ob sie die letzten Stunden mit einer vollkommen harmlosen Tätigkeit verbracht hatte.

„Sitzt alles perfekt, Liebling“, bestätigte Phillip ihre Bestandsaufnahme und fügte mit einem gehässigen kleinen Grinsen hinzu: „Dein Schönheitschirurg hat erneut ganze Arbeit geleistet, obwohl es immer noch einen Unterschied zwischen natürlicher und gemachter Jugend gibt. Wie alt oder vielmehr jung ist die kleine Freifrau?“

„Worauf willst du hinaus?“ Renata schnellte zu Phillip herum und streckte ihre gefährlich aussehenden Krallen nach ihm aus. Ihre Augen verengten sich zu Schlitzen, jeder Muskel an ihr war gespannt, eine Wildkatze im Absprung.

„Vielleicht frage ich mich nur, ob du womöglich mütterliche Gefühle für unseren Familienzuwachs entwickelst? Vom Alter her käme es ja hin.“ Mit einem eleganten Satz war Phillip bei der Tür und verschwand.

3. KAPITEL

Wieder in Schloss Oberstein, war es immer noch wie im Märchen. Irgendwo, davon war Mia Lotta zunehmend überzeugt, wachte eine gute Fee über sie und sorgte dafür, dass sie ihren Prinzen auch dann bekam, wenn sie sich seiner als unwürdig erweisen sollte. Mark hatte zum Glück nichts gemerkt, ebenso wenig wie die anderen Gäste und Marks Vater, und so konnte das Märchen seinen Lauf nehmen. Das geschah in einem atemberaubenden Tempo. Auf einmal sollte alles ganz schnell gehen, und für diese Eile gab es sowohl vernünftige Gründe als auch solche, die etwas mit Mia Lottas geweckter Wollust zu tun hatten.

Mark Neubauer war eindeutig ein Mann mit Prinzipien. Erst die Pflicht, dann die Kür, und das hieß: erst die Hochzeit, dann die Hochzeitsnacht. Dabei wuchs Mia Lottas Gier, einmal geweckt, ins Unermessliche. Sie erkannte sich selbst nicht wieder. Längst beschränkten sich ihre verbotenen Fantasien nicht mehr auf die diskreten vier Wände ihres Jungmädchenzimmers. Sie hatte Blut geleckt. Jetzt, wo sie wusste, wie es sich anfühlte, wenn ein nackter Körper auf einen anderen nackten Körper traf, wenn Liebessäfte flossen und die Lust wie eine züngelnde Flamme hochschoss, gab es kein Halten mehr. Sie wollte es haben, und sie wollte es vor allem mit Mark haben, ihrem Ritter.

Natürlich war es schade, dass ihre Großmutter bei der Hochzeit nicht anwesend sein würde. Andererseits hatte auch das sein Gutes. Die kranke alte Dame kam – hoffentlich wieder ganz gesund – erst aus der Kur nach Hause, wenn alles perfekt war, das Schloss der Obersteins ebenso wie das neue Zuhause von Mia Lotta. Um alles, was das Schloss betraf, sollte Mia Lotta sich kümmern, während Mark ihr gemeinsames neues Heim herrichtete. Vor der Hochzeit durfte sie es nicht einmal von außen sehen. Mark verriet ihr nur so viel, er habe genug Personal engagiert, dass sie in Zukunft bei der Pflege von Haus und Garten jede Unterstützung haben werde. Es gab einen Diener mit dem klangvollen Namen Servilio Souza und einen Gärtner namens Nelson, außerdem hatte Mark noch einen Innenarchitekten namens Rainer-Maria Volon verpflichtet. Auch ein Koch sollte noch folgen, obwohl Mia Lotta das für übertrieben hielt. Schließlich musste sie sich mit irgendwas auch noch nützlich machen. Sie hatte schon immer gern gekocht. Kochen hatte etwas Sinnliches, ganz im Gegensatz zu Handarbeiten. Andererseits war es mehr als charmant, dass Mark immer wieder betonte, es reiche ihm vollauf, wenn sie sich als seine Ehefrau auf die Wahrnehmung gesellschaftlicher Verpflichtungen und die Pflege ihrer Schönheit beschränkte, ähnlich wie seine Mutter das immer getan hätte. Doch insgeheim war Mia Lotta fest entschlossen, sich nützlich zu machen, schon, um nicht vor Langeweile zu sterben.

Natürlich hatte Mia Lotta mit Suzanna über die revolutionären Neuigkeiten reden müssen.

„Was hieltest du davon, wenn ich nächsten Monat heiraten würde?", hatte sie die Cousine betont beiläufig am Telefon gefragt.

„Wen?", lautete die Gegenfrage. „Deinen Phantomprinzen oder den niedlichen Philharmoniker, der es dir so angetan hatte? Halt, da war ja auch noch Doktor Schiwago, obwohl der eher zu unseren Großmüttern passen würde. Wir wär's mit Cicero? Ich meine natürlich nicht den ollen Römer, sondern den flotten Sänger mit dem Käppi."

Mia Lotta hatte ausnahmsweise kein Problem damit, ihre Cousine lästern zu lassen. Sie holte einmal tief Luft und erwiderte dann: „Er sieht aus wie Luzifer und küsst göttlich. Wir haben eine ganze Nacht zusammen verbracht, und jetzt will er mich unbedingt heiraten. Lieber gestern als heute. Sonst noch Fragen, liebe Cousine?"

„Bist du schwanger?"

„Hundertprozentig nicht." Das wusste Mia Lotta nun ganz genau. Ihr elendes Hymen war noch immer da. Mit so etwas vor dem Portal der Lüste empfing man keine Kinder. „Nein, er ist ein Traum, aber einer zum Anfassen. Nur sein Vater ist ein ziemliches Ekel. Dafür überlässt er uns aber seine Villa am See, wo mein Liebster aufgewachsen ist. Und Schloss Oberstein lässt Marks Vater speziell für mich sanieren. Als Hochzeitsgeschenk. Das Schloss wird dann nicht nur der Alterssitz für Großmutter, sondern auch eine Sommerresidenz für uns alle."

„Das solltest du dir schriftlich geben lassen. Vielleicht sind das alles Hochstapler. Oder Mörder." Suzanna bekam einen ihrer berühmten Kicheranfälle. „Lustmörder", prustete sie. „Sieh dich vor. Und wenn sie dich nicht killen, dann verkaufen sie dich an einen Harem. Blonde Frauen mit Eieruhrfigur sind da sehr gefragt."

„Du bist kindisch."

Mia Lotta hatte das Gespräch in dem fantastischen Bewusstsein beendet, allein durch die Aussicht auf den Stand der Ehe rapide gereift zu sein. Ein Quantensprung, der sie meilenweit von ihrer doch ziemlich albernen Cousine entfernte. Mia Lotta wusste, was sie an Mark hatte. Der rote Teppich war ausgerollt. Das Paradies hatte seine Pforten für sie aufgetan, und falls ihr nachts allein doch noch einmal der Hauch eines Zweifels kommen sollte, brauchte sie nur nach ihrem Verlobungsring zu tasten, der vom besten Juwelier Münchens stammte und zusammen mit ihrem Konterfei in der Regenbogenpresse abgebildet worden war.

Ihr Verlobter besaß eine Agentur, die Luxusdienstleistungen aller Art vermittelte, vom Butler bis zum Opernarien schmetternden Koch. Besonders gefragt waren derzeit Südländer, sie brachten einen gewissen Chic ins Haus. Marks Diener Servilio war der Prototyp auf dem Prüfstand, denn zu Marks Geschäftsprinzipien gehörte es, dass man der Kundschaft nichts empfahl, was man selbst nicht zuvor auf Herz und Nieren geprüft hatte. Natürlich gab es auch eine Reihe eher konservative Auftraggeber, die bei ihrem Personal auf Importe aus England schworen. Und diese Richtung repräsentierte der neue Gärtner Nelson. Doch gleichgültig, ob klassische oder zeitgenössische Schule, Mark garantierte den besonderen Pfiff in Form einer Zusatzqualifikation, die normales Dienstpersonal gewöhnlich nicht zu bieten hatte. Er war fest entschlossen, mit seiner noch jungen Agentur den Markt zu revolutionieren. Und Mia Lotta war ihrerseits fest entschlossen, Mark die Frau zu sein, die er verdiente und auf diesem Weg an seiner Seite brauchte.

Der einzige Wermutstropfen waren die penetranten Nachstellungen des Pfarrers von Oberstein. Er schien etwas zu wittern und verschaffte sich immer wieder Zugang zum Schloss. Zweimal war Mia Lotta ihm nur mit knapper Not entkommen. Ihm oder sich selbst? Die Furcht, womöglich eine ähnliche Verwandlung zu durchlaufen wie die Bäckerstochter machte ihr mehr Angst als die körperliche Überlegenheit des Pastors. War es die Erinnerung daran, wie er seinen Knüppel in den zarten Mund geschoben hatte, die Mia Lotta quälte? Sie hatte schon mehr als einmal davon geträumt, wie er sich zu ihr in das einsame Schloss schlich und sie voll ungezügeltem Verlangen nahm. Keuchend war sie von ihrer Erregung aufgewacht und hatte sowohl das Nachthemd als auch das Laken wechseln müssen … Sie wollte und musste der Versuchung aus dem Weg gehen, die von diesem Teufel im heiligen Gewand ausging.

Als ob Mia Lottas neue Familie ihr Dilemma erahnte, hatte ihre zukünftige Schwägerin vorgeschlagen, die letzten verbleibenden Tage bis zur Hochzeit in ihrem Haus in München zu verbringen. Es gab so viel zu erledigen. Das fing bei der Gästeliste an und hörte bei der Planung des Dinners auf. Renata bemühte sich rührend um sie, was Mia Lotta sich nur so erklären konnte, dass Marks Schwester die Entgleisung neulich im Bad offenbar ungeschehen machen wollte. Von ihrem Bräutigam bekam Mia Lotta in dieser Zeit herzlich wenig zu sehen, was daran lag, dass er sich um seine Agentur kümmern musste, die, wie er betonte, häufiges Reisen von ihm verlangte.

„Vielleicht könnte ich Mark ja, wenn wir erst verheiratet sind, gelegentlich begleiten“, meinte Mia Lotta beim gemeinsamen Frühstück mit Renata und Phillip, der sich jetzt ebenfalls vorschriftsmäßig benahm. „Ich könnte seine Termine verwalten und für ihn dolmetschen."

Das Ehepaar tauschte einen Blick, den Mia Lotta nicht zu deuten wusste.

„Ich war schon immer besonders gut in Sprachen", ergänzte Mia Lotta eifrig. „Ich spreche fließend Englisch und Französisch, und wenn ich ein wenig mit unserem italienischen Diener übe, bin ich im Italienischen auch schnell zu Hause."

Phillip wandte sich zur Seite und hielt sich die große Serviette vors Gesicht. Offenbar hatte er sich verschluckt. Es dauerte eine Weile, bis er reden konnte.

„Ich weiß nicht", meinte er mit gepresster Stimme, „ob es deinem Bräutigam besonders gefallen würde, wenn du mit seinem neuen Diener Italienisch übst. Was meinst du, Liebling?", fragte er in Renatas Richtung.

„Ich meine", erwiderte Renata streng, „dass du dich soeben auf gefährliches Terrain begibst, Liebling." Wie sie das Kosewort betonte, hörte es sich nicht besonders liebevoll an.

„Denkt ihr, dass Mark befürchtet, ich könnte mich zu sehr mit dem Personal gemein machen?", fragte Mia Lotta und überlegte, ob ein so moderner Mensch wie Mark tatsächlich an solch alten Zöpfen festhielt. Erstmals meldeten sich leise Bedenken. Vielleicht hätte sie sich doch noch etwas Zeit mit dem Heiraten lassen sollen. „Im Grunde", fuhr Mia Lotta zögernd fort, „weiß ich ziemlich wenig über Mark. Das geht alles so rasend schnell, vielleicht sogar zu schnell, und eine Ehe ist schließlich eine ernste Sache."

„Keine Sorge!" Renata sprang auf, ergriff Mia Lottas

Hand und zog sie hoch. „Wir helfen dir, und damit du gut für eure Ehe präpariert bist, haben wir uns eine ganz besondere Überraschung für dich ausgedacht."

„Eine Überraschung?", wiederholte Mia Lotta neugierig.

„Warte bis heute Abend", vertröstete Renata sie. „Was hältst du davon, wenn Phillip solange etwas mit dir unternimmt? Worauf hättest du denn Lust?"

„Ich war eine Ewigkeit nicht mehr im Museum", antwortete Mia Lotta in Gedanken an die Ermahnung ihrer Wiener Tante, die schönen Künste etwas intensiver zu pflegen. Dasselbe galt zweifelsfrei für die Erbauung ihrer Seele, und dort bestand dank sündiger Gedanken erst recht Handlungsbedarf. „Vielleicht sollte ich auch noch einmal in die Kirche zur Beichte gehen", ergänzte sie.

„Da wird Phillip dich bestimmt liebend gern begleiten", behauptete Renata mit einem merkwürdigen Unterton. „Lasst euch nur Zeit, ich habe noch jede Menge zu tun."

Doch offenbar hatte sich alles gegen Mia Lottas gute Vorsätze verschworen. Phillip und sie standen wenig später vor verschlossenen Türen. Es war Mittagszeit, und so schlug Phillip vor, zu lunchen, obwohl sie gerade erst gefrühstückt hatten. Mia Lotta wollte nicht unhöflich sein und folgte ihm in ein Lokal, wo man Phillip offenbar gut kannte. Tausend neugierige Blicke taxierten sie auf eine seltsam abschätzige Weise.

„Ist irgendetwas an mir nicht in Ordnung?", wollte Mia Lotta wissen und sah an sich hinab. Die Bluse war orangerot und eine Leihgabe von Renata, die Mia Lottas Garderobe als entschieden zu spießig für die Großstadt verworfen hatte. Die Bluse saß etwas eng, wie Mia Lotta nun feststellte. Der Ausschnitt saß fast unanständig tief, der transparente Stoff spannte bei jedem Atemzug.

„Du siehst fantastisch aus“, versicherte Phillip. „Rot ist absolut deine Farbe.“

„Das hat mir vor nicht allzu langer Zeit schon einmal jemand gesagt.“

„O lala, und ich dachte, du wärest ein braves Mädchen.“

Mia Lotta errötete. „Das war nur ein älterer Herr. Er war wirklich schon ziemlich alt und ganz reizend und so wunderbar altmodisch. Er nannte sich selbst einen Experten für alles Schöne und hat mir seine Karte gegeben. Er hat einen italienischen Namen und arbeitet sogar hier in München.“

„Er hieß nicht zufällig Conrad Cappellani?“

„Du kennst ihn?“

Phillip grinste breit. „Das könnte man so sagen. Er ist der Liebling von Renata und ebenso von Mark. Die Bluse, die du trägst, stammt von ihm. Wahnsinn!“ Phillip beugte sich so weit vor, dass sie über den schmalen Tisch hinweg seinen heißen Atem auf ihrem freizügigen Dekolleté spüren konnte. „Du hast DAS Zeichen.“

„Was für ein Zeichen?“, fragte sie perplex.

„Du weißt wirklich nicht, was es bedeutet?“, fragte er.

„Ich weiß nicht, wovon du redest“, erwiderte Mia Lotta nervös.

„Und was ist das da, meine Süße?“ Phillip bohrte ungeachtet all der Leute ringsum einen Finger in den Spalt zwischen ihren mangels Platz eng zusammengequetschten Brüsten und rubbelte über einen Punkt, der kreisrund und ein wenig erhaben war.

„Das ist ein Muttermal“, wehrte Mia Lotta ab. „Meine Patentante und auch deren Mutter hatten es genau an derselben Stelle.“

„Dann können die beiden Ladys froh sein, dass sie nicht als Hexen verbrannt worden sind. Das, was du da hast, ist eine winzige dritte Brustwarze und das Geheimzeichen für überbordende Lüsternheit. Sieh mal, deine Minizitze reagiert schon. Sie wird hart und richtet sich auf. Das ist sensationell.“

„Ich bin nicht … ich glaube …“, vor lauter Aufregung begann Mia Lotta zu stottern. „Also ich glaube, dass du dich nur über mich lustig machen willst.“

„Frag Renata. Sie hat ihre Diplomarbeit über die Manifestation übersinnlicher Kräfte geschrieben. Wenn eine sich mit so was auskennt, dann sie. Wenn du willst, fragen wir sie jetzt gleich. Es sei denn, du bestehst auf deinem ursprünglichen Programm.“

„Das muss nicht unbedingt sein“, erklärte Mia Lotta und war insgeheim froh, weder beichten noch alte Meister bewundern zu müssen. Ob das mit dem Geheimzeichen stimmte? Angenommen, es verhielt sich wirklich so, dann konnte sie also gar nichts dafür, dass sich von Zeit zu Zeit die Stimme der Versuchung in ihr meldete und Bilder erzeugte, die rattenscharf waren. Renata war so etwas wie eine ältere Freundin für sie geworden. Ihr konnte sie vertrauen.

Phillip hob sein noch volles Weinglas, und sie tranken auf Ex, sodass er nochmals einschenkte. „Wäre schade drum!“ Dann schob er lässig einen Geldschein unter den

Sektkübel, und sie standen auf. Wieder schauten die Leute sie an, zumal gerade das Essen serviert werden sollte. Phillip winkte ab, und das gute Essen wanderte zurück in die Küche, während sie den Aufzug ansteuerten, der sie zurück in die Tiefgarage bringen sollte.

„Hoffentlich denkt jetzt niemand etwas Falsches", sagte Mia Lotta und betrat zögernd die Aufzugkabine.

Phillip grinste breit, folgte ihr und presste sie im nächsten Moment gegen die gepolsterte Wand. Sein vom Wein geschwängerter Atem wehte sie an. „Keine Sorge, schöne Schwägerin", flüsterte er. „Diese Spießer haben andere Dinge im Kopf, als sich mit Wollust zu beschäftigen."

Mia Lotta hielt still, als er ihre enge Bluse geschickt aufknöpfte und mit der freien Hand am Schaltbrett des Aufzugs herumfummelte. Was sollte sie tun? Um Hilfe schreien? Aber war es nicht doch möglich, dass Phillip recht hatte, die Kräfte des Übersinnlichen seien nicht zu unterschätzen? Der Aufzug kam zum Stehen, Mia Lottas zusammengequetschte Brüste sprangen erlöst aus den BH-Körbchen, und Phillip machte sich darüber her. Sie schwankte, was bestimmt am Alkohol lag. Ihre Knie begannen zu zittern, als ihr Schwager in spe mit seiner Zunge über alle drei Warzen hinwegleckte. Zunächst nur flüchtig, doch dann erkundete er das Terrain äußerst gründlich. Die Oberfläche seiner akrobatischen Zunge fühlte sich vollkommen anders an als die Unterseite. Auch verstand er das Tempo virtuos zu variieren.

„Und?", stöhnte sie. „Ist es das Zeichen?"

„Uns fehlt nur noch der Farbtest. Dafür musst du dich hinlegen."

„Das geht nicht, hier ist gar kein Platz zum Hinlegen."

„Wetten, dass hier Platz ist." Er versetzte ihr einen Schubs.

Mia Lotta verlor das Gleichgewicht und rutschte an der mit Kunstleder bespannten Wand zu Boden, sodass Phillip über ihr mit gegrätschten Beinen stand. Von unten sah er ziemlich kompakt aus, das reinste Kraftpaket. Nun machte er sich an seinem Gürtel zu schaffen, die Hose fiel nach unten, und heraus sprang der reinste Krummsäbel, lang und dünn. Das Schamhaar war extrem hell, was den Kontrast zu dem zuckenden braunen Ding verstärkte.

„Das darfst du nicht", wimmerte sie. „Ich bin noch Jungfrau, und in ein paar Tagen heirate ich Mark. Versündige dich nicht an mir."

„Wir wollen doch nur prüfen, ob du wirklich eine kleine Hexe bist."

Ohne dass er Hand an sich legte, begann das lange dünne Ding zwischen seinen Beinen wie von selbst zu kreisen und sich zu schlängeln. Der reinste Hexentanz. Dann begann es an der Spitze zu schäumen und zu plätschern, es hörte gar nicht mehr auf, aus ihm herauszuschießen. So viel Sperma konnte kein normaler Mann produzieren. Es war wirklich Hexerei. Der speiende Rüssel zog eine nasse Straße über ihre Brüste, konzentrierte sich auf die Mitte, wo das eben noch weiße Mal saß, jetzt aber färbte es sich rot.

„Siehst du, nun wird es ebenso rot wie deine anderen beiden Zitzen", triumphierte er. „Das ist der Beweis. Du trägst das Zeichen."

„Hör auf!", schrie sie. „Hör sofort damit auf." Sie zog die Beine ruckartig hoch und versuchte nach ihm zu treten, doch sie verfehlte ihn. Wenigstens hörte der Beschuss ihrer Brüste auf. Sein dünner Riemen tropfte zwar noch immer ordentlich, doch weil sie Phillip aus dem Gleichgewicht gebracht hatte, verteilten sich die letzten Tropfen auf ihrem Blusenärmel und ihren Lippen. Dieser Geschmack! Es war Urin! Dieser Mistkerl hatte sie angepinkelt.

„Das ist ja widerlich!“, rief sie.

„Der Säuretest“, ergänzte Phillip. „Urin ist eines der ältesten und natürlichsten Zaubermittel auf diesem Erdball. Und du hast die Hexenprobe bestanden, ich gratuliere.“

„Ich glaube dir kein Wort“, schimpfte Mia Lotta und überlegte, wie sie es schaffen sollte, sich an Renata vorbei ins Haus zu schleichen und sich umzuziehen. Renata durfte von dieser abartigen Entgleisung ihres Ehemanns auf keinen Fall etwas erfahren, denn das würde sie gewiss zutiefst verletzen.

Ein Duft wie von Pflaumen mit Zimt wehte Mia Lotta in die Nase, als sie hinter Phillip das Loft des Ehepaars betrat. Mia Lotta musste an ihr Lieblingspflaumenmus denken, auch Phillip registrierte den Geruch und schnupperte mit sichtlichem Wohlgefallen.

„Sieh mal einer an“, sagte er. „Wir haben wohl Besuch. Die Zeichen mehren sich.“

„Lass mich mit deinen Zeichen in Ruhe“, sagte Mia Lotta gequält und versuchte, sich an ihm vorbeizuschlängeln.

„Wieso meine Zeichen?“ Er hielt sie am Blusenärmel fest, der hauchdünne Stoff drohte zu reißen. „Wie wäre es mit einem Kuss als Wegpfand? Du bist mir ohnehin noch den Bruderschaftskuss schuldig."

„Später", entgegnete Mia Lotta, „Erst mal muss ich mich frisch machen." Blitzschnell duckte sie sich, schlüpfte unter seinem Arm hindurch und sauste die Treppe zum Gästezimmer hoch. Dort riss sie sich die besudelten Kleidungsstücke vom Leib und machte sich im Bademantel auf den Weg in Renatas Bad am anderen Ende des Korridors.

Zum Glück besaß jeder der Eheleute ein eigenes Schlafzimmer mit zugehörigem Bad. Das von Renata war ein Traum in grün schimmerndem Marmor. Sämtliche Armaturen waren vergoldet, sogar die zahlreichen Spiegel überzog eine hauchdünne Goldschicht. Hier fühlte man sich wie in einem von tropischen Sonnenstrahlen durchdrungenen Dschungel, natürlich fehlten auch zwei echte Palmen nicht. Wenig später stand Mia Lotta unter der Dusche, die einer Felsgrotte nachempfunden war. Heißes und kaltes Wasser prasselte auf sie hinab und überlagerte für eine Weile alles andere. Herrlich! Sie fühlte sich wie neugeboren und wollte sich gerade frische Sachen überziehen, als aus dem benachbarten Schlafzimmer ein seltsames Geräusch ertönte.

Ob Renata etwas fehlte?

Zögernd näherte Mia Lotta sich der Tapetentür. „Renata? Bist du da? Kann ich etwas für dich tun?"

„Grrr … jaaa … das brennt, oh wie das brennt. Hilfe! Ich verbrenne."

Da gab es kein Halten mehr für Mia Lotta. Ohne zu zögern, stieß sie die Tür auf und stürzte ins Zimmer, als sie jäh innehielt. Renata war splitternackt und lag auf einem Diwan. Ihre Augen waren verbunden, ihr Kopf ruhte weich auf einem Kissen am Fußteil, ein Bein lag erhöht auf dem Kopfteil, das andere Bein zeigte leicht angewinkelt auf die Person, die umringt von allerlei Schälchen vor dem Diwan kniete. Ebenfalls ein weibliches Wesen, von zarter, fast knabenhafter Gestalt. Doch offenbar war dieses Wesen alles andere als unschuldig.

Was Mia Lotta gehört hatte, war keineswegs ein Hilfeschrei, denn was hier abging, war ein Spiel in beiderseitigem Einvernehmen. Ein Spiel mit Peperoni und geradezu unanständig dicken Oliven sowie Pasten in allen erdenklichen Farben und offenbar auch unterschiedlichen Schärfegraden. Mia Lotta schien es, als sollte Renata erraten, was die Besucherin auf ihrem Körper verstrich und auch in ihre intimsten Öffnungen einführte. Gerade griff die junge Frau mit dem Gesicht einer Madonna in eines der Schüsselchen und nahm ein langes, dünnes, schwarzes und runzeliges Etwas heraus, um damit über Renatas Bauchdecke zu streichen. Dann umkreiste sie ihren Schoß und streichelte die klaffenden Schamlippen, zwischen denen etwas Grünliches schimmerte.

„Voilà“, hauchte sie mit einem niedlichen französischen Akzent, „und was ist das?“

„Hoffentlich nicht wieder etwas so Scharfes wie das, was noch in mir steckt und sich wie die Nüsse von einem verdammt alten Sack anfühlt“, keuchte Renata.

„Spucken Sie es aus, Madame, wenn es Ihrem Liebesmund nicht schmeckt“, empfahl die kleine Französin kichernd. „Es ist nur eine extra scharf gefüllte Olive.“

Ungläubig sah Mia Lotta zu, wie die Vulva ihrer mütterlichen Freundin etwas Grünes gebar. Aus dem Grün quoll eine dickflüssige Creme mit roten Punkten, die von der

Französin mit dem langen dünnen Ding geschickt aufgefangen wurde. Jetzt sah es mit etwas Fantasie wie ein Eis am Stiel aus. Die kleine französische Hexe schien ähnliche Assoziationen zu haben, denn schon pries sie kichernd „zweierlei Liebesschaum am Stiel" an. Zuerst kostete die eine und dann die andere. Es schien beiden zu schmecken. Sahnig und zugleich scharf, lautete übereinstimmend der Befund. Gegen ihren Willen lief Mia Lotta das Wasser im Mund und nicht nur dort zusammen. Sie wurde feucht. Was für ein Anblick. Gerade leckte das Duo dort einvernehmlich die letzten Reste von der dünnen Stange, immer wieder berührten sich die Zungenspitzen und umschlängelten einander, die eine schleckte die andere sauber, glitzernder Speichel verdünnte die letzten Reste der Olivenfüllung. Nun sah es wirklich aus, als ob die beiden Frauen einvernehmlich an Sperma leckten und sich daran aufgeilten.

„Und jetzt?", keuchte Renata. „Was machen wir jetzt?"

„Jetzt machen wir uns eine neue Eissorte. Voilà!" Die verruchte Französin mit dem Unschuldsgesicht schob blitzschnell den sauber abgeleckten schwarzen Stängel zwischen die Schamlippen der Hausherrin. „Und wie gefällt Ihnen das, Madame?"

Renata kicherte und hob das Becken, schaukelte damit, sodass die aus ihr herausragende schwarze Spitze der Schote lustvoll mitwedelte. „Irgendwie", meinte sie kichernd, „erinnert mich das an das beste Stück meines Herrn Gemahls. Genauso lang und dünn und wendig, aber das hier riecht entschieden besser."

„Wonach?"

„Hm", Renata schnupperte, „ich würde sagen nach Vanille, andererseits gibt es keine so langen Vanillestangen, richtig?“

„Es ist eine Kreuzung, und dem Samen sagt man nach, dass er alle Schleimhäute, mit denen er in Berührung kommt, explodieren lässt.“

„Also genau das Richtige für eine Hochzeit?“ Renata richtete sich halb auf, griff sich trotz verbundener Augen zielsicher zwischen die Beine und ritzte mit ihren langen Fingernägeln das herausragende Ende der schwarzen Frucht auf. „Oder für eine Orgie? Für den kleinen Tod ganz groß?“ An Renatas Fingerspitze klebte nun ein krümeliger Klumpen, den sie zu ihren Lippen führte und daran leckte.

„Hm, nicht schlecht“, meinte sie, „scharf und mild zugleich. Aber die Schärfe dominiert ganz eindeutig, das Milde ist bloß Tarnung.“

„C’est la vie“, gurrte die kleine Französin und bewegte den Fruchtkörper in Renatas Scheide hin und her.

Das eben noch stumpfe Schwarz begann zu glänzen und zu spucken. Es sah obszön aus, wie aus der zuvor von Renatas Nagel perforierten Schale schwarze Krümel drangen. Die Französin pickte die Krumen geschickt mit einer Hand auf und zerrieb sie auf der Innenseite von Renatas Schenkeln, die bald aussahen wie mit Ruß beschmiert. Der Raum erfüllte sich mit einem unglaublich intensiven, süßen Geruch.

„Im Orient raucht man es auch in der Wasserpfeife, Madame.“

„Und wenn man keine Wasserpfeife zur Hand hat?“, stöhnte Renata, deren Becken nun animiert von dem wollüstigen Stochern immer heftiger rotierte.

„Dann sucht man sich etwas anderes Heißes mit einer ähnlich kleinen Öffnung, Madame." Die schamlose Person erntete ein weiteres Klümpchen des schwarzen Innenlebens der Schote aus Renatas Schoß. Diesmal drückte sie es geradewegs in das sehr viel kleinere Löchlein dahinter und schob mit dem Zeigefinger nach, schleckte den Finger zwischendurch ein paarmal ab und führte ihn sodann erneut in die Rosette ein, die immer größer zu werden schien und immer gieriger.

Obwohl Mia Lotta wusste, dass sie längst hätte verschwinden müssen, konnte sie sich nicht von diesem Anblick lösen. Überall in ihr begann es zu zucken, jede Körperöffnung war beteiligt. Unter ihrem Bademantel war sie nackt, und obwohl sie gerade geduscht hatte, begann es, verdächtig zwischen ihren Schenkeln zu kleben. Ihr Atem ging immer schwerer, dazu dieser betäubende Duft. Die kleine Verrückte brachte jetzt auch noch Räucherstäbchen zum Einsatz, und es sah aus, als ob Dampf aus Renata aufstiege. Nicht aus ihrem Mund oder den Nasenlöchern, sondern aus ihren intimsten Körperöffnungen. Duftwolken aus Vanille, Schweiß, Liebessäften und Sünde. So, genau so musste die Sünde riechen und aussehen. Und wer in ihren Bann geriet, war verloren. Mia Lotta spürte, dass sie zu schwanken begann. Sie musste sich an einer der Palmen festhalten, der Kübel neigte sich bedrohlich zur Seite. Erschrocken ließ Mia Lotta los und zuckte zusammen, weil es beim Aufsetzen des Kübels laut knirschte.

„Hörst du das, Zouza? Wetten, dass mein Göttergatte sich wieder einmal nicht an die Order hält und früher heimkommt?"

„Mit der glücklichen Braut?“, hörte Mia Lotta die fremde Frau und erwachte jäh aus ihrer Erstarrung.

Auf Zehenspitzen trat sie den Rückzug an und hörte noch, dass man nun praktischerweise bei der Braut Maß nehmen könne.

Maß wofür?

Rückwärts gehend trat Mia Lotta auf den Bademantel, der sich gelockert hatte und wie eine Schleppe über den Boden schleifte. Sie raffte den Mantel hoch und machte, dass sie fort kam, bevor jemand sie erwischte. Den langen Flur entlang, an der Treppe vorbei. In ihrer Aufregung verfehlte sie mehrmals den Drehknauf an der Tür des Gästezimmers, endlich hatte sie es geschafft. Gerettet!

Mit geschlossenen Augen lehnte sie sich von innen gegen die Zimmertür. Das musste sie alles erst einmal verarbeiten. Das war entschieden zu viel für sie, dazu dieses Pulsieren und Jucken von Kopf bis Fuß, gerade so, als ob ihr Körper rebelliere. Weil sie das Hexenzeichen trug? Das Zeichen der Wollust?

„Hallo Schwägerin.“ Auf dem Bett saß Phillip. „Ich habe dich schon überall gesucht. Du warst auf einmal verschwunden.“

„Ich, ich war kurz duschen“, brachte Mia Lotta hervor und war viel zu perplex, um ihn zur Rede zu stellen, weshalb er sich in ihr Zimmer schleiche.

„Du hast nicht zufällig mit Renata zusammen geduscht?“, erkundigte sich Phillip mit einem anzüglichen Grinsen.

„Nein, natürlich nicht“, wehrte Mia Lotta ab. „Wie kommst du denn darauf?“

„Sie ist spurlos verschwunden. Dabei fliegen unten ihre Sachen herum. Es sieht aus, als ob der Blitz eingeschlagen hätte. Überall Stoffe und Designerfummel, alle möglichen Accessoires und eine Kollektion Schuhe. Und der Catering-Service muss auch da gewesen sein, aber Madame lässt sich nicht blicken."

„Sie kommt bestimmt gleich. Ich komme auch gleich. Ich muss mir nur noch rasch etwas anderes anziehen." Mia Lotta war entschlossen, die Freundin nicht zu verraten. Renata wusste, was sie tat. Vielleicht gehörte ja alles zu einer besonderen Therapie, schließlich arbeitete Phillips Frau als eine Art Therapeutin.

„Und du hast wirklich nur geduscht, süße Schwägerin?" Phillip erhob sich von ihrem Bett und kam auf sie zu. „So ganz allein? Muss ganz schön aufregend gewesen sein."

„Aufregend? Wie kommst du darauf?" Mia Lotta hörte, wie ihre Stimme vor Aufregung heller wurde und sich zu überschlagen drohte.

„Vielleicht deshalb?" Phillips Hand schlüpfte unter ihren Bademantel und verfolgte die verräterische Spur, die in ihrem Schoß begann und eine klebrige Schneise auf ihren Schenkeln hinterlassen hatte. „Ein merkwürdiges Duschgel, wenn du mich fragst." Er zog die Hand zurück und schnupperte daran. „Man könnte meinen …"

Auf dem Flur ertönten Schritte, ein helles Trippeln und eine zweite Schrittfolge, die Mia Lotta schon vertraut war. Zweifelsfrei Renata.

„Da kommt Renata", keuchte sie.

„Dann verdrücke ich mich jetzt wohl besser." Phillip ließ von ihr ab und trat den Rückzug an. Er verschwand über die Feuerleiter an ihrer Fenstertür. Offenbar war er auch auf diesem Weg bei ihr eingedrungen.

Als Mia Lotta nach unten kam, wurde ihr die junge Französin als Zouza vorgestellt. Zouza war Schneiderin, arbeitete für Conrad Cappellani und war gekommen, um Maß für Mia Lottas Hochzeitsgarderobe zu nehmen und anhand mitgebrachter Entwürfe und Stoffe eine Vorauswahl zu treffen. Renata gab sich vollkommen unbefangen. Mia Lotta wusste dagegen vor Verlegenheit kaum, wohin sie blicken sollte.

„Viel Zeit bleibt uns ja nicht mehr", sagte Renata fröhlich und fügte hinzu, dass der große Meister ihr in die Hand versprochen habe, pünktlich fertig zu werden. „Zouza ist sein bestes Pferd im Stall. Da kann gar nichts schiefgehen. Du wirst Augen machen, Mia Lotta. Ich habe mir gerade alles von Zouza zeigen lassen, was sie anzubieten hat. Und den einen oder anderen Leckerbissen für heute Abend haben wir bei dieser Gelegenheit auch schon einmal vorgekostet." Renata leckte sich genüsslich über die Lippen. „Köstlich, ich habe mich wie im siebten Himmel gefühlt."

„Hoffentlich sind wir nicht zu früh zurückgekommen, Liebes", meinte Phillip mit einem süffisanten Zucken um die Mundwinkel.

„Aber nein, Schatz, ganz im Gegenteil. So können wir in Ruhe Maß nehmen, bevor unsere Gäste kommen." Renata wandte sich Mia Lotta zu und lächelte. Dabei kam sie näher und legte ihr einen Arm um die Schultern. Weil sie kleiner war rutschte der Arm ab und blieb auf Mia Lottas Po liegen.

Das Prickeln kehrte prompt zurück. Im nächsten Moment glaubte Mia Lotta, den Duft von Vanille zu riechen.

„Welche Gäste?“, fragte sie hilflos.

„Das gehört alles zu der Überraschung, die ich dir versprochen habe. Wir veranstalten heute Abend dir zu Ehren eine kleine Party mit unseren besten Freunden. Alles ganz unkompliziert. Zouza hat dir für diesen Anlass auch einige Kleider zur Auswahl mitgebracht. Schließlich wollen wir mit dir glänzen. Sie kann mit ein paar Stichen noch etwas ändern, falls eine Naht nicht richtig sitzt, Zouza ist eine Zauberin.“

Mia Lotta schluckte. Das war die Untertreibung des Jahres.

„Alle werden begeistert von dir sein“, fuhr Renata fort. „Das Essen ist auch schon angeliefert worden. Köstliche Appetizer, wirklich schickes Fingerfood. Bei der Hochzeit selbst werden wir darauf wohl leider verzichten müssen, denn unser Vater hält so etwas für neumodischen Quatsch, und wir wollen ihn ja nicht unnötig verärgern.“

Mia Lotta nickte mechanisch. In ihrem Kopf drehten sich die Gedanken. Fingerfood! Fiel das, was Zouza vorhin in die Hausherrin hineingeschoben hatte, ebenfalls in diese Kategorie?

„Das ist sehr nett von euch“, sagte sie mit gepresster Stimme. „Aber was ist mit Mark?“

„Er kommt heute Abend natürlich auch“, versicherte Renata. „Irgendwie wird er sich von seinen Geschäften loseisen. Ich habe ihm jedenfalls gesagt, dass du tödlich verletzt wärst, wenn er nicht wenigstens auf ein Gläschen vorbeischaut. Magst du schon mal eine mit Schafskäse und

Chili gefüllte Olive kosten? So dicke Oliven hast du noch nie gesehen." Renata wies auf einen Glasteller.

Erst jetzt bemerkte Mia Lotta die Vielzahl raffiniert angerichteter kleiner Gaumenkitzler auf der drei Meter langen Theke aus satiniertem Glas, welche die offene Küche vom Wohnraum trennte. Sie erkannte die grünen Oliven ebenso wieder wie die Vanilleschoten, die hier als Spieße für exotische Früchte dienten. Alles war da, was sie zuvor in Renatas Schlafzimmer in kleinen Schälchen hatte liegen sehen. Waren die Oliven etwa ebenso wie die Schoten mit Renatas intimen Körpersäften in Berührung gekommen?

Als die Gäste eintrafen und sich an den Platten bedienten, äußerten sie sich verwundert darüber, dass das Essen anders als sonst schmeckte. Nicht schlecht, aber auf eine besondere Weise würzig und mit einem ganz speziellen Nachgeschmack, der etwas gewöhnungsbedürftig sei.

„Das schmeckt nach Fisch und zugleich süßlich", meinte ein Gast und hob sein Weinglas. „Eine gewagte Kombination, aber nicht übel, wie gesagt. Auf die Braut und alles Neue! Salute!"

„Bei Braut muss ich spontan an Austern denken", meinte ein anderer Gast, der schon reichlich Wein getrunken hatte und sich gerade eine mit Speck umwickelte Dattel in den Mund schob. Er kaute genüsslich, was ihn aber nicht am Weiterreden hinderte: „Eine keusche Braut hat durchaus etwas mit einer züchtig geschlossenen Auster gemein. Aber sie wird ja bald geöffnet, wobei man mitunter handfeste Überraschungen erlebt, von süß bis salzig."

Schon wurden weitere mehr oder weniger schlüpfrige Vergleiche gezogen. Schwüle lag in der Luft, einige Damen ließen sich die Augen verbinden und füttern, um sodann die Ingredienzien des Fingerfoods zu erraten. Immer wieder fiel etwas wie zufällig in den Ausschnitt einer Dame und wurde unter allgemeinem Gejohle wieder herausgeklaubt. Mia Lotta wünschte sich nichts sehnlicher, als dass Mark endlich auftauchte und sie beschützte.

Sie trug ein wunderschönes Kleid aus der Kollektion von Conrad Cappellani. Die farblich darauf abgestimmten Schuhe passten ihr wie an gegossen, und Renata hatte darauf bestanden, dass Zouza sich um Mia Lottas Make-up und Frisur kümmern sollte. Das Ergebnis konnte sich sehen lassen. Alle Gäste hatten sie mit Komplimenten überhäuft. Anfangs hatte Mia Lotta sich noch schön und begehrenswert gefühlt und sich ausgemalt, wie sie ihrem Bräutigam Ehre machte und sich mit ihm, wenn alle gegangen waren, in einen stillen Winkel zurückziehen würde. Doch stattdessen musste sie sich nun die zotigen Sprüche und dreisten Blicke einiger inzwischen betrunkener Gäste gefallen lassen.

Die Tränen schossen ihr in die Augen. Was für ein schrecklicher Abend! In ihrer Not flüchtete sie sich auf die Toilette und drehte den Wasserhahn auf. Eiskaltes Wasser schoss heraus. Sie ließ es über ihre Handgelenke fließen, bis die Haut sich taub anfühlte. Dann platschte sie sich Wasser ins Gesicht und verdarb damit mutwillig ihr kunstvolles Make-up. Auch ihre Frisur und das Cocktailkleid nahmen Schaden. Aber sie wollte sich nicht mehr länger als Braut ohne Bräutigam vorführen zu lassen.

„Sei nicht traurig." Renata war ihr gefolgt. „Mark hat gerade angerufen. Es tut ihm unendlich leid, aber er müsse noch einmal zu eurem zukünftigen Heim fahren, um etwas zu erledigen. Schließlich soll alles perfekt sein."

„Aber er wird doch wohl kaum mitten in der Nacht im Haus herumwerkeln!", sagte Mia Lotta. „Dafür hat er doch jede Menge Personal engagiert."

„Neues Personal, genau", erwiderte Renata, „das Mark noch genau instruieren muss, damit alles schön ist, wenn er dich über die Schwelle trägt, um dir endlich das Haus zu zeigen, an dem sein Herz so hängt."

Mia Lotta wurde ärgerlich. Sie mochte zwar unerfahren und in gewissen Dingen ausgesprochen naiv sein, aber dumm war sie deshalb nicht.

„Mark hätte es sogar noch halbwegs pünktlich zur Party geschafft, wenn der Notar keine Autopanne gehabt hätte. Eigentlich sollte ich es dir nicht sagen, aber es geht um dein Schloss."

„Es ist nicht mein Schloss", protestierte Mia Lotta. „Es gehört noch immer meiner Großmutter, das heißt, bis alle Darlehen getilgt sind, der Bank."

„Genau das wird gerade per Ehevertrag geregelt. In Zukunft hast du dort ganz allein das Sagen, und zwar schuldenfrei. Obendrein wird es eine Stiftung geben, die für den laufenden Unterhalt von Schloss Oberstein sorgt. Was sagst du nun?"

„Ich war wohl ziemlich dumm und voreilig", sagte Mia Lotta zerknirscht und sah vor ihrem inneren Auge die Rüstung ihres Ritters heller denn je erstrahlen. Alle meinten es nur gut mit ihr, jeder wollte sie überraschen, und statt sich zu freuen und dankbar zu sein, zickte sie nur herum. Sie schaute in den Spiegel. Sie sah schrecklich aus. Wie eine

Katze, die man hatte ersäufen wollen. „So wie ich aussehe, kann ich unmöglich zurück zur Party."

„Das brauchst du auch nicht. Ich werde Phillip bitten, dich zu entschuldigen. Und dann bringe ich dich armes Hascherl ins Bett. Das war wohl alles zu viel für dich." Renata streckte eine Hand aus und streichelte ihr über den Rücken.

„Nein! Nicht!" Mia Lotta hob abwehrend die Hände.

„Was ist denn? Ich dachte, wir wären Freundinnen?"

Mia Lotta senkte den Blick, sie konnte Renata unmöglich ansehen. Andererseits war sie ihr eine Erklärung schuldig.

„Ich habe dich und Zouza gesehen", sagte sie zögerlich.

„Und was hast du dabei empfunden?", schnurrte Renatas Stimme. Ihre Hand strich wohltuend warm über Mia Lottas Rücken. Offenbar schämte sie sich keineswegs. Vielmehr erweckte sie den Eindruck, als sei es die normalste Sache der Welt, sich auf diese Weise zu vergnügen.

Mia Lotta fragte sich, ob sie falsche Maßstäbe anlegte. Provinzielle Maßstäbe. „Ich habe es nicht verstanden", gestand sie.

„Ich erkläre es dir, meine Süße. Geh schon mal vor, ich komme gleich nach."

Mia Lotta nickte. Renata war ihre Freundin und so viel lebensklüger, außerdem war sie Marks Schwester. Es war bestimmt nichts dabei, sich von der zukünftigen Schwägerin trösten und aufklären zu lassen.

Die Party lief auf Hochtouren, der Alkohol floss in Strömen, der Lärmpegel war außerordentlich. Renata gab Phillip ein Zeichen, er reagierte sofort.

„Wo steckt unsere kleine Braut?“

„Sie ist ziemlich am Ende. Ich werde sie jetzt ins Bettchen bringen.“

„Warum du und nicht ich?“, maulte Phillip.

„Weil sie noch Jungfrau ist und ich dein Faible für Jungfernhäutchen kenne. Bei der Aussicht, so etwas zu knacken, fühlst du dich doch wie ein Gladiator, und dieses Risiko ist mir zu groß.“

„Als ob dein Bruderherz sich darum reißen würde, den Dosenöffner zu spielen. Sehr viel wahrscheinlicher ist, dass er mir auf Knien dankt, wenn ich ihm diesen Job abnehme.“

„Halt dich zurück, okay?“, zischte Renata. „Wir riskieren nichts, und das Kommando habe ich. Also sieh zu, dass du unsere Gäste bei Laune hältst. Oder willst du demnächst selbst für alles aufkommen, was unser Leben in Saus und Braus so kostet?“

„Täte ich ja gern. Aber ich hab leider keine Kunden, die mich auch noch fürstlich dafür bezahlen, dass ich sie nach Strich und Faden verarsche.“

„Du bist und bleibst ein Banause. Meine Kunden heißen Patienten. Und ich arbeite, wie du sehr wohl weißt, nach einer anerkannten Methode.“

Phillip grinste breit. „Eine Methode, bei der du außer jeder Menge Knete auch noch selbst einen Orgasmus nach dem anderen kassierst. Was bekomme ich, wenn ich dir heute Nacht unsere süße Braut überlasse?“

Renata zuckte die Schultern und wandte sich zum Gehen. „Wie wär’s mit Kamera drei?“

„Kamera drei fürs Gästezimmer, das ist ein Wort. Aber vergiss nicht, sie einzuschalten."

Nach einiger Zeit bestellte Phillip eine Reihe Taxis. Nur Zouza durfte bleiben. Das Beobachten fremder Bettspiele machte zu zweit doppelten Spaß, und die kleine Französin war gewiss nicht nur mit Nadel und Faden fix. Ohne sich mit Vorreden aufzuhalten, schob er sie in die heimliche Kommandozentrale des Lofts, die als Ankleidezimmer getarnt war.

„Und was tun wir hier, Monsieur?", zwitscherte die Kleine und schaute ihn aus großen Unschuldsaugen an.

„Was wir hier tun? Vielleicht dasselbe, was du vorhin mit Madame getan hast", schlug Phillip vor.

„Das geht nicht, Monsieur. Sie sind doch ein Mann." Zouza warf kokett den Kopf zurück. Ihre wie Spitzkegel geformten Miniaturbrüste hüpften ihm beinahe in den Mund.

„Es geht alles." Am liebsten hätte er das kleine Kammerkätzchen und das Lustpaket nebenan im Gästezimmer zusammen beackert. Und dieser Tag würde kommen, das schwor er sich. Aber noch musste er Zurückhaltung walten lassen. Welch ein Glück, dass Renata jeden Winkel der Wohnung mit Kameras hatte bestücken lassen. Er griff nach der Fernbedienung und drückte die Taste drei. Schon konnte er eine echte Jungfrau betrachten – falls es wirklich stimmte, was Mia Lotta Renata anvertraut hatte.

„Aber das ist ja Madame." Zouza schlug sich getreu ihrer Unschuldsrolle die Hand vor den Mund.

„Madame ist eben sehr vielseitig. Zuerst empfängt sie

das Nähmädchen eines stadtbekannten Schwulen, dann eine echte kleine Freifrau, die obendrein das Zeichen der Wollust trägt. Das macht unsere Braut zur echten Rarität."

„Ich bin besser als sie." Zouzas Augen sprühten Blitze. „Sie ist nur eine dumme kleine Landpomeranze. Schauen Sie nur, wie sie sich ziert."

„Beweis mir, dass du besser bist", stichelte er. „Besser als die beiden dort zusammen." Er zeigte auf die Leinwand, die Renata und Mia Lotta in Lebensgröße zeigte. Auch die Akustik war hervorragend. Man hätte glauben können, Renata betriebe Mia Lottas Aufklärung in dieser Ankleide.

Renata war raffiniert, das musste er ihr lassen.

„Die Liebeslust", hörte er seine Frau sagen, „ist wie ein Infekt. Sie überrollt dich, und wenn du dich dagegen stemmst, machst du alles nur noch schlimmer. Jeder Mensch sollte im Laufe seines Lebens verschiedene Stadien dieser Krankheit durchlaufen."

„Bis man immun dagegen ist?", fragte Mia Lotta eifrig.

Renata schüttelte den Kopf und bewies einmal mehr ihre praktische Ader.

„Warum willst du gleich das Kind mit dem Bad ausschütten? Zumal du dich als *virgo intacta* noch gar nicht auf dieses Abenteuer eingelassen hast. Du bist doch wirklich noch jungfräulich?"

Phillip zoomte Renatas Hand näher heran, die unter Mia Lottas Nachthemd kroch. Die kleine Braut nickte nur und zog die Beine an den Körper, was ein Fehler war. Das Nachthemd schob sich dabei hoch und ließ rotblondes Kräuselhaar sehen. Die Schamlippen erinnerten ihn an einen Schmollmund.

Wie überaus niedlich!

Während Phillips Augen sich an der Leinwand festsaugten, wühlte sich seine freie Hand in das Zauberkästchen von Zouza. Wie erwartet trug sie kein Höschen, sondern eine im Schritt offene Strumpfhose. Die kleine Französin verstand. Die Muskeln ihrer gierigen kleinen Möse packten zu und klemmten seine Hand mit erstaunlicher Kraft ein. Schließlich wollte sie ihm beweisen, dass sie die Bessere war. Vive la France!

Es erregte Phillip über alle Maßen zu sehen, wie seine Frau gleichzeitig agierte. Gerade zog sie ein dünnes schwarzes Gebilde aus einer Tasche, die auf dem Boden stand.

„Ist es das, was du heute Mittag gesehen hast?", fragte Renata sanft und kitzelte mit der schwarzen Schote Mia Lottas Unterschenkel. Sodann strich sie über die Kniekehlen und die Innenseite der Oberschenkel und tippte endlich gegen die Pforte, die zu glänzen begann.

„Ja", flüsterte Mia Lotta, „und du hast die Vanilleschote. Es ist doch eine, oder? Ich habe noch nie eine so große Schote gesehen. Du hast sie …", Mia Lotta hörte auf zu reden, was zweifelsfrei daran lag, dass Renata jetzt zur Sache ging.

Renata drückte das schwarze Ding zusammen und ließ es blitzschnell zwischen Mia Lottas Beinen verschwinden. „Du hast beispielsweise eine sehr gierige kleine Schnecke", flüsterte sie. „Und was passiert, wenn man jemanden mit gutem Appetit auf Diät setzt? Irgendwann kommt der große Hunger, und dann gibt es kein Halten mehr."

„Hol bitte sofort dieses Ding wieder aus mir heraus, bevor es platzt."

„Du hast aber vorhin sehr genau hingesehen." Renata schob ihr Gesicht zwischen Mia Lottas Beine und drängte sie auseinander.

„Was tust du denn da? Ich will nicht ... du darfst nicht ... das ist ..." Mia Lotta schnappte nach Atem. Ihr Jammern klang nicht besonders überzeugend. Für Phillip stand fest, dass Marks süße kleine Braut längst auf den Geschmack gekommen war, was ihn nicht weiter wunderte. Er selbst hatte schließlich ordentliche Vorarbeit geleistet, und Renata war eine hervorragende Lehrmeisterin im Spiel mit Lüsten und Gelüsten und hatte ein untrügliches Gespür für Lustpakete wie diese Kleine, die sich noch ein wenig zierte. Nicht mehr lange, dachte Phillip. Sie hat keine Chance.

Und wenn sie erst hinter die ganze Wahrheit kam?

Renata zog die zarten Schamlippen vor sich auseinander und stieß ihre Zunge in die zuckende Öffnung. Vor und zurück, hin und her. Renata setzte ihre geile Zunge wie einen winzigen Schaufelbagger ein und beförderte weiche schwarze Krümel und zerbröselte Fasern der Schote nach draußen. Je heftiger sie wühlte, umso größer wurde die Pfütze, in der Mia Lotta lag und über der bald ihre runden Hüften tanzten. Die fleischigen Pobacken schwangen mit, sahen aus wie lüsterne Glocken. Zu hören war nur noch ein wildes Keuchen. Gleich, gleich kamen die beiden Frauen dort drüben. Phillip kannte den irren Ausdruck in Renatas Augen, auch wenn er selbst nur noch selten in den Genuss ihrer Ekstase kam. Dies hier war eheliche Ekstase aus zweiter Hand, doch damit konnte er gut leben. Jedenfalls solange die Sprengung des Jungfernhäutchens ihm vorbehalten blieb.

„Hallo, mich gibt es auch noch!“, rief sich Zouza in Erinnerung. Sie klang sehr beleidigt. „Lass mich deine Vanilleschote lecken. Ich lecke einem Mann den Verstand aus dem Hirn.“

„Wer sagt das? Dein Chef und Meister Cappellani?“ Er sah zu seinem Hosenstall hinunter. Der Reißverschluss stand offen und heraus ringelte sich lang und dünn der große Bruder der Schote, die seine Frau nebenan als Hilfsmittel einsetzte. Mit dem feinen, aber gewichtigen Unterschied, dass man mit einer bröselnden Schote keine Möse knacken konnte. Und das war gut so. Sehr gut.

Er kam gleichzeitig mit den beiden Frauen nebenan.

„War ich besser?“, wollte Zouza wissen und schluckte willig, was sich in ihren Mund ergoss. Damit nicht genug, leckte sie auch noch seine Eier ab.

Phillip schob sie ungeduldig beiseite, griff nach der Fernbedienung und schaltete Kamera drei aus. „Das sage ich dir, sobald die Story abgeschlossen ist. Dies war nur das erste Kapitel. Und jetzt mach, dass du fortkommst, ich bin müde.“

Er bekam den giftigen Blick von Zouza nicht mehr mit und steuerte sein Bett an. Für heute hatte er seinem Schwanz genug abverlangt. Schließlich war er keine zwanzig mehr. Aber er hatte das Klassenziel längst erreicht. Er war Herr seiner Lüste.

4. KAPITEL

Die letzten Tage vor ihrer Hochzeit durchlebte Mia Lotta wie in Trance. Zum Glück hatte sie Renata bei sich. Die zukünftige Schwägerin wich ihr nicht von der Seite und schien zu spüren, wie durcheinander die junge Braut war. Das lag vor allem daran, dass Mark noch vor der Trauung nach Brisbane geflogen war, und das war am anderen Ende der Welt. Er hatte sich nicht von ihr verabschiedet. Nach der Party im Loft seiner Schwester hatte Mia Lotta ihn nur noch einmal kurz gesehen, dann war er auch schon wieder weg.

Es war Phillip, der ihr die Nachricht überbrachte. Er platzte in die letzte Anprobe des Hochzeitskleids und störte sich nicht daran, dass sie halb nackt war.

„Schöne Grüße vom Bräutigam“, sagte er gut gelaunt und taxierte lüstern, was sich ihm an nacktem Fleisch oberhalb und unterhalb der knallengen Korsage bot. Auch die Aussicht auf Mia Lottas Schritt, den eine hauchdünne Strumpfhose mehr betonte als verdeckte, schien ihn heftig zu inspirieren.

„Grüße von Mark?“, wiederholte Mia Lotta irritiert. Sie stand nur auf einem Bein, das zweite suchte gerade den Einstieg in das aus etlichen Lagen bestehende Rockteil. Sie schwankte und musste sich von Zouza stützen lassen, um nicht das Gleichgewicht zu verlieren.

Phillip nickte grinsend. „Exakt, und er hat versprochen, für den großen Tag genug Sonne mitzubringen. In Brisbane hat es gerade mehr als dreißig Grad im Schatten.“

„Wieso Brisbane?“, wollte Mia Lotta wissen und verschränkte die Arme vor den Brüsten, die dank des raffinierten Mieders noch üppiger wirkten.

„Ist das nicht in Australien?", zwitscherte Zouza.

„Eine nach der anderen, meine Süßen." Phillip grinste. „Brisbane ist in Australien und Max ist in Brisbane, alles klar?"

„Aber wir heiraten übermorgen", sagte Mia Lotta fassungslos.

„Geschäft ist Geschäft." Phillip grinste. „Notfalls würde ich mich bereit erklären, als Stellvertreter einzuspringen."

„Es reicht", unterbrach ihn Renata, die unbemerkt ins Ankleidezimmer gekommen war. Tröstend wandte sie sich an Mia Lotta und streichelte ihr über den nackten Rücken bis hinunter zu den beiden Grübchen, die ganz besonders sensibel reagierten, wie Mia Lotta inzwischen wusste.

Seit der Party schlief Renata bei ihr. Es war ein sehr tröstliches Gefühl, nachts nicht allein sein und sich sorgen zu müssen. Phillip schien das nicht sonderlich zu gefallen. Mia Lotta glaubte sogar ernsthafte Anzeichen von Eifersucht bei ihm zu beobachten. Tags zuvor hatte sie mitbekommen, wie er seiner Frau vorwarf, dass sie die kleine Prinzessin ihm vorzöge.

„Was bezweckst du eigentlich damit?" Er musste lauter sprechen, weil Renata sich gerade die Haare föhnte, und Mia Lotta wurde unfreiwillig Zeugin dieses ehelichen Disputs.

„Du weißt, wie ich es hasse, wenn man mich im Bad stört", erwiderte Renata.

„Aber es stört dich ja offenbar nicht, deinen Schönheitstempel und neuerdings sogar das Bett mit unserer kleinen

Braut zu teilen.“ Phillip klang regelrecht bösartig, als er fortfuhr: „Was versprichst du dir von dieser Lesbennummer? Willst du mir eins auswischen oder deinen Bruder unmöglich machen?“

„Ich kann dir sagen, was ich will.“ Renata ließ den Föhn aufbrausen. „Ich will, dass du Mia Lotta in Ruhe lässt. Geht das in deinen geilen Schädel hinein?“

„Warum sollte ich das tun? Damit du dir die kleine Jungfrau allein unter den Nagel reißen kannst? Fragt sich nur, womit du sie knacken willst. So weit ist es mit der Frauenpower ja dann doch nicht her, dass euch Weibern inzwischen ein Pimmel wächst.“

„Du bist primitiv, aber das ist ja nichts Neues. Zu deiner Kenntnisnahme: Ich mag Mia Lotta. Ich mag sie wirklich, und ich werde nicht zulassen, dass du etwas tust, was sie ernsthaft beschädigt. Sie ist etwas Besonderes.“

„Klar ist sie das. Wahrscheinlich ist sie das einzige weibliche Wesen in ganz München, das in diesem Alter noch ein Jungfernhäutchen spazieren trägt. Insofern ist sie sehr besonders. Ich schlage dir einen Deal vor.“

Doch dann hörte Mia Lotta nur noch wüstes Fluchen und ein Scheppern. Die Sicherung sprang heraus, Föhn und Licht gingen aus. Renata hatte den Föhn nach ihrem Mann geworfen, der von dieser Attacke eine Platzwunde an der Schläfe davontrug. Seitdem waren die beiden wie Hund und Katze und redeten nur noch das Nötigste miteinander, was das Klima im Loft nicht eben angenehmer machte. Mia Lotta zählte insgeheim die Stunden bis zu ihrer Hochzeit.

Aber jetzt war Mark in Brisbane!!!

„Ich halte das nicht mehr aus“, schluchzte Mia Lotta

und schob Zouza beiseite, die gerade angefangen hatte, Oberteil und Unterteil des Brautkleids zusammenzuheften. Wie sie war, lief sie ins Gästezimmer und warf sich bäuchlings auf ihr Bett.

„Das schöne Kleid", jammerte Zouza, die ihr gefolgt war.

„Ich pfeife auf das Kleid", schrie Mia Lotta. Es tat gut, aus der Rolle zu fallen. Niemand konnte von ihr erwarten, dass sie in diesem Tollhaus als Einzige die Contenance behielt.

„Das solltest du besser nicht tun, mein Liebes." Renata gesellte sich zu ihnen und setzte sich zu Mia Lotta aufs Bett. „Mark wird pünktlich zurück sein, und es wird eine wunderbare Hochzeit werden, vertrau mir."

„Aber er ist am anderen Ende der Welt."

„Wozu gibt es Flugzeuge? Und jetzt lass Zouza ihre Arbeit machen und dir aus dem Kleid helfen, oder willst du meinem Bruder mit offenen Nähten dein Jawort geben?" Renata fuhr mit ihren spitzen Nägeln über Mia Lottas vorwitzig blitzenden Nabel.

„Und was machst du?", fragte Mia Lotta wieder halbwegs gefasst.

„Ich muss noch mal rasch fort, aber ich beeile mich. Okay?"

„Okay." Mia Lotta nickte.

Renata hauchte ihr einen Kuss auf den Nacken, dann verschwand sie, und Zouza machte sich wieder an die Arbeit. Ohne Renatas Aufsicht ging sie regelrecht brutal vor. Immer wieder piekste sie Mia Lotta mit ihren Stecknadeln und schien es trotz ihrer scheinheiligen Entschuldigungen zu genießen, die Braut zu quälen.

„Autsch! Können Sie nicht etwas vorsichtiger sein?"

„Dafür fehlt die Zeit", erwiderte Zouza schnippisch. „Außerdem kann ich nichts dafür, dass Sie oben herum noch einmal zugelegt haben. Ich habe noch nie solche Ballons gesehen, jedenfalls keine echten. Das Oberteil wird platzen, wenn Sie auch nur einen einzigen Krümel von der Hochzeitstorte essen."

Mia Lotta richtete sich auf. So langsam reichte es ihr mit dieser unverschämten Person. Und ganz gewiss würde sie sich an ihrem Hochzeitstag nicht kasteien oder ständig die Luft anhalten.

„Dann sehen Sie gefälligst zu, dass nichts platzen kann", befahl sie. „Angeblich sind Sie doch das beste Pferd im Stall von Conrad Cappellani. Oder wäre es Ihnen lieber, wenn ich ihn anrufe und bitte, mir jemand anderen zu schicken?"

„Wir müssen etwas einsetzen", fauchte Zouza. „Sonst garantiere ich für nichts."

„Einverstanden." Mia Lotta registrierte zufrieden, dass Zouza einen Rückzieher machte. Sie maulte und widersprach nicht länger, sondern verließ das Zimmer eiligen Schrittes, wohl um ihr Arbeitsmaterial zu holen.

Zouza ließ sich Zeit. Mia Lotta verspürte allerdings nicht die geringste Lust, der unverschämten kleinen Französin nachzulaufen. Sie legte sich ein wenig hin und nahm einen Duft wahr, der aus Renatas Parfüm und Bodylotion bestand. Eine exklusiv auf Renata abgestimmte Mixtur, die dank des gemeinsamen Nachtlagers einen merkwürdigen Einfluss auf Mia Lottas Träume hatte. Ihre Fantasien wurden immer plastischer und verarbeiteten alles, was sie tagsüber erlebte. Auf ihren imaginären Lustreisen war sie immer diejenige, die im Mittelpunkt des lüsternen Treibens stand, so auch jetzt. Sie nickte ein, und ihr Tagtraum knüpfte dort an, wo die Wirklichkeit kurz zuvor aufgehört hatte.

Jemand betrat den Raum. Das konnte nur Zouza sein, doch die Französin sagte keinen Ton. Ein leises Rascheln, dann glitten ihre Hände über Mia Lottas Körper, gerade so, als ob sie nochmals für das Brautkleid Maß nehmen wollten. Es waren erstaunlich kräftige, zupackende Hände für so eine kleine Person. Hände, die zunehmend dreister wurden. Sie modellierten und walkten und wanderten immer wieder zu Stellen, wo gewiss kein Stoff mehr eingesetzt werden musste. Weil Mia Lotta auf dem Bauch lag, bearbeiteten die Hände vorrangig ihre Rückpartie. Im Zentrum stand bald ihre Poritze. Zuerst strich nur ein Finger über den Stoff darüber und arbeitete sich dann nach vorn zu ihrer Vagina. Dann gesellte sich ein zweiter Finger dazu und massierte den Damm. Ein dritter Finger kam ins Spiel, das musste der Daumen sein. Er bohrte sich in ihren Anus und begann dort zu kreisen. Ihr Schritt war ein Klavier, auf dem dreifingrig gespielt wurde. Hitzewellen rollten über Mia Lotta hinweg. Natürlich, dachte sie, träumte sie das alles nur, und sie wünschte sich mehr. Ihr Verlangen brannte lichterloh, doch der Stoff ihres Kleides hinderte sie am vollen Genuss. Sie spürte, dass nur ein winziger Schritt sie davon trennte, die große Welle zu empfangen, die sie in einen Zustand mitreißen würde, in dem ausschließlich die Lust regierte. Alles in ihr war voller Bereitschaft und spannte sich und entspannte sich. Ein rhythmischer Wechsel, an dem gleich zwei Körperöffnungen beteiligt waren und nach Erlösung schrien.

Unruhig begann sie sich auf der Matratze zu bewegen. Zunächst nur hin und her, dann auf und ab. Ihre Schenkel öffneten sich, sie trug keinen Slip, weil er den perfekten Sitz des Brautkleids hätte beeinträchtigen können. Dennoch behinderte sie eine Strumpfhose, die Mia Lotta jetzt zum Teufel wünschte. Ihr Gesäß hob sich und drängte der Hand entgegen, die derart virtuos auf und in ihr spielte. Ja, ihr heimliches Sehnen wurde erhört. Doch urplötzlich wurde es kühl an ihren Beinen und dunkel über ihrem Kopf.

Der Liebhaber, den es nur in ihrer Vorstellung geben konnte, hatte ihr den aus mehreren Lagen bestehenden Rock über den Kopf gelegt, sodass unter dieser Stoffglocke ihr Atem immer schwerer wurde, während gleichzeitig etwas Hartes und Warmes an ihr Gesäß klopfte. Dann kehrten die virtuosen Finger zurück, und es gab einen lauten Ratsch. Die Strumpfhose riss, und die warme Härte strich durch ihre Poritze. Länger als ein Finger und auch dicker und sehr wendig. Es schlängelte sich über ihre verschüchterte Rosette bis hin zu ihrer Scham, vor und zurück. Dann schob sich eine Hand unter ihr Becken und zog es mit ungeheurer Kraft hoch, bis sie mit auf der Matratze abgestützten Händen kniete. Gleichzeitig wurden ihre hochgereckten Pobacken auseinandergezogen. Etwas presste sich gegen das winzige Löchlein, und Mia Lotta spürte ein Keuchen an ihrem Nacken. Eine Männerstimme drang in Mia Lottas Bewusstsein und löste ihre Trance. Es war die Stimme ihres zukünftigen Schwagers.

„Du bist so geil, meine kleine Zauberstute“, schnaubte es an ihrem Hals.

„Du Teufel! Verschwinde!“ Sie versuchte, ihn aus dem Sattel zu werfen, allerdings fiel ihr Widerstand nicht sehr heftig aus. Etwas passierte mit ihr, etwas Unanständiges und Verbotenes, ihre Rosette begann zu saften.

„Wenn ich ein Teufel bin, passen wir perfekt zusammen, du wilde Hexe.“ Er ließ keinen Zweifel daran, dass er die verräterischen Zeichen ihres Körpers richtig deutete. Er forcierte den Teufelsritt, und sie gehorchte seinen anfeuernden Befehlen wie eine Marionette und erleichterte ihm den Zugang in das winzige Löchlein. Die Spitze seines Schwanzes beherrschte den perfekten Wechsel zwischen zarter Liebkosung und wildem Angriff, schon lockerte sich der jungfräuliche Muskelring und sonderte unanständige Schmatzlaute ab.

Erst diese lüsternen Töne brachten sie wieder zur Besinnung. Sie durfte es nicht, sie musste sich wehren. Doch ihr Hochzeitskleid behinderte sie und wurde zum Gefängnis. Wieder verhedderte sie sich in dem zarten Stoff und hörte, wie er riss. Ein sirrendes Geräusch, der Abgesang auf all ihre Träume.

„Zu Hilfe! Zouza!“ In ihrer Not rief sie immer wieder nach Zouza. Sie musste doch ganz in der Nähe sein.

„He, du bist ja eine ganz Wilde“, keuchte es in ihrem Nacken. „Jetzt gelüstet es dich schon nach einem flotten Dreier, alle Achtung, für so was ist unser Kammerkätzchen praktisch immer zu haben.“

„Ich … ich …“ Sie musste ihm klarmachen, dass alles

nur ein schreckliches Missverständnis war und er sich versündigte, wenn er nicht sofort aufhörte.

Doch er dachte nicht im Traum daran. Jetzt tat es wirklich weh. Sein Schwanz war dünn und lang, ein elastisches Rohr, das nun vorwärtsgetrieben wurde. Wenn er es schaffte, dieses Ding komplett in ihr zu versenken ... Nein, allein die Vorstellung war undenkbar. Der dritte Anlauf, der vierte, sie krümmte sich zusammen, trat aus und traf doch nur ins Leere. Wie eine Krake war er überall gleichzeitig und untrennbar, wie es schien, mit ihr verbunden.

Sie holte mit dem Ellbogen aus und traf ins Schwarze.

„Kleine Schlampe! Willst du mir die Nase brechen?" Immerhin ließ er von ihr ab und erging sich in Flüchen über Weiber, die nicht wussten, was sie wollten. Hü und hott, solche waren die schlimmsten. Sein steifer Schwängel wippte aufgeregt, und dann begann er zu spucken. In ihrem Kopf waberten Nebel, trotzdem musste sie ihm erklären, dass alles anders und sie im Grunde ihres Herzens ein anständiges Mädchen war.

„Du darfst das nicht", keuchte sie.

„Wie bist du denn drauf? Und worüber beschwerst du dich eigentlich? Ich hätte auch lieber den Vordereingang benutzt, aber ich hatte ja leider keine Wahl." Der glitschige Riemen senkte sich und rollte sich in Zeitlupe zusammen. Apathisch verfolgte sie, wie er seine Hosen hochzog, seinen Riemen sortierte und endlich die Metallschnalle seines Gürtels zuschnappen ließ. Im Hinausgehen wandte er sich nochmals zu ihr um.

„An deiner Stelle würde ich mich langsam etwas frisch machen. Wenn du willst, kann ich dir Zouza schicken, damit sie dir hilft.“

Zouza? Wenn er es riskierte, dass Zouza sie so sah, konnte das nur bedeuten, dass die beiden gemeinsame Sache machten. Hatte Zouza deshalb nicht auf ihren Hilfeschrei reagiert?

„Ihr steckt unter einer Decke“, keuchte Mia Lotta und richtete sich mühsam auf.

„Sagen wir es so“, erwiderte Phillip. „Wir beide haben so etwas wie Freundschaft geschlossen, man könnte es auch eine Zweckgemeinschaft nennen. Natürlich wird Zouza jederzeit gern bezeugen, dass du einen kleinen Unfall hattest. Aber wir können auch gern den Mantel des Schweigens über deine amouröse Siesta breiten. Wegen des Kleides fällt uns schon noch etwas ein. Adiós, kleine Unschuld. Ich verschwinde mal lieber, bevor meine holde Gattin zurückkehrt.“ Die Tür schwang auf, der Schatten ihres Peinigers spiegelte sich kurz im Ankleidespiegel, dann schloss sich die Tür, und Phillips Schritte entfernten sich.

Zouza passte Phillip an der Treppe ab. Sie wirkte aufgeregt und klammerte sich an ihn, als er sie beiseiteschieben und weitergehen wollte.

„Was soll ich Madame sagen, wenn sie fragt? Warum haben Sie so lang gebraucht?“

Phillip grinste und strich sich über den Hosenstall. „Warum ich so lange gebraucht habe, Chérie? Das kann ich dir sagen: Weil ein langes Ding wie meins auch lange durchhält. Du solltest aber besser trotzdem mal nachschauen, ob deine Hilfe gebraucht wird, speziell wegen des Kleides unserer

Braut. Wenn Renata nach mir fragt, sag ihr, ich hätte das Haus gleich nach ihr verlassen."

„Zouza braucht mir nichts zu sagen. Alles, was ich wissen muss, weiß ich bereits." Niemand hatte Renata kommen gehört. Plötzlich stand sie hinter ihnen, und die Eiseskälte in ihrer Stimme ließ die beiden auf ein geheimes Kommando zu der offenen Tür hinsehen, durch die Renata hereingekommen war. Die Tür führte in den Raum, von dem alle im Haus wussten, dass man von dort aus jeden Winkel des Lofts ausspionieren konnte. Offenbar war die Hausherrin schon vor einiger Zeit zurückgekehrt. Was hatte sie mitbekommen? Diese Frage stand Phillip und ebenso Zouza ins Gesicht geschrieben.

Phillip fing sich als Erster wieder. „Es ist nichts Schlimmes passiert", verteidigte er sich. „Sie ist immer noch Jungfrau. Darauf kam es dir doch an."

„Schweig!" Mit einer herrischen Handbewegung dirigierte Renata ihren Ehemann in sein Zimmer, und er tat, wie ihm geheißen. Er fühlte sich sichtbar unwohl in seiner Haut, was er durch pausenloses Reden zu überspielen suchte. Er faselte davon, dass demnächst goldene Zeiten für sie alle anbrechen würden und man jetzt keinen Fehler machen dürfe. Außerdem sei sie doch sonst nicht so kleinlich. Die Worte plätscherten nur so aus ihm heraus, während Zouza versuchte, sich heimlich davonzuschleichen.

„Bleib", befahl Renata. „Du wirst mir helfen."

„Helfen, Madame?" Zouza zögerte, die Treppe war zum Greifen nah, und Renatas Auftritt hatte wahrlich etwas Furcht einflößendes. Was immer sie mitbekommen hatte, ihre Reaktion verhieß nichts Gutes. So beherrscht, so planvoll. „Eigentlich", fuhr Zouza fort, „müsste ich schon längst zurück im Atelier sein. Monsieur Cappellani sieht es gar nicht gern, wenn ich so lange wegbleibe."

„Wenn dir deine Arbeit lieb ist, solltest du tun, was ich dir sage."

Dann ging alles sehr schnell. Renata verschwand mit ihr in Phillips Zimmer, gab dort weitere Order und kümmerte sich nicht um den Protest ihres Ehemannes, der bäuchlings auf seinem Bett landete und mit Händen und Füßen festgebunden wurde. Seine Gegenwehr war erstaunlich lasch. Ganz offenkundig traute er sich nicht, Renata – die ihn an den Armen fesselte – ernsthaft zu attackieren. Gegenüber Zouza war er weniger zimperlich. Er trat um sich und traf sie einmal in den Bauch, worauf sie ebenfalls ganze Arbeit leistete.

„Und jetzt zieh ihm die Hosen runter", kommandierte Renata.

„O lala Madame." Zouza kicherte und entblößte Phillips Hintern, der sich hell von den schwarzen Satinlaken abhob. „Und jetzt?" Beinahe lüstern hörte sich das an.

„Es ist genug, Renata!" Phillip versuchte, Renatas Blick einzufangen, er wand sich wie ein Wurm. „Treib es nicht zu weit, hörst du!"

„Nur so weit, wie du es getrieben hast."

„Was ist nur auf einmal los, Renata." Ein Nässefilm machte sich auf dem Gesäß breit und sammelte sich zwischen den Backen. Arme und Beine zerrten an den Fesseln, doch der Spielraum war minimal. „Wenn du Sexspielchen spielen willst, okay, ich bin für alles zu haben. Aber nicht so. Ich bin dein Mann, vergiss das nicht. Und es steht viel für uns auf dem Spiel. Es ist lächerlich, wenn du aus einer sentimentalen Anwandlung heraus …“

„Warte“, fiel Renata ihm ins Wort. Sie wandte sich der Tür zu und fixierte im Hinausgehen Zouza. „Du rührst dich nicht vom Fleck und redest auch kein Wort. Die Kamera ist bereits eingeschaltet.“

Renata blieb vor der Tür des Gästezimmers stehen und klopfte. Ihr Gesichtsausdruck war nun weich und voller Sorge. „Mia Lotta, ich bin es, kann ich reinkommen?“

Ein Schluchzen antwortete ihr. Zunächst noch erstickt, dann immer lauter werdend.

Renata riss die Tür auf und stürmte zu dem Bett, wo Mia Lotta sich unter dem Bettzeug versteckte.

Sie schämte sich, es gab keine Entschuldigung für das, was eben passiert war und noch viel weniger für das, was sie ganz kurz dabei empfunden hatte.

„Ich …“, stammelte sie und lugte hervor.

„Sag nichts“, flüsterte Renata und nahm Mia Lotta in die Arme, wiegte sie hin und her. Dem auf dem Boden liegenden Rockteil des Brautkleids – es war zerrissen – gab sie einen Tritt. Es war nur ein Kleid. Sie streichelte sie und verteilte zarte Küsse auf deren Schultern und Wangen.

„Wenn du wüsstest, was passiert ist, würdest du mich nicht mehr liebkosen“, stammelte Mia Lotta. „Und ich darf es dir nicht sagen.“

„Kennst du den Spruch Auge um Auge, Zahn um Zahn?“

„Er stammt aus der Bibel“, flüsterte Mia Lotta.

„Und so werden wir dich rächen. Es ist alles vorbereitet, und du schaust zu. Danach kümmere ich mich nur noch um dich, mein armer Liebling. Die Vorstellung beginnt gleich."

Eine Leinwand senkte sich aus der Decke, gleichzeitig sperrte ein Verdunklungsrollo das Tageslicht aus. Noch war die Leinwand lediglich ein weiß schimmerndes Quadrat, doch dann drückte Renata auf eine winzige Fernbedienung und der bäuchlings gefesselte Phillip wurde plötzlich sichtbar.

Mia Lotta traute ihren Augen nicht. „Du weißt ... ? Du hast ihn ...?"

„Jetzt kommt deine Rache." Ein letztes Streicheln, dann war Renata wieder verschwunden. Wenig später tauchte auch sie auf der Leinwand wieder auf. In der Hand hielt sie ein merkwürdiges Gerät. Es sah schäbig und schmutzig aus und erinnerte vage an einen Staubsauger. Schweigend trug Renata es zum Bett.

„Was ist das denn?" Phillip verrenkte sich fast den Kopf. „Bist du unter die Heimwerker gegangen? Pass auf, ich reparier dir alles, was du willst. Ich tue auch sonst alles, meinetwegen räume ich sogar eigenhändig die Garage auf. Du beschwerst dich doch immer darüber, dass ..."

„Das ist etwas, mit dem man Rohre durchpustet", rief Zouza. „Mit so etwas ist bei uns im Atelier einmal die verstopfte Toilette wieder frei gemacht worden. Dieses Ding ist endlos lang und kommt in jede Ecke. Damals steckten viele Damenbinden im Abfluss, Monsieur Cappellani hat getobt."

„Bei meinem feinen Herrn Gemahl werden wir wohl eher nicht auf Damenbinden stoßen", erwiderte Renata und griff mit einer perfekt manikürten Hand nach dem spitz zulaufenden Aufsatz. Die andere Hand drückte die ängstlich zusammengekniffenen Pobacken des Gefesselten auseinander. Zwischen weißblonden Kräuseln schimmerte der zu einem runzeligen Punkt zusammengezogene Anus. Die feine Spindel dockte an, und im nächsten Moment tippte Renatas linker Pradaschuh auf eine Taste am dicken Ende des Geräts. Es begann zu surren.

„Tu das nicht! Du darfst das nicht tun! Versündige dich nicht!“

Renata ging nicht auf seinen Protest ein und konzentrierte sich auf ihre Aufgabe. Jetzt sah sie gezielt in die Kamera. „Für dich“, formten ihre Lippen, dann begann auch schon die Spindel zu vibrieren, die Vibration übertrug sich auf die strammen Gesäßbacken, und die dunkle Furche dazwischen begann ebenfalls zu zucken.

„Das kitzelt“, jammerte Phillip glucksend, „das kitzelt ganz schrecklich!“

Phillip zappelte wie ein Fisch an der Angel, sein Hintern hüpfte auf und ab. Immer wenn er hochschnellte, entrollte sich unter ihm sein Glied, das selbst unerigiert von beachtlicher Länge war.

„Der Ami von Monsieur hat wirklich Ähnlichkeit mit dem Kloputzding da.“ Zouza verdrehte die Augen, sie schwankte zwischen Schaudern und Wolllust, und Letztere siegte ganz offensichtlich. „Nicht dass wir Monsieur Phillip ernsthaft wehtun.“

„Er hat das Schlimmste verdient!“ Wieder sah Renata in die Kamera, ihre Lippen formten einen Kuss. „Für dich“, wiederholte sie und stellte einen Schalter des Gerätes auf Maximum. Was auch immer Phillip noch schrie, er wurde übertönt. Dann gab es einen Ruck, und die Spirale war zur Gänze ausgefahren. Renata hob ihren Fuß von der Taste. Schlagartig war nur noch ein leises Vibrieren zu hören, dann verstummte auch dieses.

„Er gehört dir“, sagte Renata zu Zouza. „Mach mit ihm, was du willst.“

„Was ich will?“ Ein sadistisches Funkeln sprang in die Augen der kleinen Französin.

„Was du willst“, bestätigte Renata. „Unter einer Bedingung: Sei leise und verschwinde leise, wenn du fertig bist. Mia Lotta braucht jetzt Ruhe.“

„Lass mich nicht allein mit ihr! Du bist meine Frau.“ Die Spindel fixierte Phillip und ließ ihn nur noch lächerlich wirken, Angst stand ihm ins Gesicht geschrieben, Angst vor der Unberechenbarkeit Zouzas und dem, was jetzt noch folgen mochte. Es schien ihm zu dämmern, dass dies kein Sexspiel mehr war. Die Lache, die sich unter seinem Schwanz ausbreitete, war kein Ejakulat. Er hatte die Kontrolle über seine Blase verloren.

Mia Lotta hatte noch nie in ihrem Leben einen Pornofilm gesehen, nicht einmal einen sogenannten Softporno von der Art, die ihre Wiener Cousine Constanze ihr beschrieben hatte. Constanze hätte der Schlag getroffen, wenn sie mit angesehen hätte, was Mia Lotta soeben zu Gesicht bekommen hatte. Renata hatte klar Partei ergriffen, und das in Großaufnahme: Gegen Phillip und für sie. Ob Renata das auch getan hätte, wenn sie wüsste, dass Mia Lotta keinesfalls so unbeteiligt gewesen war, wie sie glaubte? Tatsächlich hatte sie für eine gewisse Zeit Lust empfunden. Andererseits hatte Phillip sie, Mia Lotta, ja wirklich überfallen und selbst dann noch weitergemacht, als sie längst wieder zur Besinnung gekommen war …

„Und jetzt kümmere ich mich um dich, mein armer Liebling.“ Renata hatte nicht vergessen, in welchem Zustand sich Mia Lotta befand. Sie stand da mit wohlduftenden Utensilien vor ihr. Eine kleine Schüssel gehörte auch dazu. „Komm, leg dich hin, alles andere überlass mir.“

Renata befreite Mia Lotta von der engen Korsage und den Fetzen ihrer Strumpfhose, dann schob sie der nackten Freundin zwei Kissen in den Rücken, spreizte ihr die Beine und schob ihr je ein Polster unter die Kniekehlen. Dazwischen platzierte sie die mit einer milchigen Flüssigkeit gefüllte Schüssel. Behutsam rührte sie darin, prüfte die Temperatur und drückte sich aus einer kostbar aussehenden Flasche ein wenig in die Handmulde, das wie dickflüssiger Honig aussah und auch so ähnlich roch.

„Das habe ich von einem guten Freund“, erklärte sie. „Er ist Arzt und hat mit diesem Harz schon die schlimmsten Wunden geheilt. Ein Zaubermittel, du wirst sehen.“

Es träufelte goldgelb in Mia Lottas Schritt. Sie spürte die warme Flüssigkeit, ein zarter klebriger Film bildete sich, und als Mia Lotta von Renata ermutigt ihr Becken anhob, sickerte es in sie hinein. Zunächst brannte es heftig, doch mit jeder Wiederholung wurde es besser, und je zärtlicher Renata zu Werk ging, umso besser gefiel Mia Lotta die sanfte Behandlung.

„Hm, das tut so gut.“ Dankbar lächelte Mia Lotta ihre Wohltäterin an.

„Er hätte dich ernsthaft verletzen können. Ich kenne

ihn, und du bist so zart. Ein zarter Engel.“ Renata blies sanft über den Damm, der die beiden Öffnungen verband.

„Oder eine Hexe?“ Mia Lottas Selbstzweifel kehrten zurück. Wie konnte Renata sie mit einem Engel vergleichen? „Er“, Mia Lotta vermied es, den Namen ihres Peinigers auszusprechen, „er meint, ich hätte das Hexenzeichen.“

„Da spricht nur der pure Neid aus meinem feinen Herrn Gemahl, gepaart mit einer gehörigen Portion Boshaftigkeit. Deine dritte Zitze – darauf spielt er an – signalisiert die Fähigkeit zur echten Wollust und ist kein Fluch, sondern ein Geschenk von Mutter Natur. Ebenso wie deine Gabe, alles ganz schnell hinter dir zu lassen, was dich verletzt hat.“

Renata leckte andächtig über Mia Lottas Möse und weiter über den Damm bis hin zu der nun fast schon wieder keck blinzelnden Öffnung ganz hinten. Dann blickte sie auf. Ihre und Mia Lottas Blicke trafen sich, Renata leckte sich lasziv über die Lippen. Verlegen sah Mia Lotta zur Seite.

„Ich verstehe das nicht“, stotterte Mia Lotta. „Vorhin habe ich noch gedacht, ich könnte nie mehr etwas empfinden, und jetzt …“

„Jetzt …“, fuhr Renata für Mia Lotta fort, „… ist dein kleiner Dorn schon wieder emsig bei der Sache. Kennst du deinen G-Punkt? Bei dir ist er besonders stark ausgeprägt, ich kann ihn gut fühlen.“

„Was für ein Punkt?“

„Dein G-Punkt, mein Süßes. Lange Zeit haben Mediziner bestritten, dass es einen solchen Punkt überhaupt gibt. Und leider kennen noch immer die meisten Frauen diesen

Punkt nicht und lassen ihn verkümmern. Dabei ist er ein noch viel größerer Freudenspender als deine süße kleine Klitoris, die gerade gar nicht klein ist. Magst du das?"

Renata strich sanft mit einem Zeigefinger über den aufgerichteten Zipfel und weiter über die Innenseiten von Mia Lottas Schamlippen, die ebenfalls immer dicker und fester wurden und ein erstaunliches Eigenleben begannen. Gleichzeitig zuckte es tief in ihr, aber es war von einem Gefühl der Zärtlichkeit gesteuert. Renata mochte sie wirklich. Vielleicht war es sogar mehr als nur Sympathie. Mia Lotta hätte es nie für möglich gehalten, dass derlei zwischen zwei normal veranlagten Frauen möglich war. Und es war schön, es gab ihr Halt.

Renata schien ihre Gedanken lesen zu können.

„Es wird alles gut", flüsterte sie und leckte in winzigen Kreisen mal über den pelzigen Schamhügel Mia Lottas, mal über die gespannte seidige Haut der darunter verborgenen Tasche. Ein paarmal tippte sie auch zärtlich gegen das Löchlein dahinter.

„Du meinst ...", Mia Lotta zögerte. Es war so schwer in Worte zu fassen, was in ihr vorging. Fragen, Zweifel, Sehnsüchte, alles am Rande des unsichtbaren Abgrunds von Sitte und Anstand. Sie war eine Braut und immer noch Jungfrau. Trotzdem fühlte sie sich wie eine Mogelpackung. Würde Mark sie noch haben wollen, wenn er wusste, was Phillip ihr angetan hatte? Musste sie es Mark sagen?

Und wieder nahm Renata es ihr ab, auszusprechen, was sie quälte. „Natürlich wirst du meinen Bruder heiraten und über dies hier schweigen", erklärte sie resolut. „Die Wahrheit würde Mark nur unnötig belasten, und Phillip hat seine Strafe bekommen. Egal was passiert, ich halte zu dir und bestehe darauf, dass du meine süße kleine Schwägerin wirst."

„Aber das Hochzeitskleid", wandte Mia Lotta ein. „Es ist ruiniert."

„Ich werde für Ersatz sorgen. Conrad Cappellani tut alles für mich, und er ist im Besitz von einem traumhaften Stoff. Der Stoff würde für uns beide reichen, was hältst du davon? Gebrochene weiße Spitze über zartgrüner Seide, dazu ein Brautstrauß aus lauter Maiglöckchen für dich."

„Ich liebe Maiglöckchen", antwortete Mia Lotta und bekämpfte tapfer eine Anwandlung von Traurigkeit. Für sie hatte immer festgestanden, dass es eine weiße Hochzeit geben würde. Ganz in Weiß hatte sie vor den Altar treten wollen, niedliche Blumenkinder sollten ihre Schleppe tragen, und dazu sang mit glockenhellen Stimmen der Chor. In ihren Träumen hatte sie ihre Hochzeit zum Greifen nah vor sich gesehen. Nur das Gesicht des Bräutigams war stets verschwommen gewesen.

Jetzt hatte sie Mark und obendrein eine wunderbare neue Freundin. Mit Renata an ihrer Seite konnte nichts mehr schiefgehen. Da verloren auch ein Schwager wie Phillip und eine Intrigantin wie Zouza ihre Schrecken.

5. KAPITEL

Der Himmel präsentierte sich strahlend blau. Mehr als hundert Gäste waren zu der Hochzeit gekommen. Dazu gesellte sich ein Heer dienstbarer Geister, ein Majordomus in Zylinder und Stresemann führte Regie, auch hier hatte Renata im Vorfeld ganze Arbeit geleistet. Sie hatte wirklich an alles gedacht. Für alle Fälle gab es sogar einen Arzt und einen Friseur. Am auffälligsten war das Dutzend Köche mit hohen Kochhauben auf dem Kopf.

Ihr zukünftiger Schwiegervater hatte sie mit seiner Traumjacht am Bootssteg des Luxushotels auf der anderen Seite des Sees abgeholt, hier war auch Mia Lottas Verwandlung zur Braut vor sich gegangen. Zuletzt war sie immer nervöser geworden, zumal Renata nicht mit auf die Jacht gekommen war. Sie war zum Flughafen gefahren, um den Bräutigam abzuholen, der geradewegs aus Brisbane eintraf. Vor den Augen der Gäste würde das Paar sich endlich wiedersehen und sich sofort das Jawort geben. Ohne Pfarrer, wie Mia Lotta ganz zuletzt erfahren hatte. Dafür gab es einen Standesbeamten. Während sie zum festlich geschmückten Anwesen Gottfried Neubauers fuhren, sagte sich Mia Lotta, dass das Fehlen eines Geistlichen auch sein Gutes hatte. Was sprach dagegen, die kirchliche Zeremonie später in Gegenwart der Großmutter nachzuholen? Mia Lotta nahm sich vor, so bald wie möglich mit Mark darüber zu sprechen.

Ihre Augen suchten das Ufer ab, irgendwo unter den Menschen dort musste ihr Bräutigam sein, höflich Konversation betreiben und auf sie warten. Womöglich war er genauso nervös wie sie, dazu kamen die Strapazen des langen Fluges. Renata hatte dafür gesorgt, dass er sich am Airport frisch machen, umziehen und dann in den festlich geschmückten Rolls Royce steigen konnte, der das Pendant zu der Jacht und zugleich ein weiteres Geschenk des Alten Herrn war.

Marks Vater war im Hinblick auf Hochzeitsgeschenke ausgesprochen spendabel. Zuerst das renovierte Schloss für Mia Lotta, dann die Villa, und nun dieser Luxuswagen für Mark. Mia Lotta war davon überzeugt, dass Renata bei diesen Geschenken die Finger im Spiel hatte. Sie sorgte dafür, dass Träume wahr wurden.

Was täte ich nur ohne Renata, dachte Mia Lotta und verspürte einen Hauch von Enttäuschung, weil sie weder Mark noch die Freundin ausmachen konnte. Dabei würde die Jacht bald anlegen. Warum kamen die beiden ihr nicht entgegen? War etwa schon wieder etwas schiefgegangen?

Diesmal war es ihr zukünftiger Schwiegervater, der ihre Gedanken zu lesen schien.

„Ich kann ihm nur raten“, knurrte er, „sich diesmal keinen Schnitzer zu erlauben. Wo steckt der Bursche nur?“

„Mark kommt doch geradewegs aus Australien“, verteidigte Mia Lotta pflichtgemäß ihren Bräutigam. „Und auf der Autobahn ist um diese Zeit auch immer einiges los.“

„Kann schon sein, deshalb wäre er besser gleich hiergeblieben, statt wieder mal mein Geld für diese total überflüssige Reise zum Fenster rauszuwerfen. Ich kann dir nur raten, ein Auge auf ihn zu haben und ihn kurzzuhalten.“

Mia Lotta spürte, wie die Schamesröte in ihr Gesicht trat. Wie konnte ein Vater nur so abfällig und ungerecht über seinen Sohn reden? Am liebsten hätte sie ihm das ins Gesicht gesagt, doch daran hinderte sie zum einen ihr Respekt vor älteren Herrschaften und zum anderen die Gästeschar am immer näher rückenden Ufer. Es waren auch zahlreiche Fotografen und auch das Lokalfernsehen dabei.

„Mark ist beruflich unterwegs“, erwiderte sie mühsam beherrscht. „Mit seiner Agentur verdient er genug eigenes Geld und sorgt obendrein dafür, dass ich jede nur denkbare Hilfe bekomme. Einen Butler und einen Gärtner und demnächst auch einen Koch.“

Ein Ruck ging durch die Jacht, der Anker wurde ausgeworfen, schon streckten sich Mia Lotta hilfreiche Hände entgegen. Wenig später schritt sie am Arm von Marks Vater feierlich über den roten Teppich, der am Anlegesteg begann und durch die Menge zu einer Art Freiluftaltar führte.

„Ich dachte, wir verzichten auf eine kirchliche Zeremonie“, sagte Mia Lotta und wusste nicht, ob sie sich freuen sollte.

„Das ist nur der übliche Hokuspokus“, tönte Marks Vater nicht eben leise. „So was macht sich halt besser, genauso wie das Fantasiekostüm von diesem Standesbeamten da. Landet alles bei mir auf der Rechnung. Wenn ich's bezahle, machen die sich einer wie der andere zum Affen. Wehe, der ganze Aufwand war für die Katz, dann …“

Musik ertönte und setzte den Hetztiraden des alten Neubauer ein Ende. Aufgeregtes Tuscheln untermalte den Hochzeitsmarsch, dann wandten sich alle Gesichter vom See fort und dem Paar zu, das sich vom Haus näherte: Renata mit Mark im Schlepptau. Sie hielt seine Hand umschlossen und redete auf ihn ein. Was immer sie sagte, es schien ihm nicht sonderlich zu gefallen.

Mia Lotta fragte sich, ob das ein schlechtes Omen war. Nein! Hauptsache, er war da. Bestimmt war es ihm peinlich, auf den letzten Drücker auf seiner eigenen Hochzeit zu erscheinen. Anstrengung und Müdigkeit standen ihm ins Gesicht geschrieben, und dennoch sah er hinreißend aus.

Nun drückte Renata ihm den Brautstrauß in die Hand und nickte aufmunternd in Mia Lottas Richtung. Ihre Augen streichelten Mia Lotta. Es wird alles gut, versprachen sie, und Mia Lotta nickte dankbar.

Dann ging alles rasend schnell. Musik, Worte, DIE Worte, und ehe sie es sich versah, hatte sie auf die entscheidende Frage mit Ja geantwortet. Ebenso Mark, doch noch immer hatte sie das Gefühl, neben sich zu stehen und einen Film anzuschauen, in dem eine Frau vorkam, die eine Ähnlichkeit mit ihr selbst hatte. Eine Frau, die jetzt den Kopf hob, um sich gemäß der Aufforderung des Standesbeamten von ihrem Bräutigam küssen zu lassen. Doch als ihre Lippen sich berührten, rutschte ihr der eben angesteckte Ehering vom Finger, und ihr frischangetrauter Ehemann ging in die Knie, um ihn zu finden. Der Ring fand sich, Mia Lotta blieb ungeküsst, dafür hagelte es Gratulationen und Geschenke und Reden. Es wurde gegessen und getrunken und getanzt. Obwohl Mia Lotta nun ganz genau wusste, dass sie weder träumte noch einen Film ansah, fühlte sie sich noch immer seltsam fremd und ausgeschlossen. Aus Angst vor der Hochzeitsnacht?

Aus den Augenwinkeln sah sie, wie Renata zur Villa ging. Das war vielleicht ihre letzte Chance, noch einmal ganz allein ein paar Worte mit Renata zu wechseln. Sie folgte ihr.

So laut und lebhaft es draußen im Park zuging, so leise war es drinnen. Die Wirtschaftsräume befanden sich in einem separaten Trakt, nur ganz entfernt waren Küchengeräusche zu hören.

Wo steckte Renata?

Gerade wollte Mia Lotta nach der Freundin rufen, als sie deren Stimme aus der an die Eingangshalle angrenzenden Bibliothek hörte. Sie war nicht allein und offenbar ziemlich wütend. Ob Phillip aufgekreuzt war? Gegen Renatas Willen und trotz der Blessuren an Schläfe und Nase, ganz zu schweigen von jenen intimen Verletzungen, die er sich zugezogen haben mochte, als Zouza die Spindel allein dirigieren durfte. Mia Lotta wollte schon diskret kehrtmachen, als der Wortlaut dessen, was dort gesprochen wurde, sie innehalten ließ. Renata sprach mit niemand anderem als Mark, der sie heute noch zur Frau machen würde.

„Hast du kapiert, was ich gesagt habe?" Renatas Stimme klirrte vor Kälte. „Das ist deine allerletzte Chance. Noch einmal setzt du uns nicht drauf."

„Ich weiß nicht, was du willst", konterte Mark. „Ich bin doch hier."

„Ja, aber ich musste dich vom anderen Ende der Welt zurückholen und persönlich in Empfang nehmen. Wage es nicht, Mia Lotta zu enttäuschen. Sonst bekommst du meine Schwesternliebe mit voller Wucht zu spüren."

„Seit wann solidarisierst du dich mit dem Landadel?"

„Deine Braut ist das süßeste Wesen, das mir je begegnet ist. Für sie könnte selbst der Teufel zum Heiligen werden."

„Lass mich los, du tust mir weh!“ Mark hörte sich beleidigt an, wie ein kleiner Junge. Dann schlug seine Stimme um und wurde hämisch. „Könnte es sein, dass dein Gatte gar nicht so falsch liegt? Ihn vertrimmst du, und meine Braut …“

„Sei still! Sonst …“

„Sonst schlägst du mich oder fesselst mich ans Bett oder …“

„Den Gefallen tue ich dir bestimmt nicht“, unterbrach ihn Renata. „Und jetzt sieh zu, dass du runter zum See kommst. In einer knappen Viertelstunde wird Mia Lotta entführt und zum Bootshaus gebracht. Dort befreist du sie und bringst sie mit der Jacht in euer gemeinsames Heim. Und dann vollziehst du die Ehe. Ist das bei dir angekommen?“

„Willst du mir nicht beim Vollzug helfen, Schwesterchen?“

„Du bist geschmacklos.“ Renata wandte sich auf dem Absatz um.

Mia Lotta floh nach draußen. In ihrem Kopf ging es rund, doch ehe sie es sich versah, war sie von einem halben Dutzend junger Männer eingekreist.

„Wir haben sie! Wir haben die Braut!“

Mia Lotta ließ sich mit zum Ufer ziehen. Dann kam Mark auf sie zu.

„Lass uns machen, dass wir hier fortkommen!“ Mit festem Griff umschloss Mark ihr Handgelenk und zog sie mit, ohne sich um den lautstarken Protest der Entführer zu kümmern. Alles war ja nur ein Spiel, ein Ritual. Doch als einer die Braut festhalten wollte, versetzte Mark ihm einen Kinnhaken, was gar nicht mehr spielerisch aussah.

„Ich habe diesen Zirkus so was von leid“, schimpfte er. „Weg hier!“

„Ich kann nicht so schnell. Die Schuhe und das Kleid!“ Mia Lotta kämpfte mit der Schleppe, die sich in einem Absatz verfangen hatte.

Mark fluchte erneut. Dann nahm er sie auf den Arm und trug sie an Bord der Jacht. Als ob sie eine Feder wäre. Diese Aktion hatte etwas ungemein Männliches, ein Hauch von Brutalität kam hinzu. Er war der Jäger, der seine Beute davontrug. Und sie wollte es so. Sie wollte von ihm genommen werden. Er durfte und sollte sie im Liebeskampf besiegen, wild und leidenschaftlich und zugleich liebevoll. Er würde ihr Lehrmeister sein, das große Abenteuer hatte soeben begonnen.

Ob Renata Wort gehalten hatte? Ob in Mia Lottas neuem Heim alles bereitlag, um die Hochzeitsnacht zu einem unvergesslichen Erlebnis zu machen?

„Was ist denn hier los?“ Es war eine denkbar kurze Fahrt hin zu dem Haus, das einmal Marks Elternhaus gewesen war. Auch hier war alles festlich illuminiert. Damit hatte Mark offenbar nicht gerechnet. Ebenso wenig mit gekühltem Champagner und einem prasselnden Kaminfeuer und Rosenblättern, die ihnen – wie Mia Lotta von Renata wusste – den Weg zu dem Bett wiesen, wo ES geschehen würde.

„Ich gehe schon mal vor“, flüsterte Mia Lotta ihrem sichtlich fassungslosen Ehemann ins Ohr.

Sie folgte den Rosenblättern, die wunderbar dufteten. Im Schlafzimmer brannten zwei Dutzend Kerzen, auf dem Bett lag ein Negligé ausgebreitet, ein durchsichtiger Hauch von Nichts. Auf einem Servierwagen warteten kleine Köstlichkeiten und eine weitere Flasche Champagner auf Eis, um sie und Mark zu verwöhnen. Vorher und nachher, dachte sie aufgeregt, vielleicht auch zwischendurch, ganz danach, wie viel Kondition ihr Liebster mitbrachte. Seinem muskulösen Körper nach zu urteilen würde es eine lange Nacht werden. Mit einem Mal konnte sie ihren Brautstaat nicht schnell genug loswerden. Wo Mark nur so lange blieb?

Sie öffnete die Tür. Von unten hörte sie ihn rufen. Anscheinend traute er sich nicht hoch. Wie süß!

„Du kannst jetzt kommen", rief sie hinunter. „Ich bin fertig."

„Ich suche Servilio", tönte es zurück. „Und Nelson. Die beiden sind wie vom Erdboden verschluckt. Was denken sie sich nur? Wozu bezahle ich sie eigentlich?"

Mia Lotta folgte einer inneren Stimme, die ihr zuraunte, dass sie nun die Zügel in die Hand nehmen und dafür sorgen musste, dass ihr Gatte zügig zum Ort der Tat fand. Wie hieß es doch so treffend? Im Krieg und in der Liebe sind alle Mittel recht.

„Sie müssen eben noch hier oben gewesen sein", antwortete sie und steckte sich eine gefüllte Olive in den Mund. Wie gut, dass sie nicht mehr völlig ahnungslos war und inzwischen wusste, was sich alles mit einer Olive anstellen ließ. Genüsslich kaute sie auf der Füllung herum, die erst jetzt ihre volle Schärfe offenbarte. Wie sie. Ihr Schoß begann zu brennen, der riesige Spiegel gegenüber dem Bett zeigte ihr das Bild einer sich wollüstig räkelnden Schönen. Sie fühlte sich schön und begehrenswert. Sie war es, und endlich schien auch ihr Held zu kapieren, wo es langging.

Er kam näher, immer näher, gleich würde er das Schlafzimmer betreten. Sie beschloss, ihn mit einem Glas Champagner zu begrüßen, und griff nach der Flasche. In dem Moment, als Mark eintrat, ging der Korken los und sauste gegen die Zimmerdecke. Dann schäumte es wie wild, sie fing den Überschuss mit ihrem Mund auf. Ja, sie war zu allen Schandtaten bereit.

„Wo sind sie?" Mark polterte herein.

„Wo ist wer?" Mia Lotta winkelte ein Bein an. Der hauchdünne Chiffon glitt auseinander, von der Flasche tropfte es feucht auf ihren angewinkelten Oberschenkel. Von dort verteilte sich das köstliche Kribbelwasser in Richtung Schoß. Sie beugte sich vor und leckte genüsslich einen Tropfen von ihrer heißen Haut. Wenn Mark doch nur endlich aufhören würde, sich zu zieren!

„Du hast gesagt, Servilio und Nelson wären hier oben."

„Habe ich nicht." Mia Lotta schwenkte die Flasche und zeigte mit dem Flaschenhals auf ihn, wobei ein paar Tropfen auf das Bettlaken fielen. Sie begann zu kichern. „Oder siehst du sie irgendwo, deine braven Diener?" Sie lupfte die Bettdecke mit einem Fuß.

„Schämst du dich eigentlich nicht?" Mark entriss ihr die Champagnerflasche und warf die Bettdecke über sie. Dann warf er ihr vor, dass sie betrunken sei und sich ihm wie eine billige Schlampe präsentiere. Sie solle sich in Grund und Boden schämen. Dann stürzte er auf den Korridor.

„Wo willst du hin?" Das Hochgefühl verließ Mia Lotta augenblicklich. Jetzt fühlte sie sich wirklich billig und schrecklich missverstanden.

„Ich übernachte im Gästezimmer", rief er. „Oder glaubst

du ernsthaft, ich steige in ein Bett, das du verunreinigt hast.“ Dann ging er hinaus, er ließ sie tatsächlich in ihrer Hochzeitsnacht allein.

Wie konnte man ein Bett mit ein paar Tropfen bestem Champagner verunreinigen? Und wo war das Gästezimmer? Sie hörte ihn durchs Haus poltern. Dann fiel die Haustür ins Schloss. Sie sprang aus dem Bett und lief zum Fenster. Im Schein der nostalgischen Außenbeleuchtung sah sie ihren Ehemann am Badeteich vorbei auf ein Gewächshaus zugehen, das malerisch in einem Rosenhain lag. Auch hier brannte noch Licht. Sie sah auf die Kronen von Palmen und anderen exotischen Bäumen und glaubte mit einem Mal, zwei menschliche Schatten zu erkennen. Es sah aus, als tanzten dort zwei Menschen miteinander. Sie kniff die Augen zusammen. Vielleicht spielte ihr die überreizte Fantasie einen Streich. Aber noch ehe sie mehr erkennen konnte, wurde es in dem Glashaus schlagartig dunkel. Gleichzeitig erloschen alle elektrischen Lichter draußen und drinnen. Finsternis und Stille umfingen sie. Nie zuvor hatte Mia Lotta sich so allein gefühlt. Was hatte sie nur falsch gemacht?

Mark hatte keine Veranlassung gesehen, einen Hehl aus seiner Empörung zu machen. Entsprechend hatte er die Tür zum Gewächshaus aufgestoßen, das nicht nur den Pflanzen, sondern auch seinem neuen Gärtner als Unterkunft diente. Mark wusste genau, dass Nelson hier war, wofür keineswegs nur die Festbeleuchtung sprach. Gerade eben hatte er noch Musik gehört, und wenn er sich nicht sehr irrte, hatte Nelson sogar getanzt. Trotz seiner Wut war er verwundert darüber, wie graziös sich sein Mann mit dem grünen Daumen zu bewegen verstand. Offenbar hatte er nicht nur bei seinem neuen Butler mehrere Fliegen mit einer Klappe geschlagen. Dann war das Licht plötzlich ausgegangen.

„Nelson? Nelson, ich weiß genau, dass du hier irgendwo steckst.“ Mark hoffte, dass Nelson mit dem albernen Versteckspiel bald aufhörte und ihn auf andere Gedanken brachte. Ihm fiel dieses und jenes ein, womit Nelson seine Stimmung aufhellen könnte. Dann stieß er mit dem Fuß gegen einen Granitblock.

„Autsch!“, fluchte er. „Mach gefälligst sofort wieder das Licht an, bevor ich mir noch etwas breche. Oder dir.“

„Wer wird denn so unfreundlich sein?“

Licht und Schatten spielten in den tropischen Gewächsen, die ein kleines Vermögen wert waren und nun Mark gehörten. Schon als kleines Kind hatte er diesen Ort geliebt, wo es immer warm war und sein Vater garantiert nie hinkam, weshalb seine Mutter sogar ein kleines Bassin hatte aufstellen lassen, wo sie ihren Sohn badete und seine empfindliche Haut eincremte.

Die Erinnerung an damals besänftigte Mark, dann trat auch endlich Nelson aus dem Schatten. Er war nackt und hielt ein Windlicht in der Hand. Neben seinem hünenhaften Körper wirkte es winzig klein. Nelson war nicht unbedingt schön zu nennen, dafür waren seine Züge zu kantig und seine Gliedmaßen zu grob. Doch er hatte etwas Erdhaftes, Urgesundes an sich, so als ob nichts und niemand ihn aus der Bahn werfen könne.

„Was geht hier vor?“, sagte Mark. „Ich komme mir in meinem eigenen Haus vor wie in einem Tollhaus.“

„Es ist alles in Ordnung“, versicherte Nelson nervös und hielt das Windlicht höher, sodass mehr Licht auf seinen unglaublich breiten und muskulösen Brustkorb fiel. „Ich habe die Hauptsicherung abgeschaltet, weil es mit Kerzenlicht viel romantischer ist“, fuhr er fort.

„Die Sicherung hättest du besser mal früher ausgeschaltet“, beschwerte sich Mark. „Ich habe gedacht, ich traue meinen Augen nicht. Kannst du mir mal sagen, wer diese Festbeleuchtung und den ganzen anderen Hokuspokus veranlasst hat?“

„Ihre Schwester hat uns keine Wahl gelassen. Sie kann sehr energisch sein.“ Das Windlicht wanderte nach unten und beleuchtete nun seine Lenden, die jedem Gladiator zur Ehre gereicht hätten. Was für Muskelstränge! Die Hüften waren knabenhaft schmal, die Oberschenkel waren umso massiver. Dazwischen reckte es sich kühn und verwegen, seine Gliedspitze zeigte nun direkt auf Mark.

Mark räusperte sich. „Ich weiß, wie meine Schwester sein kann. Trotzdem …“

„Haben Sie es geschafft, ihr zu entkommen.“ Die Schwanzspitze nickte bestätigend. Nelson sah Mark bewundernd an, was diesem offenkundig gefiel.

„Ich bin nicht nur meiner Schwester entkommen“, prahlte er. „Wahrscheinlich heult sich meine kleine Braut gerade die Augen aus, weil ich sie nicht vögele.“

„Dabei ist Vögeln doch eigentlich etwas sehr Schönes.“

Nelsons Glied war nun voll aufgerichtet. Dicke Adern malten sich unter der Haut ab. Alles pulsierte und lockte, und Mark konnte nicht mehr widerstehen. Ohne ein weiteres überflüssiges Wort zu verschwenden, löste er die zum

Innenfutter seines Smokings passende weinrote Bauchbinde und riss ungeduldig an seinem Hosenbund. Auf einmal war er mörderisch geil.

„Lassen Sie mich das für Sie erledigen, Mister!“ Der Baum von Kerl ging vor Mark in die Knie. Das Windlicht stellte er am Boden ab, um gekonnt die Entkleidung seines Herrn zu zelebrieren. Dann hielt dessen aufgeregten Schaft in der Hand.

„Du bist viel zu schade für eine Möse“, flüsterte er und gab Marks Schwanz einen zärtlichen Kuss.

Mark nickte. „Da hast du verdammt noch mal recht. ER und ich, wir brauchen etwas Richtiges, und zwar schnell. Dreh dich um.“

Nelson gehorchte. Seine breiten Pranken stützten sich auf dem Kübel eines knorrigen Feigenbaums ab, sein knackiger Hintern reckte sich Mark bereitwillig entgegen.

Doch Mark hielt inne. „Die Gleitcreme, verflucht. Du bist wahrscheinlich ziemlich eng, und bei meinem Apparat …“

„Alles schon erledigt.“ Nelson drehte den Kopf zur Seite und grinste breit. „Ich bin von Kopf bis Fuß empfangsbereit. Für meinen Herrn und Meister habe ich vor dessen Hochzeit ein spezielles Öl bestellt und mich bereits gesalbt. Es wird mit dem Extrakt von Stierhoden angereichert. Ein winziges Töpfchen davon kostet ein Vermögen.“

Mark ließ einen Finger in der Ritze des anderen verschwinden und hob dann den Finger an seine Nase. „Sehr würzig“, konstatierte er.

„Und hochwirksam“, ergänzte Nelson und wedelte auffordernd mit dem Steiß. Wie eine läufige Hündin, die endlich besprungen werden wollte.

Mark stöhnte, seine Augen saugten sich an den mitschwingenden Hoden fest. Er ging nun ebenfalls leicht in die Knie, seine Hände umschlossen die Flanken des Hünen, die wie poliert glänzten. Er rutschte ab, doch das nächste Mal packte er fester zu. Dann endlich kam Marks Schwanz zum Einsatz und durfte sich in die bestens präparierte Öffnung bohren. Nelson hatte nicht zu viel versprochen.

„Das ist so was von geil", stöhnte Mark. „Dieses Zeug wird heiß, das verbrennt einem alles. Ab sofort liebe ich Stierhoden und alles, was man daraus macht. Wegen mir kannst du gleich eine Vorratspackung davon bestellen."

Der Schweiß tropfte ihm von der Stirn in die Augen, er schwitzte am ganzen Leib und stieß nun mit voller Kraft zu. Der schwere Topf mit dem Feigenbaum begann zu wackeln, Marks Körper zitterte, nur Nelson stand vornübergebeugt wie ein Fels. Seine Augen waren geöffnet. Er blieb seltsam unbeteiligt, als sein Herr sich in ihn ergoss. Man hätte meinen können, dass Nelson nun gezielt zu den Palmen schaute, wo sich etwas kaum merklich bewegte.

„He! Bist du taub?" Mark versetzte Nelson einen Klaps. Sein erschöpftes Glied baumelte wieder frei hin und her.

„Wie?" Nelson zuckte zusammen.

„Ich habe dich gefragt, ob du etwas Anständiges zu trinken hier hast, und damit meine ich keinen Champagner. Ich kann keinen Schampus mehr sehen. Da muss ich automatisch an meine ehelichen Pflichten denken."

„Sie haben also doch …? Alle Achtung! Zweimal so kurz hintereinander!"

„Das zweite Mal in dieser Nacht gehört ebenfalls dir,

mein Freund. Ich muss nur kurz verschnaufen und etwas trinken. Also, was hast du anzubieten?"

„Wie wär's mit Ihrem Lieblingswhisky?"

„Das ist ein Wort." Mark folgte seinem Gärtner zu dem Bassin. Der erst unlängst mit der Generalüberholung des Anwesens beauftragte Architekt hatte auch dieses Becken in sein raffiniertes Arrangement einbezogen. Hier stimmte alles, und niemand, der nicht Bescheid wusste, käme jemals auf die Idee, in diesem Gewächshaus einen Tempel der Lüste zu vermuten. Wie einst in der Antike. Damals konnte man noch stolz darauf sein, ein Mann zu sein, der Männer liebte. Männer prägten das Schönheitsideal, und Männer wie Nelson oder Servilio waren die modernen Nachkommen ihrer berühmten Vorgänger aus der Antike. Frauen hingegen waren und blieben Gebärmaschinen. Erneut grauste es ihn bei der Vorstellung, seinen ehelichen Pflichten früher oder später nachkommen zu müssen. Eher früher, er konnte sich kein dummes Gerede leisten. Andererseits war Mia Lotta selbst schuld. Anfangs hatte sie ihn mit ihren weichen Brüsten und ihrer ganzen Art an eine Madonna erinnert, doch an diesem Abend hatte sie sich wie eine Hure aufgeführt.

„Es ist alles bereit." Nelson zeigte auf das gefüllte Becken, in dessen Mitte eine Art Springbrunnen installiert war. Er drückte auf einen verborgenen Knopf, und schon spie eine Düse alten schottischen Whisky aus. Herrlich dekadent, so sollte es sein. Der Überschuss wurde zum Badewasser, doch vorher diente der Mund des Gärtners als Gefäß. Soeben ließ Nelson seine Mundhöhle mit Marks Lieblingswhisky volllaufen, dann gab er Tropfen für Tropfen an Mark weiter. Von Mund zu Mund rann es ihnen feurig durch den Schlund und über Kinn und Brust weiter durch die haarige Landschaft ihrer Männerkörper bis hin zu den Schwänzen, die sich animiert von dem Zungenspiel ihrer Herren schon wieder lüstern zu regen begannen.

Bei Nelson ging das schnell, was kein Wunder war, denn er hatte beinahe zwanzig Jahre weniger auf dem Buckel und stand voll im Saft. Eine überbordende Jugend, die Mark mit allen Sinnen genoss, als sein aufmerksamer Jünger seine Zunge von der Zunge seines Herrn löste und sich auf die Wanderschaft nach unten machte. Nelson brauchte nur der Spur des Whiskys zu folgen, wobei er bewies, dass er keineswegs nur einen grünen Daumen besaß. Nelsons Zunge kreiste und lockte, applizierte immer wieder winzige Bisse auf der Haut seines Herrn, der immer wilder wurde. Rote Male bildeten sich auf Marks Unterleib, der es gerne auch mal handfester mochte. Auch dazu gab es Bilder in seinem Kopf. Bilder, wie seine Mutter ihm den blanken Po verhauen hatte. Manchmal hatte er absichtlich etwas angestellt, um in den Genuss ihrer liebevollen Züchtigungen zu kommen. Die Hosen hatte er damals oft freiwillig runtergelassen. „Mama, ich war wieder ein böser Junge!“ Darüber hatte sie lachen müssen. „Mein süßer böser Bub!“, hatte sie ihn genannt.

„Fester“, stöhnte er nun.

„Noch fester?“, vergewisserte sich Nelson, der an Marks aufragendem Penis angekommen war. Sollte mal einer sagen, mit Mitte vierzig schaffte man keine zweite Erektion mehr binnen einer Stunde! Alles eine Frage der richtigen Stimulation, und Nelson verstand sein Handwerk. Jetzt biss er in die violett schimmernde Kuppel, gleichzeitig schloss er zwei Finger um den Ansatz des Schaftes und formte so einen Ring, der enger und enger wurde und das Blut staute. Marks Glied gehorchte und stand stramm. Zur Belohnung wurde es nach allen Regeln der Kunst ausgesogen, bis auf den letzten Tropfen. Mark bewegte sich kaum von der Stelle. In einer Pfütze aus Ejakulat und Whisky schlief er völlig erschöpft ein und merkte nur noch, wie sein Lover ihm etwas Weiches unter den Kopf schob. Mark seufzte wohlig, dann blieb sein Mund offen stehen und ließ nur noch regelmäßige Schnarchlaute erklingen.

„Ob ältere Männer eigentlich immer schnarchen?", ertönte eine Stimme mit leicht südländischem Akzent hinter dem Springbrunnen.

„Wusste ich doch, dass du noch da bist", erwiderte Nelson im Flüsterton.

„Wir waren doch noch nicht fertig", erinnerte der andere und kroch auf allen vieren hinter dem Brunnen hervor.

„Das war knapp", meinte Nelson und betrachtete Mark. „Beinahe hätte er uns auf frischer Tat ertappt, dann wäre es mit dem schönen Leben gleich wieder vorbei gewesen. Wir sollten vorsichtiger sein."

„Besser wir sorgen dafür, dass er immer die volle Dröhnung bekommt. Von dir, seinem echt englischen Lieblingsgärtner, und von mir, seinem echt italienischen Lieblingsbutler." Ein deftiges Lachen folgte diesen Worten.

„Nicht so laut!" Nelson legte einen Finger an die Lippen. „Und den italienischen Akzent kannst du dir bei mir sparen."

„Okay, dann erlasse ich dir auch das britische Näseln",

konterte der andere. „Was man nicht alles für einen gut bezahlten Job tut."

Nelson nickte und schaute zu Mark. „Eigentlich sieht er verdammt gut aus, und fit ist er auch. Zweimal in so kurzer Zeit ist 'ne stramme Leistung für sein Alter."

„Wahrscheinlich hat er sich Viagra eingeworfen", meinte der Butler abfällig und begann, Nelson zu streicheln. „Du hast das noch lange nicht nötig." Der italienische Akzent verflüchtigte sich mehr und mehr.

Nelson lächelte geschmeichelt und reckte sich der Liebkosung entgegen. Und noch etwas anderes regte sich, was ihm einen innigen Kuss auf sein bestes Stück eintrug. Nelsons Freund saugte und lutschte und kraulte ihm gleichzeitig die Hoden. Zwischen ihnen lag noch immer ihr gemeinsamer Chef. Das ungenierte Schmatzen und Stöhnen schien zu ihm vorzudringen, denn er bewegte sich.

„Bloß weg hier!" Nelson ergriff das Windlicht und lief vor. Seine massive Statur bildete einen pikanten Gegensatz zu seinem Kollegen, der in seinen Bewegungen filigraner war und sich so elegant wie ein Berufstänzer bewegte. Wie auf ein geheimes Kommando steuerten sie den Badeteich mit dem dazugehörigen Pavillon an.

„Du wackelst mit dem Arsch wie 'ne lüsterne Braut", kicherte Nelson und versuchte mehrmals vergeblich, dem vor ihm hertänzelnden Faun einen Klaps auf das perfekt modellierte Gesäß zu geben.

„Soll ich dir die Frau machen?" Servilio umschlang den nackten Stamm einer Catalpa, riss eines der langen Blätter ab und formte es geschickt zu einer Art Tasche, die er über seinem noch immer steifen Penis drapierte. „Darf ich vorstellen: Das ist Frau Möse, stets zu Ihren Diensten."

„Jetzt weiß ich auch, wie du zu deinem Namen kommst. Servilio, kommt doch von Dienen? Oder soll ich dich besser Servilia nennen?" Nelson betonte die weibliche Endung und bohrte seinen Schwanz in das zusammengefaltete Blatt. „Servila, die allzeit Dienstbare."

„Ich bin jetzt deine kleine süße Braut", kicherte Servilio. Seine Hände umschlossen das grüne Futteral und ahmten gekonnt die Scheidenmuskulatur einer Frau nach. Von Weitem hätte man das Paar für Mann und Frau halten können.

„Und ich entjungfere dich mit meinem Schwert. Wehe, du blutest nicht anständig."

„Wenn ich dir in der Rolle der Jungfrau nicht genüge, weißt du ja, wo du Ersatz finden kannst." Servilio nickte zum Haupthaus hin und grinste breit. „Wetten, dass unser Herr und Gebieter nicht mal traurig wäre, wenn wir ihm den Job abnähmen."

„Verzichte dankend. Und jetzt ergib dich freiwillig, meine süße Servilia, sonst platzt er mir."

Mia Lotta fand keinen Schlaf. Wie auch, wenn der eigene Bräutigam in der Hochzeitsnacht unter einem fadenscheinigen Vorwand abhaute? Statt sich weiter den Kopf zu zermartern, konzentrierte sie sich auf die fremden Geräusche im Haus und draußen im Park. Mal knarrte eine Diele, mal ertönte weit weg eine Sirene. Bald meldete sich eine erste Vogelstimme und schimpfte los. Dann vernahm sie ein merkwürdiges Plätschern. Bildete sie sich das nur ein, oder waren jetzt auch menschliche Geräusche zu hören?

Mark, war ihr nächster Gedanke. Sie sprang aus dem

Bett und rannte wieder zum Fenster. Der Lärm kam vom Badeteich, den nun ein Windlicht erhellte. In dem diffusen Licht erkannte sie zwei Körper. Nackte Körper, beides Männer, beide Prachtexemplare ihrer Gattung, auch wenn sie gegensätzlicher nicht hätten sein können. Der eine sah aus wie ein Latino, der andere entsprach eher dem Typ Wikinger. Das Duo vergnügte sich mitten in der Nacht bei einer Wasserschlacht. Plötzlich schien aus zwei Körpern ein einziger zu werden, und Mia Lotta stellte fest, dass die beiden Männer einander mit Haut und Haaren liebten.

Wo bin ich hier nur hingeraten?, dachte Mia Lotta. So hatte sie sich ihre Hochzeitsnacht wahrlich nicht vorgestellt.

Nichts gegen gleichgeschlechtliche Liebe! Aber das war der falsche Zeitpunkt für sie, Zeugin dieses Schauspiels zu sein, und auch der Ort. Sie mochte sich gar nicht vorstellen, wie ihr ohnehin schon gereizter Bräutigam reagieren würde, wenn er die beiden Männer in seinem Badeteich erwischen würde. Ihr kam der Verdacht, dass es sich bei den sich miteinander verlustierenden Gestalten um die beiden zuvor gesuchten Dienstboten handelte.

Mia Lotta überlegte noch, ob sie nach einer Taschenlampe suchen und sich in den Park wagen sollte, um Schlimmeres zu verhindern, als der Wikinger mit dem Latino auf den Armen aus dem Bassin trat. Der Latino schien zu frieren, worauf der Wikinger begann, zärtlich jedes Fleckchen Haut abzulecken. Der so Begünstigte drehte und reckte sich und zeigte unmissverständlich an, dass dieser filigrane Körper mit den feminin anmutenden Bewegungen dennoch ganz eindeutig einem Mann gehörte.

Das ungleiche Paar absolvierte das volle Programm und schien nichts zu vermissen. Auf lustigen Schabernack folgte erneut hemmungslose Leidenschaft. Die beiden kannten keine Müdigkeit. So sollte es sein, genau so. Mia Lotta kam nicht gegen das brennende Gefühl des Neids an, das sich in ihr breitmachte, und ein ausgesprochen ketzerischer Gedanke bemächtigte sich ihrer. Lieber wäre ich lesbisch, dachte sie, damit endlich einmal die Post bei ihr abginge. Sie hatte keine Lust, hundert Jahre zu warten oder sich immer nur selbst zu verwöhnen. Es war erst ein paar Stunden her, da glaubte sie, dem Himmel zum Greifen nahe zu sein, und nun war sie verheiratet und immer noch Zaungast.

Sie stolperte in ihr einsames Doppelbett zurück und wünschte sich, Mark niemals ihr Jawort gegeben zu haben.

Mia Lotta war dann doch noch eingeschlafen. Als sie wach wurde, schien die Sonne auf ihren nackten Unterleib. Das zarte Negligé hatte sich zu ihren Brüsten hochgeschoben, sie schwitzte und fühlte sich matt und schlapp. Die Erinnerung an die letzte Nacht kehrte schlagartig zurück. Ich bin nicht Fisch und nicht Fleisch, dachte sie, sondern eine lächerliche Figur. Das zahl ich dir heim, Mark Neubauer!

Mia Lotta setzte sich auf, riss sich das Verführtextil vom Leib und beschloss, zu duschen und etwas zu essen. Auf dem Weg zum Bad stopfte sie sich ein paar kalte Garnelen in den Mund und verzog das Gesicht. Etwas Süßes wäre ihr lieber gewesen. Wenigstens ließ die Dusche keine Wünsche offen. Aus einer Vielzahl von Düsen schoss herrlich heißes Wasser, sie drehte auf volle Power und ließ sich rundum verwöhnen. Im Nu war die Verglasung beschlagen, das prasselnde Wasser übertönte jedes andere Geräusch, und ihre Gedanken gingen auf die Reise.

„Eine heiße Dusche! Gute Idee!“ Seine Stimme hatte es ihr von Anfang an angetan, ebenso sein Körper. Er war nackt, stand auf einmal in der Dusche und grinste sie verlegen an. „Soll ich dir den Rücken einseifen?“

Mia Lotta war drauf und dran, sein Angebot anzunehmen, doch dann rief sie sich zur Ordnung. So leicht würde sie es ihrem Herrn Bräutigam nicht machen.

„Das schaffe ich schon noch selbst“, erwiderte sie kühl und ergänzte stumm: Genau wie alles andere! Als ob ihre Möse umgehend das Gegenteil beweisen wollte, begann es heftig in ihr zu pulsieren.

„Es tut mir leid wegen gestern Abend.“ Er sah ihr nicht in die Augen, sondern starrte seine Zehen an, die wie alles an ihm ausgesprochen wohlgeformt und überaus gepflegt waren. Dennoch verströmte er einen ausgesprochen männlichen Geruch. Er riecht wie unser mehrfach prämierter Hengst, dachte Mia Lotta. Dieser Hengst hatte meilenweit jede rossige Stute gewittert und sofort sein Mordsding ausgefahren und zweimal sogar das Holzgatter durchbrochen, das ihn von den Pferdedamen trennte, die umgekehrt ebenso verrückt nach ihm waren. Die riechen den guten Beschäler, hatte feixend der Stallmeister gemeint, worauf Tante Herta – die das zufällig mitbekommen hatte – ihm eine Gardinenpredigt hielt. Fortan durfte Mia Lotta nicht mehr allein zu den Pferden.

Mia Lotta warf einen verstohlenen Blick auf jene Stelle, an der bei ihrem frisch angetrauten Ehemann das Pendant zu jenem Mordsding saß. Mark musste sich seiner Ausstattung wahrlich nicht schämen, auch wenn er jetzt schützend die Hände davorlegte, wohl aus Sorge, er könnte ihr jungfräuliches Auge beleidigen.

„Schön“, sagte sie betont cool und griff nach der Handbrause. „Es tut dir also leid. Und was jetzt?“

„Wir könnten zusammen duschen, wenn du nichts dagegen hast.“ Er griff nach einem Seifenstück und hielt es ihr hin. Sein Gesichtsausdruck war traurig und hoffnungsvoll zugleich.

„Und was versprichst du dir davon?“, fragte sie und schwankte, ob sie zugreifen sollte. Die Versuchung war groß, zumal der Penis ihres Gatten soeben leicht zu wippen begann, was sehr verführerisch aussah.

Mark hielt die Seife unter den Wasserstrahl der Handbrause, es begann zu schäumen und zu duften. Seifenflocken verteilten sich auf ihrem Körper, und Mark begann zögernd, sie auf ihrer Haut zu verteilen.

„Ist das nicht ein fantastisches Gefühl?“, murmelte er und umkreiste ihre Brüste, deren Spitzen sich sofort aufrichteten. „Wie Milch und Honig, ich liebe es.“ Seine Stimme klang nun beinahe andächtig. Er wirkte so unglaublich verletzlich, gleichzeitig wurde sein Schwanz immer dicker und dicker.

Mia Lottas Versöhnungsbereitschaft wuchs mit der Größe seines Penis. Was er da über Milch und Honig erzählte, interessierte sie im Augenblick dagegen weniger. Sie wollte, dass er endlich zur Sache kam, und rückte näher an ihn heran, schmiegte sich an ihn und streichelte sein knackiges Gesäß. Das schien ihm zu gefallen, ebenso wie ihr. Diese Muskulatur war nur göttlich.

„Es fühlt sich sehr gut an“, schnurrte sie und hoffte, seinen Forscherdrang zu inspirieren. Doch er machte noch immer nur an ihren Brüsten herum, was ja nicht schlecht war, solange er nicht jene andere Region sträflich vernachlässigte. Außerdem fand sie es unpassend, dass er die ganze Zeit die Augen geschlossen hielt. So hässlich war sie ja nun wirklich nicht, und wie jede Frau wollte sie beim Liebesspiel bewundert werden. So schüchtern konnte er doch unmöglich sein, oder? Andererseits hatte sie einmal gelesen, dass selbst gestandene Männer mitunter eine Höllenangst vor Jungfrauen haben. Falls dies auch bei Mark so sein sollte, erklärte es seine Flucht aus dem Hochzeitsbett.

Sie überlegte, was von einer Defloration unter der Dusche zu halten war. Praktisch betrachtet hatte das durchaus seine Vorteile, sie durften nur nicht ausrutschen.

Beherzt umschloss sie seine Hand mit dem Seifenstück und führte sie über ihre Bauchmulde und den Venushügel und stellte, um ihm den Zugang zu ihrer Grotte zu erleichtern, einen Fuß auf der integrierten Marmorbank ab. Ihre Schamlippen begannen lustvoll zu beben, das zarte Knöpfchen in dem zerfurchten Tal wuchs und wuchs, es begann zu schmatzen, das Willkommen für ihren Bräutigam konnte nicht herzlicher sein.

„Das schmatzt“, sagte er und wollte seine Hand zurückziehen, doch das ließ sie nicht zu.

„Es freut sich“, hauchte sie und fügte hinzu: „Du brauchst keine Angst zu haben, dass du mir wehtun könntest. Ein Hymen ist schließlich keine Wand aus Beton.“

Ihr Versuch, die bevorstehende Entjungferung möglichst locker anzugehen, bewirkte allerdings das genaue

Gegenteil. Marks Körper verlor jegliche Spannkraft. Die eben noch lustvoll geführte Seife plumpste in die Duschtasse, und sein eben noch stolzer Recke zog sich ängstlich zusammen. Da stimmte doch was nicht!

Mia Lotta nahm erneut allen Mut zusammen. „Ich finde, wir sollten darüber reden“, sagte sie ausgesprochen sanft. Umso mehr überraschte sie seine heftige Reaktion.

„Was gibt es da groß zu reden?“, ereiferte er sich und drängte sich an ihr vorbei, griff nach der beheizten Handtuchhalterung und warf ihr ein Frotteetuch von der Größe eines Bettlakens zu. Das Riesentuch war zartgelb. Er selbst wickelte sich in ein kaffeebraunes Badetuch ein und ähnelte in seinem Zorn und dieser Aufmachung einem wilden Krieger.

„So etwas kommt vor“, erwiderte sie besänftigend. „Es kann psychische Ursachen haben. Stress kann so was vorübergehend auslösen.“ Sie zeigte auf seinen Penis. „Hattest du das schon öfter?“ Sie sah eine Ader an seiner linken Schläfe gefährlich anschwellen und fuhr hastig fort: „Natürlich helfe ich dir gern, diese kleine Störung in den Griff zu bekommen.“

Er lief puterrot an und legte los. Diesmal flogen ihm die Worte nur so zu, und das Ziel seiner Attacke war allein sie. Sie, Mia Lotta, habe mit ihrer Unerfahrenheit und Tollpatschigkeit alles kaputt gemacht.

„Aber ich habe doch nur …“, setzte sie an und kämpfte mit den Tränen. Aus der Traum!

„Ich kann dir sagen, was du hast oder vielmehr nicht hast“, geiferte Mark. „Du hast keine Ahnung, wie ein richtiger Mann tickt.“

„Und wie tickt ein richtiger Mann?“ Mia Lotta hob den Blick. „Erklär es mir!“

„Das kann man nicht erklären“, schnauzte Mark. „Das kann man nur erleben.“

„Aber ich bin eine Frau.“ Mia Lotta öffnete zwecks Demonstration ihrer Weiblichkeit das Badelaken. Ihre aufgeregten Brüste sprangen Mark förmlich an, die Warzenhöfe waren riesig groß. Für ihre Brustwarzen hätte sie glatt einen Waffenschein beantragen können. „Wie soll ich da wie ein Mann fühlen?“, fragte sie provozierend.

Mark sah verlegen zur Seite. „Warte“, sagte er mit heiserer Stimme und verließ das Badezimmer. Sie hörte ihn nebenan in dem begehbaren Kleiderschrank kramen. Als er zurückkam, hielt er beide Hände hinter dem Rücken versteckt. „Dreh dich um und mach die Augen zu!“, befahl er.

Alles Zögerliche war von ihm abgefallen. Sein herrischer Tonfall ließ sie gleichzeitig erschaudern und geil werden. Bereitwillig folgte sie seiner Aufforderung und ließ auf sein Geheiß das Badetuch fallen.

Etwas legte sich um ihre Taille. Dieses Etwas war hart und geschmeidig zugleich und presste ihre Hüften zusammen. Von diesem merkwürdigen Mieder wurde ein weiteres Element durch ihren Schritt geführt und oberhalb ihres Hinterteils festgezurrt, ein Manöver, das in ihrem Schoß zaghafte Vorfreude hervorrief, gepaart mit Neugier. Im Badezimmer roch es nun so ähnlich wie in der Sattelkammer ihres Schlosses, das Geschirr fühlte sich an wie das Zaumzeug für Pferde.

„Du sattelst mich doch nicht etwa?“, stieß sie nervös

hervor. „Dein Gewicht würde ich nicht aushalten."

„Du darfst selbst den Reiter spielen. Augen auf!"

Zögernd öffnete sie die Augen. Was die breite Spiegelwand ihr zeigte, übertraf jede sexuelle Fantasie, die sie jemals gehabt hatte. Sie sah eine bis zur Taille nackte Mia Lotta mit rosig glühender Haut, doch unterhalb des Nabels entsprach sie dem Bild eines Mannes im Zustand höchster Erregung. Die täuschend ähnliche Attrappe war eindeutig aus Leder.

Mark schob sich hinter sie und grinste zufrieden. „Und jetzt stell dir einfach vor, du wärst ein Mann und dürftest mich verwöhnen." Es sah gut aus, wie er so hinter ihr stand, und es fühlte sich noch viel besser an. Da ihre Lederkluft die Gesäßbacken freiließ, kam sie in den vollen Genuss des wiedererwachten Lebens in seinen Lenden, doch hatte sie immer noch keine Ahnung, was er von ihr wollte.

„Aber du hast doch gar keine Scheide", protestierte sie und wackelte probehalber mit ihrem Schwanz aus Leder. Die Hodenattrappen waren aus grobporigem Leder gefertigt, an den Hüften befanden sich Lederbänder und Stretchbahnen.

„Ich dachte, du hättest genügend Fantasie." Er rückte von ihr ab. „Worauf wartest du?" Seine verführerische Stimme klang nun kein bisschen mehr zornig.

Mia Lotta riss die Augen auf. Im Spiegel war kein Mark mehr zu sehen, zögernd drehte sie sich um. Dieses Bad war der reinste Tanzsaal. Zu der Badewanne führten drei Stufen hoch, auf dem Podest stand auch noch ein stummer Diener von der Art, wie ihr Vater ihn zu Lebzeiten benutzt hatte. Er hatte immer seine Hosen und Hemden darübergehängt und das integrierte Bänkchen genutzt, um sich bequemer die Schuhe zu binden.

Mark hingegen hatte einen ganz anderen Verwendungszweck dafür entdeckt. Er hing über dem oberen Bügel aus warm schimmerndem Kirschholz, das tiefere Brett aus demselben Edelholz stützte seine Knie, und was sich ihr ungeniert entgegenreckte, war ein fantastisch straffer Männerhintern mit gespreizten Backen und einem haarigen Urwald dazwischen, der lediglich die prallen Hoden und die darüber prangende Erektion und jene eher unauffällige kleine Öffnung aussparte, die Männern und Frauen gemeinsam war.

Mia Lottas Augen saugten sich an dem nun wieder stolz aufgerichteten Penis fest. Was immer die Störung vorhin ausgelöst hatte, so bestand nun kein Grund zur Sorge mehr. Mit fliegenden Fingern machte Mia Lotta sich an dem schrecklichen Geschirr zu schaffen, das Mark ihr angelegt hatte. Sie brauchten es nicht mehr.

Doch Mark war anderer Ansicht, was er ihr unmissverständlich klarmachte. Sie sollte den Dildo benutzen, um ihn damit zu penetrieren, und er ließ auch keinen Zweifel daran, wie er das meinte. Ungeduldig führte er ihre Fingerspitzen in einen Topf mit einer glibberigen Masse, mit der sie den Lederlümmel einreiben sollte, den er ihr umgeschnallt hatte. Sodann dirigierte er sie hinter sich und gab die Kommandos.

„Fester“, verlangte er. „Nicht so zimperlich, ich bin doch kein Weib.“

Mia Lotta gehorchte. Irgendwann schaltete sie ihren Kopf komplett ab und konzentrierte sich auf die Ansage des Mannes, der ihr Ehemann war. Er wollte von ihr mit einem Lederdildo penetriert werden, und sie selbst war noch immer Jungfrau! Das grobe Leder schürfte über ihre Haut, und jegliche Lust verstummte. Zuletzt empfand sie nur noch Abscheu beim Anblick dieses sich aufbäumenden Hinterns, den sie mit einem künstlichen Penis rammte, raus und rein, raus und rein.

Das natürliche Gegenstück zu diesem schrecklichen Lederpimmel arbeitete mit. Sie sah es vor Marks flachem Bauch aufragen und zucken und schließlich in hohem Bogen seinen Saft ausspucken. Gleichzeitig hörte das wilde Buckeln auf.

Mark schnaufte zufrieden. „Geht doch", meinte er. „Man muss sich nur zu helfen wissen."

Mia Lotta brachte es nicht fertig, ihn anzusehen. Stattdessen versuchte sie, sich von dem unsäglichen Geschirr zu befreien. Aber ihre Finger zitterten zu sehr. Hoffentlich fing sie jetzt nicht auch noch zu weinen an. Das alles war so unverständlich und demütigend.

Wasser platschte, Mark hielt sein ermattetes Glied unter den phallisch geformten Wasserhahn, der aus einer Porzellansäule ragte, die gleichfalls an einen erigierten Riesenpenis erinnerte.

Etwas Helles, Rundes, nach Milch und Honig Duftendes wurde ihr hingehalten. „Wenn du willst", hörte sie ihren Ehemann großmütig sagen, „darfst du ihn jetzt abwaschen. Du hast es dir verdient."

Sie schüttelte den Kopf und wünschte sich weit weg. Wenn nur Renata hier wäre! Sie war eine erfahrene Frau und zudem Marks Schwester. Vielleicht waren ja alle Männer so. Oder lag es wirklich an ihr?

„Schämst du dich etwa?“ Mark grinste sie breit an. „Brauchst du nicht. Du warst gar nicht mal so übel, und zur Belohnung habe ich später auch noch eine Überraschung für dich.“ Pfeifend wandte er sich wieder seinem Gemächt zu, wusch es liebevoll, trocknete es ab und verschwand im Ankleideraum. Wenig später kehrte er in frischen Kleidern zurück.

„Die Pflicht ruft“, verkündete er fröhlich und fügte hinzu, dass sie leider allein frühstücken müsse, Servilio aber ein ganz passables Omelett hinbekäme. „Wenn du dich mit dem Anziehen beeilst“, sagte Mark, „stelle ich ihn dir noch rasch vor. Ihn und unseren neuen Gärtner Nelson.“

„Kann es sein, dass einer von den beiden wie ein Latino aussieht und der andere wie ein Wikinger?“, erkundigte sich Mia Lotta und verbarg hastig die roten Striemen, welche die Ledermontur hinterlassen hatte, unter dem Badetuch. Die peinlichen Abdrücke ließen sie an die merkwürdigen roten Male an Marks Körper denken, deren Form zwar anders war, sich aber in derselben Region befanden. Woher kamen diese Male, die sie entfernt an einen Knutschfleck erinnerten?

„Gute Beschreibung.“ Mark nickte anerkennend. „Ihr seid euch also schon begegnet?“, fuhr er sichtlich gut gelaunt fort. „Dann ist ja alles paletti.“

„Begegnet würde ich das nicht gerade nennen“, sagte Mia Lotta. „Und ich glaube offen gestanden auch nicht, dass alles paletti ist. Ganz im Gegenteil.“

„Raus mit der Sprache! Du hast mir doch nicht etwa nachspioniert?“ Etwas Lauerndes lag nun in Marks Gesichtsausdruck.

Mia Lotta wollte nicht lügen, außerdem hatte sie ja nur aus dem Fenster gesehen. „Da war so ein merkwürdiges Planschen, das hat mich wohl geweckt“, sagte sie vorsichtig. „Es kam vom Badeteich, ich habe nur aus dem Fenster geschaut.“

„Sieh mal einer an. Jetzt weiß ich auch, womit meine beiden Diener sich fit halten. Sie drehen schon im Morgengrauen ihre Runden. Mir soll es recht sein, solange die Jungs darüber nicht ihre eigentlichen Pflichten vernachlässigen.“

„Nach Schwimmen sah es aber nicht aus“, erwiderte Mia Lotta und entschloss sich, der Wahrheit Genüge zu tun. „Könnte es sein“, fuhr sie fort, „dass die beiden ein Liebespaar sind?“

Marks gute Laune verflog schlagartig. Offenbar neigte er zum Jähzorn. Schon wieder beschimpfte er sie. Dieses Mal nannte er sie eine kleine, missgünstige Intrigantin und empfahl, ihre böse Zunge in Zukunft zu hüten. Dann schmetterte er die Tür hinter sich zu. Erst die Tür des Badezimmers, wenig später die Haustür, dann hörte sie auch schon den Rolls Royce über den Kies der Zufahrt knirschen.

Mia Lotta blieb allein zurück.

6. KAPITEL

Ruhe und Sauberkeit waren zurückgekehrt. Renata hatte bis zuletzt ausgeharrt und dafür gesorgt, dass die Hochzeitsparty keine Spuren auf dem Anwesen ihres Vaters hinterließ. Sie war jetzt seit mehr als vierundzwanzig Stunden auf den Beinen, die letzten Gäste waren erst im Morgengrauen gegangen. Nur ihr Vater hatte die Party schon kurz nach dem Verschwinden des Brautpaars verlassen und die Nacht im Hotel vis-à-vis verbracht, wo sie ihn bald auftragsgemäß abholen würde.

Renata war restlos erledigt, was nur zum Teil daran lag, dass sie wie verrückt geschuftet hatte, um diese Hochzeit zu einem Erfolg werden zu lassen. Sie sorgte sich um Mia Lotta. Hatte dieser Trottel, der bedauerlicherweise ihr Bruder war, seinen Teil der Vereinbarung eingehalten? Und vor allem: Konnte Mia Lotta in dieser Ehe glücklich werden? Andererseits, was war schon Glück? Man konnte im Leben nicht alles haben, und ihre süße Schwägerin brauchte jetzt immerhin nicht mehr den Besuch des Gerichtsvollziehers zu fürchten. Sie konnte sich nun ein unbeschwertes Leben leisten, und solange man den Schein wahrte, musste auch alles andere nicht zu kurz kommen.

Renata war derart in ihre Überlegungen vertieft, dass sie beinahe mit Phillip kollidiert wäre, der ihr splitternackt mit einem Tablett aus dem Wirtschaftstrakt entgegenkam.

„Bist du wahnsinnig?“, fauchte sie ihn an.

„Höchstens hungrig“, konterte er und löste eine Hand von dem Silbertablett, um ein Croissant zu ergreifen und hineinzubeißen. „Früher hast du mir nach einer langen Nacht schon mal persönlich das Frühstück ans Bett gebracht. Das waren noch Zeiten!“ Das Tablett schwankte gefährlich, ein paar Krümel verfingen sich in seinen Bartstoppeln.

„Früher wusste ich noch nicht, was für ein Idiot du bist“, zischte sie zurück. „Ich fahre jetzt meinen Vater holen, und wenn wir zurückkommen, bist du anständig angezogen, ist das klar?“ Sie wollte schon weitergehen, als ihr etwas auffiel. Sie drehte sich nochmals zu Phillip um. „Wo kommen eigentlich die frischen Croissants her?“

„Es gibt halt noch Frauen, die wissen, was sie an einem Hengst wie mir haben.“ Phillip biss erneut in sein Gebäck aus knusprigem Blätterteig. „Ach ja“, fuhr er mit vollem Mund fort. „Wenn du zufällig in die Küche kommst, kannst du die kleine Schickse meinetwegen wieder losbinden, ich brauche sie nicht mehr.“ Damit wandte er sich zur Treppe, um zu den Gästezimmern zu gehen.

„Halt!“, befahl Renata und griff ihm von hinten zwischen die Beine. „Was für eine Kleine?“

„Autsch! Bist du des Teufels?“ Immerhin blieb er stehen. „Die Kleine kam, als du unter der Dusche warst, mit dieser Brötchentüte angelaufen. Total niedlich, ein richtig verschwärmter Teenager aus der Nachbarschaft. Sie hat sich sogar Zöpfe geflochten.“

„Du meinst doch nicht etwa die Tochter von Dads neuen Nachbarn zur Linken? Nur zu deiner Info, der Mann ist Staatsanwalt, wenn du da …“

„Wolltest du nicht Big Daddy abholen?“, fiel Phillip ihr ins Wort. „Soweit ich weiß, verabscheut er Unpünktlichkeit.“

„Weich mir nicht aus! Was ist mit dem Mädchen?“

Phillip zuckte die Schultern. „Keine Ahnung, du kennst doch diese Abteilung Backfisch. Erst sagen sie Hü und dann Hott. Ich habe nur dafür gesorgt, dass sie sich wieder beruhigt. War's das? Mein Kaffee wird nämlich kalt, so kalt wie meine Eier." Er kratzte sich demonstrativ an seinem voluminösen Sack. „Willst du mal fühlen?" Auffordernd hielt er ihr seine Hoden hin. Offenkundig fühlte er sich stark wie Herkules und war auf Provokation aus, wofür es nur eine Erklärung geben konnte.

Renata ließ ihn gehen. Es brachte nichts, mit ihm zu diskutieren. Sie hatte tags zuvor Anweisung gegeben, ihn mit dem Alkohol knapp zu halten, er aber hatte sich an anderen Rauschmitteln schadlos gehalten. Das war seine Art der Rache. Obwohl ihr die Zeit im Nacken saß, ging Renata zunächst in die Küche. Alles war perfekt aufgeräumt, der Cateringservice hatte gute Arbeit geleistet. Aber da saß ein Mädchen mit nacktem Po und angezogenen Beinen auf der Herdplatte. Die dünnen Arme waren an der Dunstabzugshaube festgebunden. Die Brüste reckten sich keck wie Spitztüten. Den flachen Bauch bedeckten Krümel, Butterflöckchen und Marmeladenkleckse. Auf dem Boden lag ein winziges rosa Höschen.

„Ich kann nichts dafür", sagte die Kleine. „Das war Phillip. Ich wollte ihm nur etwas zum Frühstück bringen. Er meinte, dass seine Frau ihn total vernachlässigt."

„Ich bin seine Frau." Renata machte sich daran, die dünnen Arme loszubinden. Sie war älter, als man auf den ersten Blick glauben mochte.

„Oh!" Einen winzigen Moment lang war die Kleine sprachlos. Dann warf sie Renata einen taxierenden Blick zu. Ich bin viel jünger und glatter als du, sagte dieser Blick. Gegen mich hast du keine Chance.

Renata hätte ihr verraten können, dass Phillip reihenweise willige junge Dinger wie sie bearbeitete. Gewöhnlich versprach er ihnen etwas, worauf sie heiß waren, und gab ihnen das Gefühl, irre sexy zu sein.

„Du kannst von Glück reden, dass er hier noch keine Kamera installiert hat“, sagte Renata.

„Er hat gesagt, dass er viel in München filmt. Ich habe eine Freundin in München. Wir studieren demnächst zusammen Kunst oder so.“

„Prima, dann hat Phillip ja gleich zwei dumme Studentinnen gefunden, die er im Internet auf einer Pornoseite ausstellen kann. Fragt sich nur, was eure Eltern zu diesem speziellen Kunststudium sagen. Ist dein Vater nicht Staatsanwalt?“ Renata bückte sich und hob den Slip auf.

„Sie werden meinem Vater doch nichts verraten?“ Das Mädchen riss Renata den Slip aus der Hand und schlüpfte hinein.

„Nicht, wenn du auf der Stelle abhaust und meinen Herrn Gemahl vergisst.“

Renata trieb das Mädchen vor sich her und dankte dem Himmel, dass sie keine Kinder hatte. Sie beschloss, auf Nummer sicher zu gehen und das Mädchen persönlich zu Hause abzusetzen.

Der Alte hatte schlechte Laune. Er empfing sie in der Hotelhalle und behauptete, dass mit dieser überstürzten Hochzeit etwas nicht stimmte.

„Es ist alles bestens“, behauptete Renata.

„Und wieso frühstückt mein Sohn dann einen Tag nach

der Hochzeit allein im Golfclub, statt zusammen mit seiner jungen Frau im trauten Heim? Ich wollte meinen Augen nicht trauen."

„Vielleicht hast du dich ja geirrt, Vater." Renata schaute zum Clubgebäude, das dem Hotel angeschlossen war. So dämlich konnte doch noch nicht einmal ihr Bruder sein.

Er konnte.

Er saß auf der vorgelagerten Terrasse und stand gerade auf, um zwei Männern entgegenzugehen. Der eine war übergewichtig. Sein protziger Anzug saß zu eng, sodass der Mann irgendwie schmierig wirkte. Der andere war jünger und gertenschlank. Er trug ein weißes Hemd zu schlichten Jeans und Flip Flops. Unter einem am Hinterkopf verknoteten Tuch – Renata dachte spontan an einen Seeräuber – schauten lange dunkle Locken hervor. Als Mark den Jüngeren umarmte, wurde er sichtlich verlegen und versuchte, sich aus der stürmischen Umarmung zu befreien. Dabei löste sich das Tuch, und eine Mähne, um die ihn jede Frau beneidet hätte, fiel ihm ins Gesicht.

Auch Mark schien sichtlich angetan von dieser ungebärdigen Haarfülle. Er wickelte sich eine Locke um den Finger und zog sein Opfer daran auf sich zu.

Renata hatte genug gesehen. Nur weg hier!

„Wir sollten fahren, Vater." Renata hakte den Alten unter und zog ihn mit. Sie konnte sich lebhaft vorstellen, was ihr Bruder mit dem Seeräuber-Verschnitt vorhatte. So jemand fiel in die Kategorie Frischfleisch, Mark hatte sich nie unter Kontrolle. Wieder setzte er alles aufs Spiel, und das durfte nicht sein. „Das sind wichtige Geschäftsleute", log sie. „Mark hat mir von ihnen erzählt. Den Termin konnte er leider nicht absagen."

„Sehen so seriöse Geschäftsleute aus?", polterte der alte Neubauer.

„Der Kunde ist König, das weißt du doch."

Renata wünschte Mark zum Teufel, weil sie sich jetzt auch noch genötigt sah, sich schützend vor ihn zu stellen. Aber sie saßen nun mal in einem Boot. Wenn sie ihm half, kam sie im Gegenzug zu einem halben Dutzend Immobilien, der Jacht und sämtlichen Firmenanteilen. Anders als Mark hatte sie absolut nichts gegen ein Schrottimperium einzuwenden, das Millionen einbrachte. Geld, viel Geld, war das Einzige, worauf man sich in dieser Welt verlassen konnte.

„Gib Mark eine reelle Chance", bat sie. „Deine Schwiegertochter tut es doch auch."

In diesem Moment meldete sich per Vibrationsalarm Renatas Handy. Auf dem Display erschien Mia Lottas Name. „Moment bitte." Renata wandte sich zur Seite und meldete sich hastig. „Ja …", sagte sie. „Ja, natürlich. Ich bin gleich bei dir."

„Bei wem bist du gleich?", verlangte ihr Vater zu wissen.

„Das war Mia Lotta. Es ist alles in Ordnung. Du brauchst dir keine Sorgen zu machen." Eine glatte Lüge, aber sie durfte nichts riskieren. Vor allem musste sie so schnell wie möglich bei Mia Lotta sein, die sich überhaupt nicht gut angehört hatte. „Nimmst du dir ein Taxi, Vater?"

„Sicher doch", knurrte der Alte und ließ Renata stehen.

Mia Lotta lief Renata entgegen und war froh, dass sie weder Servilio noch Nelson begegnete. Die beiden waren völlig durchgeknallt! Kaum hielt Renatas Wagen, stieg Mia Lotta ein. „Nur weg hier“, drängte sie.

Renata musterte sie kurz und drückte dann das Gaspedal durch.

„Mark hat mich mit diesen beiden Verrückten allein gelassen. Er wollte, dass der eine mir ein Omelett macht, und ich hatte einen Riesenhunger. Aber als ich in die Küche kam, haben sie sich bloß mit Eiern beworfen. Wenn ich nicht bald etwas zu essen bekomme, falle ich tot um.“

Renata löste eine Hand vom Steuer, um ihrer Schwägerin zärtlich über die nackten Knie zu fahren. „Was hältst du von frischem Laugengebäck und den besten Weißwürsten von ganz Bayern. Der Senf dazu ist selbst gemacht.“

Mia Lotta nickte eifrig. Der bloße Gedanke an das Essen holte frische Farbe in ihr Gesicht. Keine Viertelstunde später saß sie unter einer von Knöterich und Clematis üppig umrankten Pergola an einem blank geschrubbten Holztisch und aß sich satt. Dabei redete sie sich unsortiert alles von der Seele, das ihr widerfahren war, nachdem Mark sie am Abend zuvor über die Schwelle getragen hatte.

Renatas Anteilnahme tat gut. Die Dinge relativierten sich in Gegenwart ihrer Schwägerin auf wundersame Weise.

„Das wird schon“, versprach Renata und ließ ihre Hand unter Mia Lottas Rock schlüpfen.

„Fragt sich nur, wann“, erwiderte Mia Lotta. „Ich habe wirklich alles versucht. Mehr kann ich nicht tun. Ich spüre genau, dass da etwas nicht stimmt. Mark kann mir tausendmal erzählen, dass es an mir liegt.“

„Vergiss Mark!“ Renata schob ihre Hand über die Innenseite von Mia Lottas Schenkel und massierte die zarte Haut.

„Wie kann ich ihn vergessen“, brachte Mia Lotta mühsam hervor, „wenn ich mit ihm verheiratet bin?“ Ihre Schenkel gingen auseinander.

Der Steg ihres Höschens wurde zur Seite geschoben, subtropische Hitze empfing Renatas kundige Fingerspitze. Erst war es nur ein einziger Finger, der sich in Mia Lotta hineinwühlte. Dann gesellte sich ein zweiter und schließlich ein dritter dazu. Das Trio verband sich zu einem Stoßtrupp, der es mit jedem Penis aufnehmen konnte. Renata kurbelte und rubbelte, erfreute sich an der Nässe zwischen Mia Lottas Beinen und dem aufsteigenden Geruch und trieb Mia Lotta einem Höhepunkt entgegen.

„Vergiss alles, was dir nicht guttut.“ Mit rhythmischen Stößen unterlegte Renata ihren Rat, hämmerte ihn buchstäblich in Mia Lotta hinein. „Konzentrier dich auf das, was dir wirklich guttut! Nimm es dir! Such es dir!“

„Das … das … das tut guuut!“ Mia Lottas Stimme wurde immer lauter und gutturaler.

Schon kam die Wirtin in ihrem prall gefüllten Dirndl angelaufen und wollte wissen, ob alles in Ordnung sei, doch auch das bekam Mia Lotta nur verschwommen mit.

Mia Lotta hatte die Augen geschlossen. Die Welt bestand nur aus ihr und der Freudenspenderin. Schweißperlen stauten sich auf Mia Lottas Stirn und zwischen ihren Brüsten, noch ein kurzes Nachzucken, dann lächelte sie selig und lehnte sich ermattet zurück.

„Es ist alles in Ordnung“, jubelte sie. „Ganz wunderbar.“

Renata beugte sich vor und verstellte so der neugierigen Wirtsfrau den Blick auf Mia Lotta. „Meine Schwägerin ist verrückt nach Ihrem Laugengebäck und dem Mostrich“, erklärte sie. Unter dem karierten Tischtuch zog Renata an Mia Lottas Rock, der im Eifer des Gefechts hochgerutscht war.

Die Wirtin strahlte Renata geschmeichelt an. „Dann bringe ich Ihnen noch einen Nachschlag. Der geht aufs Haus.“ Die Frau verschwand und kam mit einer weiteren Portion zurück. Renata und Mia Lotta blinzelten sich zu. Sie waren Komplizinnen.

Servilio schmollte. Es gefiel ihm gar nicht, was für ein Aufhebens um den Neuankömmling gemacht wurde. Zwar hatte er nichts dagegen, wenn endlich jemand anders die lästige Kocherei übernahm, doch so hatte er sich das nicht vorgestellt.

Sein Brötchengeber war noch keine zwei Stunden mit diesem smarten Knaben und dem öligen Dicken, der angeblich dessen Onkel war, im Haus, und schon begannen die Probleme. Der neue Koch kam offenbar wirklich aus Italien und stellte damit eine ernsthafte Gefahr für Servilio dar, dessen Italienischkenntnisse sich auf eine etliche Jahre zurückliegende Liaison mit einem Tänzer aus Padua beschränkten. Außerdem verspürte er nicht die geringste Lust, in der Küche gemeine Handlangerdienste zu übernehmen. Schließlich war er als Butler eingestellt worden. Und nun stellte sein Herr und Meister ihn ins zweite Glied und nahm geradezu überschwänglich das Angebot des Dicken an, die neue Herrin mit einem Probedinner zu überraschen. Mit dem Ergebnis, dass Servilio nun stundenlang

Gemüse putzen und Zwiebeln hacken musste.

Misstrauisch schaute er zum Herd, auf dem es brutzelte und zischte. Der Neue schien in seiner Aufgabe regelrecht aufzugehen und trällerte dabei wie eine Nachtigall. Seine Stimme war zugegebenermaßen ähnlich angenehm wie ein süffiger Wein, was ein zusätzlicher Vorteil im Wettstreit um die Gunst des Arbeitgebers sein konnte. Wenn er nur mehr über diesen Import aus Bella Italia erfahren könnte! Jeder Mensch hatte eine Schwachstelle. Wie sah es beispielsweise beim Thema Sex aus? Wetten, dass ein derart zurückhaltender Typ in punkto Sexspiele höchstens die Null-acht-fünfzehn-Nummern beherrschte? Was brachte Mark Neubauer eine auf den Punkt gegarte Lammkrone, wenn der Spaßfaktor zu kurz kam? Hier konnten Servilio und Nelson punkten, und die älteren Rechte hatten sie sowieso. Und wenn sie beide gelegentlich in bescheidenem Umfang auf ihren eigenen Vorteil bedacht waren, so war das nichts gegen das, was der Dicke namens Massimo garantiert im Schild führte. Darauf verwettete Servilio sein bestes Stück.

„Für so was habe ich einen Riecher", vertraute er Nelson an, zu dem er sich unter dem Vorwand geschlichen hatte, ein paar Blumen für die Tischdekoration zu besorgen.

„Ich verlasse mich lieber auf Fakten", erwiderte Nelson.

„Und was soll das heißen?", giftete Servilio.

„Das soll heißen, dass du Augen und Ohren offen halten solltest. Je mehr wir wissen, desto besser unsere Position." Nelson räusperte sich und richtete mit einem geübten Griff sein bestes Stück, das schon wieder den Aufstand probte. „Und du sagst, dass der neue Koch gut aussieht?"

„Wenn man auf diesen Typ steht", räumte Servilio widerwillig ein und beobachtete eifersüchtig, wie unter dem dünnen Leinenstoff von Nelsons kurzer Hose aus einer harmlosen Schneckenform ein beachtlicher Baumstamm wurde.

„Vielleicht bekommen wir ihn ja auf unsere Seite gezogen“, schlug Nelson mit einem lüsternen Grinsen vor.

„Reiche ich dir etwa nicht mehr?“, maulte Servilio.

„Blödsinn! Du bist meine Primadonna, aber ein bisschen Abwechslung schadet nie. Und wenn das Kerlchen obendrein gut kochen kann … Deine Omeletts sind wirklich unter aller Kanone, und ein Steak schmeckt bei dir wie eine Schuhsohle. Also, spitz die Ohren und sieh zu, dass der Neue keinen Verdacht schöpft.“ Nelson schnupperte Richtung Küche. „Das riecht wirklich verflixt gut.“

„Verräter!“ Servilio schlich ins Haus zurück und sah, dass die neue Herrin im Wagen von Mark Neubauers Schwester vorfuhr.

Die beiden Frauen schienen ein Herz und eine Seele zu sein. Sie herzten einander, als ob Mia Lotta im Begriff stünde, sich auf eine wahnsinnig gefährliche Expedition zu begeben. Dann stieg Mia Lotta allein aus, Marks Schwester wendete das schicke Cabrio und fuhr von dannen, während Marks Angetraute sichtlich zögernd die Villa betrat. Offenbar reagierte sie automatisch auf die Wohldüfte aus der Küche und folgte ihnen. Was sie zu sehen bekam, machte sie garantiert sprachlos, wie auch Servilio, der ihr auf dem Fuß folgte.

Der neue Koch stand dort mit seinem Onkel am Herd, beide gestikulierten und palaverten mit Händen und Füßen und rangen miteinander um die Kochkluft, die Ronaldo eben noch getragen hatte. Jetzt hatte er nur noch eine Shorts am Leib, die bei diesem Handgemenge ebenfalls in Bedrängnis geriet. Welch ein Adonis! Ronaldo war gertenschlank, ohne mager zu sein. Seine Bewegungen waren eine Augenweide, sein Körper einfach göttlich. Servilio schoss es durch den Kopf, dass man Nelsons Anregung durchaus ernsthaft ins Auge fassen sollte. Was für ihren Herrn und Gebieter gut war, würde auch ihnen auf der anderen Seite des Zauns viel Freude bereiten. Im Grunde sprach nichts gegen einen flotten Dreier, so etwas stärkte die Solidarität unter der Dienerschaft.

„Wer sind Sie?“, fragte Mia Lotta, nachdem sie den ersten Schock überwunden hatte. Ihre Augen klebten förmlich an Ronaldo. „Was treiben Sie halb nackt in meiner Küche?“

Die beiden Streithähne fuhren auseinander. Ronaldo wurde bei ihrem Anblick puterrot, wogegen der Dicke wie ein Fisch auf dem Trockenen nach Luft schnappte und dann gestenreich zu einer Erklärung anhob, als Mark dazukam.

„Da bist du ja endlich“, meinte er und machte Anstalten, einen Arm um Mia Lottas Schultern zu legen. „Du wirst schon sehnsüchtig erwartet.“

Mia Lotta hatte jedoch nicht vor, sich auf Marks Schauspiel einzulassen. Das Zusammensein mit Renata hatte ihr Auftrieb gegeben, sie würde sich von ihm nicht wieder einwickeln lassen. Allerdings war in dem mit ihrer Schwägerin ausgeheckten Schlachtplan kein solches Prachtexemplar von Mann vorgekommen. Die wilde Mähne unter dem Kopftuch, die dichten Augenbrauen und die ausgeprägte schlanke Nase, volle Lippen und Augen, die azurblau und klar wie ein Gletschersee waren und durch den dunklen Teint des Gesichts betont wurden. Eins stand fest, dies da war kein Hiesiger.

Mia Lotta wehrte Marks Arm ungeduldig ab. „Was haben diese Wildfremden in unserer Küche zu suchen?“, fragte sie mit eisiger Stimme. „ Und warum ist einer von ihnen so gut wie nackt?“

Eine Flut italienischer Wörter prasselte auf Mia Lotta ein. Bedauerlicherweise verstand sie kaum ein Wort. Mark drängte sie aus der Küche. Angeblich machte sie gerade die ganze Überraschung zunichte.

„Mein Bedarf an Überraschungen ist vorläufig gedeckt“, teilte Mia Lotta ihm kühl mit.

„Pssst! Nicht so laut!“ Mark legte sich einen Finger vor die Lippen. „Sonst ist unser neuer Koch gleich am ersten Abend beleidigt. Er kommt geradewegs aus Udine und ist wild entschlossen, in der ersten Kochliga dieses Landes mitzuspielen.“

„Ich wusste gar nicht, dass Spitzenköche neuerdings nackt kochen.“ Mia Lotta war stolz auf ihre Widerworte. Gleichzeitig spürte sie, dass es sie danach gelüstete, mehr von diesem schönen Mann in der Küche zu sehen und zu hören. Sie liebte die italienische Sprache, ihre Leichtigkeit und Sinnlichkeit. Es juckte Mia Lotta in den Fingerspitzen, kehrtzumachen und das Objekt ihrer Begierde zu berühren.

Natürlich tat sie nichts dergleichen. Unterdessen lotste Mark sie ins Esszimmer, wo sich wenig später auch der dicke Italiener zu ihnen gesellte und sich als Ronaldos Onkel vorstellte. Sodann wurde der erste Gang aufgetragen.

Ronaldo trug nun eine Art Fantasiekostüm, das aus Pumphosen, einem seidigen Hemd mit Spitzenjabot und extrem weiten Ärmeln sowie einer breiten Schärpe um die Taille bestand. An den Füßen trug er Schnabelschuhe.

Als Koch war Ronaldo in der Tat ein Künstler, und obwohl Mia Lotta keinen großen Hunger hatte, ergab sie sich bereits beim zweiten Gang, den Ronaldo ihnen als Conchiglie al Sugo di Carne vorstellte. Die wie Muscheln geformten Nudeln wurden mit einer sämigen Soße und gebratenen Wurststückchen serviert. Darauf gab der neue Koch mit unnachahmlicher Grazie frisch geriebenen Parmesan. Mia Lotta war derart von dem Spiel der auf ihren Teller rieselnden hellen Späne gefangen – und auch von dem natürlichen Duft warmer Haut –, dass sie vergaß, Bescheid zu geben, dass sie genug Käse hatte.

„Signora?“ Er hörte von selbst auf zu hobeln und schaute sie an. Ihre Gesichter berührten sich beinahe, ihre Augen tauchten ineinander. Wie konnte ein Mensch nur solch wunderbar blaue Augen haben? Konnten solche Augen lügen? Niemals, dachte Mia Lotta benommen und vergaß sekundenlang alles andere um sich herum.

„Si“, hauchte sie verzückt. „Si, si.“ Alles in ihr schrie ja, es gab kein anderes Wort, um auszudrücken, was in ihr vorging. Si, si! Ja, ja!

Mark zerstörte diesen paradiesischen Moment und zog ihn in profanste Niederungen hinab. „Du willst wirklich noch mehr Parmesan haben?“, wollte er wissen. „So viel Käse macht nicht gerade schlank.“

Noch ehe Mia Lotta etwas erwidern konnte, schüttelte Ronaldo lebhaft den Kopf, was gar nicht zu seiner bisherigen Schüchternheit passte. Seine Locken wehten durch die Luft, und eine Locke verhedderte sich an dem Medaillon, das Mia Lotta von ihrer Patentante zur Taufe geschenkt bekommen hatte. Er wurde rot, sie wurde rot. Die Wärme zwischen ihnen wurde zur Hitze, und sie rührten sich nicht.

„Er hängt fest“, sagte die Stimme des Dicken von weit weg. „Köstlich!“

„Und sehr verführerisch.“ Das war Mark.

Der neue Koch schnellte wie von der Tarantel gestochen hoch, wobei er etliche Haare ließ und ihr Medaillon von der dünnen Goldkette abriss.

„Mein Medaillon!“ Mia Lotta fasste an ihren Hals.

„*Mi scusi! Un momento*!“ Ronaldo ging in die Knie und machte sich auf die Suche nach dem Anhänger, wobei offenbar der Knopf an seinem Hosenbund abriss und er ihn mit einer Hand zusammenhalten musste.

Es war sein Onkel, der den Auftakt zu einem üblen Spiel machte. Gerade als Ronaldo das Medaillon ergreifen wollte, wurde es mit einer Schuhspitze zu Mark hingekickt. So ging das einige Male hin und her. Die beiden Männer waren sich nicht zu schade für diesen primitiven Schabernack, bei dem die Pluderhose des hilflosen jungen Kochs jeglichen Halt verlor und immer tiefer rutschte, was Ronaldo in seinem Eifer offenbar gar nicht merkte. Zwei knackige Halbkugeln reckten sich der Tischplatte entgegen, und in der Ritze steckte ein Geldschein. Offenbar hatte einer ihrer beiden feinen Tischgenossen dem Ahnungslosen von hinten diesen Geldschein in die Pluderhose gesteckt. Mia Lotta war außer sich.

„Hört sofort damit auf!“, befahl sie. „Der arme Ronaldo.“ Sie sprang von ihrem Stuhl auf und reichte Ronaldo eine Hand, die dieser zögernd ergriff.

„Mi scusi!“, sagte nun sie und fügte hinzu: *„Un momento.“* Sie wollte ihn von diesem entwürdigenden Geldschein befreien, der noch immer an höchst delikater Stelle festklemmte. Zuerst versuchte sie, seine eigenen Hände zu dirigieren, doch das misslang, weil er damit beschäftigt war, seine Pluderhose einzufangen, die ihm jetzt um seine Knöchel hing.

Als er sich danach bückte, begannen die beiden anderen Männer zu johlen. Dasselbe geschah, als Ronaldo sich aufrichtete und dabei seine nicht minder appetitliche Frontpartie herzeigte. Er schwitzte nun vor Anstrengung. Ein feuchter Film ließ die dunklen Härchen, die sich von der Brust bis zu seinem Geschlecht als haarige Straße zogen, noch dunkler und verführerischer glänzen. Der Schweiß würzte seinen ureigenen Körpergeruch, der Mia Lotta jeden sauberen Gedanken raubte.

Seine beiden Peiniger machten ihm jedoch immer wieder seine Hose streitig, indem sie sie unentwegt wieder nach unten zogen. Auf diese Weise sorgte das gottlose Duo dafür, dass Mia Lotta noch ein wenig länger in der Region eines absolut göttlichen Popos die Retterin spielen konnte. Aber sie war keine Retterin, sie tat nur so. Sie wurde selbst zum hinterhältigen Biest, das sich nun voller Wollust wünschte, der Geldschein möge noch stundenlang dort festpappen und ihr den Vorwand bieten, endlos weiter über Flanken streichen zu dürfen, die alles in ihr in Aufruhr brachten. Es war längst nicht mehr nur der neue Koch, der schwitzte und dampfte. Auch ihr selbst klebte inzwischen jeder Faden am Leib. Gleichzeitig wünschte sie sich, alles, was sie an Kleidung anhatte, hinunterreißen zu können und ihre Hitze zu der anderen Hitze zu gesellen, sich an ihm zu reiben. Es war primitiv, ihrer nicht würdig, doch all das spielte in diesem Augenblick keine Rolle mehr. Ihre Hand, die gerade noch eine Ecke des Geldscheins und damit ihr letztes Alibi festhielt, ließ den Schein los und tastete sich wie ferngesteuert über straffe Hüften und einen flachen Bauch und haariges Gekräusel. Dann hielt sie verzückt inne. Ein Pochen antwortete ihr, das Pochen wurde stärker, alles wurde stärker.

„Das ist nicht dein Revier." Worte ihres Ehemannes, die sie gleichzeitig mit einem schmerzhaften Griff um ihr Handgelenk stoppten und zurück in die reale Welt beförderten.

Ihre Wangen begannen vor Scham zu brennen. Sie spürte, wie die Schamesröte sich blitzartig ausbreitete. Wie hatte sie sich nur derart vergessen können?

„*Scusi*", stammelte sie ein ums andere Mal.

„*Non fa niente!*", antwortete Ronaldo.

Noch einmal kehrte kurz der Zauber zurück, als er ihr das Medaillon gab. Er verzieh ihr, und da war noch etwas anderes, sie spürten es beide. Ein kostbarer Moment. *Non fa niente!* Macht nichts! Und ob es etwas machte, was hier und jetzt geschah!

„Sag ihm, wer die Musik bezahlt, darf sie auch genießen", sagte Mark mit herrischer Stimme zu dem Dicken.

Schon zuckte Ronaldo wie von der Viper gebissen zurück. Etwas hatte sich heimtückisch zwischen ihre beiden

Körper gedrängt und brachte sie auseinander. Wieder umschloss die feindliche Hand einen Geldschein und stopfte ihn dort hinein, wo aus dem zarten Pochen längst eine geballte Ladung Männlichkeit geworden war. Kaum hatte Mark den nur mit einem Gummizug versehenen Bund der Pumphose geweitet, drängte sich die prall gespannte Spitze von Ronaldos Schwanz ins Freie.

Mein Werk, durchzuckte es Mia Lotta, ich habe ihn erweckt. Er gehört mir. Weg mit dem schmutzigen Geld.

Der Dicke redete auf seinen Neffen ein. Mit Erfolg. Plötzlich lagen Welten zwischen Ronaldo und Mia Lotta. Der junge Koch besann sich auf seinen Arbeitgeber. Mit gesenktem Blick wechselte er zu Marks Platz und begann, mit zitternden Händen Käse über Marks Portion zu hobeln. Die Geldscheine segelten hinab und landeten auf den Schnabelschuhen. Doch Ronaldo ignorierte sie.

„Ist er nicht hinreißend schüchtern?“, pries der Dicke seinen Neffen an. „Und so gar nicht materialistisch eingestellt. Wo gibt es so was heutzutage noch?“

„Dafür kassierst du umso professioneller“, erwiderte Mark.

„Du musst Ronaldo ja nicht nehmen“, wehrte der Dicke ab und mimte den Beleidigten.

„Ich behalte ihn, keine Sorge. Wegen mir darf er sich ruhig noch mal bücken.“ Mark grinste breit. „Diesmal steht er genau richtig.“

„Er ist sehr gelehrig“, versicherte Massimo und leerte sein Weinglas mit einen Zug.

„Und er versteht wirklich kein Wort Deutsch?“ Mark leerte sein Glas ebenfalls.

Mia Lotta wollte protestieren, dass um den ahnungslosen jungen Italiener wie um ein Stück Vieh verhandelt wurde. Aber mit welchem Recht durfte sie den Moralapostel spielen? Was hatte sie selbst vorhin getan? Sie griff nach ihrem Glas und trank es ebenfalls mit einem Zug aus. Ihr wurde schwindlig, Worte waberten an ihr vorbei, auch die Gesichter und das Geschirr schienen zu tanzen.

„Woher sollte er Deutsch können?“, hörte sie den Dicken wie durch einen Nebel sagen. „Wenn es nach seinem Vater gegangen wäre, hätte er sowieso den Hof übernommen und sich um Rindviecher und Ziegen gekümmert. Dafür braucht es keine Fremdsprachen und auch keine feine Zunge. Aber er ist halt sehr ehrgeizig, unser Ronaldo. Wenn die anderen gepokert und gezecht haben, hat er gelesen oder sich diese deutschen Kochshows reingezogen. So einer will er einmal werden, hat er immer gesagt. So berühmt und so gut, und bei so einem will er bald lernen.“

„Aber jetzt ist er bei mir“, konstatierte Mark und schwenkte die leere Flasche. „Darauf sollten wir anstoßen! Wo bleibt der Nachschub? Hunger habe ich sowieso keinen mehr. Höchstens aufs Dessert.“ Mark zwinkerte dem jungen Koch zu. „Was meinst du, Ronaldo?“

Obwohl Mark Deutsch gesprochen hatte, schien Ronaldo zu verstehen, wovon die Rede war. Umgehend verschwand er mit den noch vollen Tellern in der Küche und kam wenig später mit einer neuen Flasche Rotwein und einer Platte mit kleinen süßen Kunstwerken zurück.

„Dolce à la casa“, murmelte er. Die Pluderhose hatte er gegen eine eng sitzende Jeans getauscht.

Es folgte ein kurzer Disput zwischen Ronaldo und seinem Onkel. Die beiden sprachen viel zu schnell, als dass Mia Lotta oder Mark auch nur ein Wort hätten verstehen können.

Ronaldos Onkel übersetzte schließlich. „Der Junge ist völlig erschöpft von der Reise. Er würde gern schlafen gehen und morgen alles nachholen."

„Es ist wirklich eine Schande, das gute Essen stehen zu lassen." Mia Lotta sah Ronaldo um Verzeihung bittend an.

Er jedoch hielt beharrlich den Blick gesenkt, seine extrem langen Wimpern flatterten nervös. „Und unhöflich ist es obendrein", fuhr Mia Lotta fort und versuchte aufzustehen, was ihr erst im dritten Anlauf gelang. Sie hatte zu viel getrunken und wäre beinahe der Länge nach hingefallen, hätte der süße junge Koch sie nicht aufgefangen.

„*Grazie*", sagte sie und schmiegte sich an ihn. „Ich helfe auch gern in der Küche. Ich wollte ohnehin Italienisch lernen und meine Kochkünste verbessern."

„Überlass Ronaldo getrost mir", erwiderte Mark und zerrte den armen Ronaldo fast gewaltsam von ihr fort. Dabei wechselte er einen Blick mit Massimo, der es in sich hatte. Es schauderte Mia Lotta.

„Aber du musst dich doch um deine Firma kümmern", widersprach sie.

„Morgen und übermorgen nehme ich mir frei", sagte er. „Außerdem kommen ein paar meiner Freunde zu Besuch, und Ronaldo wird mir helfen, sie nach allen Regeln der Kunst zu verwöhnen."

„Wir geben eine Party?", fragte Mia Lotta.

„Ich gebe eine Party", korrigierte sie Mark. „Am besten besuchst du meine Schwester für ein paar Tage in München."

„Es geht also um einen Herrenabend?"

„Wird das ein Verhör?"

„Nein, natürlich nicht", stotterte Mia Lotta und fasste eingedenk der mit Renata entwickelten Strategie, sich auf keinen Fall mehr von Mark herumschubsen zu lassen, erneut ihren Mut zusammen. „Aber ich möchte nicht nach München, und deshalb bleibe ich hier." Zur Bekräftigung ihrer Worte stampfte sie mit dem Fuß auf. Eine Angewohnheit aus Kindertagen, die der Wein offenbar wachgekitzelt hatte.

„Dann beschwer dich aber hinterher nicht. Ich habe dich vorgewarnt. Auf jeden Fall fahre ich morgen zusammen mit Ronaldo zum Einkaufen. Falls du es dir noch anders überlegst, können wir dich gern am Bahnhof absetzen."

„Nein", trotzte Mia Lotta und stampfte abermals mit dem Fuß auf. Diesmal stieß sie mit dem Fuß gegen das Tischbein. „Autsch!"

Ronaldo wollte ihr zu Hilfe kommen, doch Mark und der Dicke führten ihn ab wie einen Delinquenten und überließen es ihr, wie sie mit ihrer verletzten Zehe die Treppe hoch ins Schlafzimmer kam. Aber sie hatte nicht vor, eine weitere Nacht in dem Raum zu verbringen, wo ES hätte geschehen sollen. Mia Lotta ließ sich auf das nächstbeste Sofa fallen und schlief sofort ein. Sie träumte von Muscheln mit Sahnesoße und einem riesigen Phallus.

Als sie aufwachte, verspürte sie einen höllischen Durst. Es dauerte eine Weile, bis sie begriff, wo sie war. Mit schmerzendem Kopf rappelte sie sich von dem Sofa hoch und stolperte Richtung Wirtschaftstrakt. Wasser, dachte sie, eiskaltes Wasser und ein Aspirin und dann vielleicht einen starken Kaffee, der mich wieder halbwegs klar denken lässt. Sie drehte den Wasserhahn auf und hielt ihren Mund darunter. Es kümmerte sie nicht weiter, dass der Wasserstrahl keineswegs nur in ihrem Mund landete. Schließlich sah es niemand.

Doch Mia Lotta irrte sich. Als sie sich wieder aufrichtete, wurde ihr ein sauberes Leinentuch hingehalten.

„*Prego*“, sagte Ronaldo.

Mia Lotta spürte, wie ihr die Röte ins Gesicht schoss. „*Scusi!*“

„*Non fa niente!*“ In seinen azurblauen wunderschönen Augen lag ein Funkeln.

„Ich sollte wirklich an meinem Italienisch arbeiten“, sagte sie und sah ihm tief in die Augen. Ihre Kopfschmerzen waren verflogen, dafür kehrte etwas anderes zurück. Sie hatte eine Vision von gemeinsamen Kochstudien. Er wäre ihr Lehrmeister in seiner Muttersprache und am Herd und überhaupt. In einem wilden Mix aus italienischen und deutschen Brocken versuchte sie ihm klarzumachen, was ihr vorschwebte.

Ronaldo nickte.

Mia Lotta hoffte, dass er sie erstens verstand und zweitens einverstanden war. Sie hätte jubeln mögen. Ihr Wohlgefühl steigerte sich noch, als er auf ihre Bluse zeigte, die vollkommen durchnässt war, und dann vorsichtig mit dem Tuch abzutupfen begann. Ihre Brustwarzen richteten sich schlagartig auf. Patschnass war der dünne Stoff nicht länger eine Barriere, sondern ein Verstärker. Sie konnte seine Wärme spüren, die Reibung erzeugte Hitze, und Mia Lotta fühlte sich in einen Glutofen versetzt. Sie stöhnte genüsslich. Wie von selbst schob sich ihr Becken näher an ihn heran. Seine Hand wurde fester gegen ihre Brüste gedrückt. Ihre eigene Hand wurde gleichfalls fixiert, allerdings ein gutes Stück tiefer und an einer Stelle, die ihr den unmissverständlichen Beweis dafür lieferte, dass auch Ronaldo in Fahrt kam. Und wie er in Fahrt kam.

Gleich, dachte Mia Lotta, jetzt sofort! Aber wo? Der Tisch, schoss es Mia Lotta durch den Kopf. Der Küchentisch war riesig und stabil. Rückwärts gehend und ohne ihn loszulassen – ihre Hand umschloss seinen Schwanz wie einen Ankerhaken – näherten sie sich dem blank gescheuerten Möbel.

„Ronaldo!?" Das war Marks Stimme, die näher kam.

Erschrocken ließ Mia Lotta Ronaldo los. Es war, als ob sie einen Traum losließe, der sich soeben hatte manifestieren wollen. Was gerade noch ein Sinnbild männlicher Potenz gewesen war, fiel vor ihren Augen in sich zusammen. Auch ihre eigenen Liebessäfte versiegten auf der Stelle. In dieser Sekunde begann sie Mark zu hassen.

Ronaldo schaffte es, Mark abzulenken. Er stellte sich vor Mia Lotta und zeigte auf den Tisch, auf dem Blätter und Schreibzeug lagen, offenbar die Einkaufsliste für den geplanten Herrenabend. Als Nächstes zeigte er fragend auf zwei große Körbe neben der Tür.

„Braver Junge", sagte Mark und winkte seinen neuen Koch nach draußen.

Mia Lotta hörte ihren Ehemann lautstark von seinem

Rolls Royce schwärmen. Er pries dessen Pferdestärken, als ob es seine eigenen wären. Was nicht nur höchst peinlich, sondern auch völlig unsinnig war, denn sein Schützling verstand bekanntlich kein Wort Deutsch.

Mit ihrem zerplatzten Traum blieb sie zurück. Sie hörte den Motor des Rolls anspringen, ein sattes Geräusch gefolgt von splitterndem Kies. Zu spät fiel ihr Blick auf den Tisch. Ronaldo hatte seine Einkaufsliste liegen gelassen. Oder war das Absicht gewesen? Konnte es sein, dass er insgeheim darauf hoffte, sie würde ihnen folgen, um ihnen die Liste zu bringen?

Aber leider besaß sie kein eigenes Auto und hatte auch kein anderes Fahrzeug, das sie hätte nehmen können, auf dem Grundstück entdeckt. Frustriert ließ sie sich auf einen Stuhl fallen. Vor ihr lagen die sauber beschriebenen Blätter. Sogar Ronaldos Schrift war schön. Fließend und kühn zugleich setzte er seine Buchstaben. Mia Lotta streichelte darüber, mit der anderen Hand massierte sie ihre im Stich gelassenen Brüste. Ronaldo konnte ja nichts dafür. Die Schuld trug allein der Mann, dem sie ihr Jawort gegeben hatte. Wütend fegte sie die Blätter vom Tisch, um sofort reumütig auf die Knie zu gehen und alles wieder aufzusammeln. Dabei fiel ihr Blick auf ein Blatt, das bis jetzt ihrer Aufmerksamkeit entgangen war. Ein deutscher Satz stand darauf, versehen mit drei Ausrufezeichen. „Wer die Musik bezahlt, darf sie auch genießen!!!“

Aber wie war es möglich, dass jemand, der kein Wort Deutsch sprach, sich einen solch komplizierten Satz merken und fehlerfrei aufschreiben konnte? Dieser Frage würde sie noch nachgehen.

Der Rolls glitt über die Straßen. Ein wahrhaft königliches Gefährt, schon nach wenigen Kilometern vergaß Mark seinen Ärger. Wenn er eins wusste, dann das, dass er sich nicht von einer Pro-forma-Ehefrau – adlig hin oder her – den Spaß verderben lassen würde. Seine Party würde steigen, das war so sicher wie das Amen in der Kirche. Er freute sich jetzt schon wie ein Kind bei der Vorstellung, wie sie Ronaldo bewundern und Mark um ihn beneiden würden. Sollte noch mal einer sagen, Neid wäre kein geiles Gefühl. Neid war sogar obergeil, solange andere darunter litten.

„Ist das Leben nicht obergeil?“ Mark löste eine Hand vom Lenkrad und tätschelte Ronaldos Oberschenkel. Perfekt, das spürte man selbst durch die billige Jeans. Was nicht hieß, dass er Ronaldo in diesem billigen Outfit vorzuführen gedachte. Sie waren nicht umsonst nach München gefahren. Hier gab es alles, von der Gänsestopfleber bis zum Designerlabel. Sollten sie zuerst im Outlet von Dolce & Gabbana vorbeischauen oder gleich zu Conrad Cappellani fahren? Mark schwelgte in schierer Vorfreude, seine Hand rutschte höher und höher. Wer die Musik bezahlt …

„Autsch!“ Mark zog seine Hand zurück.

Ronaldo hatte einen der beiden Bastkörbe auf den Schoß genommen und Marks Finger eingequetscht.

„Was soll der Blödsinn?“, fluchte Mark.

„*Come? Scusi?*“ Ronaldo sah starr geradeaus.

Sie hielten gerade vor einer roten Ampel, eine Nonne überquerte die Straße vor ihnen. Die Nonne sah wie ein schwarzer Pinguin mit weiteren Pinguinen im Gefolge aus. Ihr sichernder Blick traf auf den Rolls und dessen Insassen, und was sie sah, schien ihr nicht zu gefallen. Hektisch trieb sie ihre Schwestern zur Eile an. Mark wollte schon einen deftigen Kommentar ablassen, als ihm einfiel, dass sein neuer Koch katholisch erzogen worden war. Offenbar hatte der Junge in der Öffentlichkeit noch mit dem Gebot der Keuschheit zu kämpfen, was ja durchaus seinen Reiz hatte. Und seine Ambitionen, es zum Starkoch zu bringen, waren regelrecht rührend.

Die Ampel sprang um, Mark fuhr wieder an. Mal sehen, wie lange Ronaldo brauchte, um zu begreifen, dass der Weg zum Starruhm dornig und langwierig war. Und dass es oft klüger war, sich mit dem zu bescheiden, was man wirklich erreichen konnte.

Kurz darauf zeigte Mark auf ein Schild mit der Aufschrift „Großmarkt" und setzte den Blinker. Ihre Einkaufstour begann, die Körbe und der Kofferraum füllten sich mit Ente und Fasan und ähnlichen Köstlichkeiten. Ronaldo quollen beinahe die Augen über. Hier kauften die echten Starköche, davon zeugten diverse Lieferwagen mit den Werbeaufdrucken entsprechender Namen. Auch ohne Einkaufsliste – die war dank Mia Lotta in der Küche liegen geblieben – schien Marks neuer Koch genau zu wissen, was er wollte. Zur Belohnung kleidete Mark ihn wenig später komplett neu ein und stieß dabei auf eine weitere heutzutage eher seltene Tugend: Ronaldo war so bescheiden, dass er keine Geschenke annehmen wollte. Er würde alles von seinem Lohn zurückzahlen.

Als sie mit Shoppen fertig waren, lud Mark ihn großzügig zum Lunch in sein Lieblingsrestaurant ein. Eine gute Gelegenheit, um Ronaldo in seinem neuen Staat zu präsentieren. Sein neuer Koch war eine Trumpfkarte.

Das sahen offenbar auch Daniela und Florian so. Die beiden waren ein Paar und stadtbekannt. Nicht nur von Weitem konnte man Daniela für eine echte Frau halten. Sie war eine Augenweide und ein Luder und der Garant dafür, dass ein Abend nicht langweilig wurde. Entweder lieferte sie sich mit ihrem derzeitigen Gönner eine Schlammschlacht, oder sie vögelte alles, was nicht bei drei auf den Bäumen war, Männlein wie Weiblein. Die Klatschpresse liebte sie. Kaum betrat sie das Restaurant, entdeckte sie Ronaldo. Bei der obligatorischen Küsschen-rechts-und-Küsschen-links-Begrüßung wurde er eindeutig bevorzugt. Allerdings sah er nicht so aus, als ob er das zu schätzen wüsste, auch wenn er höflich aufstand und stillhielt.

„Ein Neuzugang in unserem Dorf, wie aufregend." Daniela bewunderte alles an Ronaldo und ließ es sich nicht nehmen, beim Check der Marke seiner neuen Hose kurz auch deren Inhalt abzutasten.

Ronaldo wurde blutrot bis an die Haarwurzeln und erinnerte an ein in die Enge getriebenes Tier.

„Ist der süß!", kreischte Daniela alias Daniel. Das war der Name, der im Pass stand. Und an Florian gewandt: „Ist er nicht süß, Hase?"

Florian nickte. Er war nie sonderlich gesprächig. Ronaldo wollte zur Toilette flüchten, doch Mark hielt ihn zurück. Wie es aussah, war sein neuer Koch ein Volltreffer. Selbst seine Schüchternheit kam gut an. Eine neue Variante.

„Wenn ihr Lust habt", sagte Mark so beiläufig wie möglich, „schaut doch heute Abend mal vorbei. Ich bin jetzt endgültig umgezogen. Ronaldo wird für uns kochen. Er ist eine Art italienischer Bocuse. Und bringt sicherheitshalber eine Zahnbürste mit. Und ein paar Freunde, wenn ihr wollt."

Daniela und Florian lehnten ab. Sie luden heute selbst ein. Zur Floßfahrt auf der Isar.

„Warum kommst du nicht auch?", meinte Florian. „Und morgen kommen wir dann mit der ganzen Truppe zu dir an den See raus."

„Ihr", verbesserte Daniela, tippte Ronaldo mit ihrem French-Maniküre-Zeigefinger gegen die Brust und ergötzte sich sichtlich an seinem entsetzten Kieksen. „Du bringst deinen süßen kleinen Koch natürlich mit. Wir haben keinen Standesdünkel."

Mark wusste, dass dies eine faustdicke Lüge war. Immer wieder hatte er vergeblich auf eine Einladung von Daniela und Florian gewartet. Die beiden waren der Schlüssel zum inneren Zirkel, und Schrottbarone und deren Abkömmlinge gehörten nicht dazu. Es sei denn, sie konnten mit einer Luxusimmobilie am See und einem Koch wie Ronaldo aufwarten. Wetten, dass sie alle kommen werden, getrieben von der Neugier und dem Klatsch? In gewisser Weise war diese Stadt wirklich ein Dorf.

„Warum eigentlich nicht?" Lässig dahingesagt, während es in seinem Kopf heftig arbeitete. Dann disponierte er um. Heute die Floßfahrt mit der Upper Class. Offensichtlich brachte Ronaldo ihm Glück. Morgen der „Herrenabend" in seinem neuen Zuhause. Und die Nacht würde er irgendwo außerhalb mit seinem „süßen kleinen Koch" verbringen und ihn schon mal ein wenig einreiten, damit er nicht im falschen Moment störrisch reagierte. Schüchtern war okay, solange die Schüchternheit im richtigen Moment über Bord geworfen wurde.

Mark überlegte, ob er Mia Lotta darüber informieren sollte, dass der sogenannte Herrenabend einen Tag später stattfinden würde und er diese Nacht in München zu verbringen gedachte. Wie weit konnte er gehen? Wie würde seine Schwester reagieren, wenn sie von der Floßfahrt Wind bekam oder darüber in der Klatschpresse las? Mark beschloss, auf Nummer sicher zu gehen. Eine kurze Info an seine Angetraute, er war der Herr im Haus, und dann konnte der Spaß beginnen. Natürlich würde er sich eine Ausrede einfallen lassen müssen, beispielsweise einen Motorschaden.

7. KAPITEL

Alles schien perfekt zu laufen. Mark hatte Mia Lotta kurz informiert und aufgelegt, bevor sie rumzicken konnte. Dann war er zügig zu dem kleinen Hotel in einer Seitenstraße der Maximilianstraße gefahren, wo vorzugsweise Künstler abstiegen und die Zimmer an Spiegelkabinette erinnerten. Man konnte es gar nicht verhindern, ständig alles doppelt und dreifach und aus allen Perspektiven zu sehen, und genau danach stand Mark der Sinn. Als er anhielt, hatte er gestochen scharf das Bild vor Augen, wie er Ronaldo einreiten würde. Mit Zuckerbrot und Peitsche.

Woher hätte er ahnen sollen, dass ausgerechnet sein schüchterner kleiner Italiener ihm Stress bereiten würde. Ronaldo bestand darauf, die Einkäufe vom Großmarkt versorgen zu müssen. Er benahm sich störrisch wie ein Maulesel und erntete Verständnis von wildfremden Menschen, die, angelockt von dem Disput, stehen blieben, sich um den offenen Kofferraum gruppierten und ihre unerbetenen Kommentare abgaben. Mit einem Blick auf seine Uhr gab Mark zähneknirschend nach. Bis zur Floßparty blieben ihnen gut vier Stunden, das Schäferstündchen musste warten, doch aufgeschoben war nicht aufgehoben.

„Okay", sagte er, „dann bringen wir erst mal unsere Fasane und Perlhühner nach Hause. Zufrieden?"

Ronaldo schenkte ihm ein Lächeln, was immerhin ein Anfang war. „Fasane und Enten", verbesserte er sanft, doch das bekam Mark schon nicht mehr mit, da er bereits mit Mia Lotta telefonierte und sie darüber informierte, dass sie in einer Dreiviertelstunde mit den Einkäufen einträfen, der

Wagen aber später noch einmal zurück nach München in die Werkstatt müsse.

Sie konnten schon den See vor sich sehen, als der Rolls seltsam zu schlingern begann und tatsächlich auf offener Strecke liegen blieb. Der Wagen hatte einen Platten, verursacht durch etliche kleine Nägel, die in einem der Reifen steckten.

„Das ist Sabotage!“, schäumte Mark und überlegte, wer ihm das angetan haben könnte. Der Wagen war nagelneu, die Reifen waren neu, das ging nie und nimmer mit rechten Dingen zu.

Ronaldo reagierte trotz seiner zuvor geäußerten Sorge um die verderblichen Lebensmittel erstaunlich gelassen. „*Va bene.*“ Er tippte sich gegen die Brust, stieg aus und schleppte Ersatzreifen und Wagenheber herbei, als ob dies seit jeher seine Lieblingsbeschäftigung gewesen wäre.

„Hast du denn schon mal einen Reifen gewechselt?“, erkundigte sich Mark misstrauisch.

„*Di tanto in tanto*“, erklärte Ronaldo fröhlich und nickte, was wohl als ein Ja zu verstehen war. Sodann ging er in die Knie, wobei seine nagelneue Hose von Dolce gefährlich spannte.

„Halt!“, protestierte Mark. „Nicht in den neuen Sachen!“ Die Warnung war kaum ausgesprochen, als sich in Marks Kopf auch schon eine wie er fand besonders clevere Idee einnistete. Warum nicht das Nützliche mit dem Angenehmen verbinden? Ein Quicky war zeitlich allemal drin.

Gestenreich machte er Ronaldo klar, dass er gefälligst zuerst die guten Sachen ausziehen solle, die alten hatte

Mark glücklicherweise zwecks Entsorgung im Outlet zurückgelassen.

„Hier sieht dich ja keiner", versicherte Mark und peilte das Schilf an, hinter dem sich ein verlassener Ausläufer des Sees befand. Im Sommer reichte einem das Wasser hier nur bis in die Kniekehlen, eine natürliche Badewanne, der Ort war perfekt. „Nun mach schon! Avanti!"

Ronaldo zierte sich, gab aber schließlich nach, als Mark selbst Hand anlegen und die Gürtelschnalle öffnen wollte. Ronaldo entledigte sich seiner Kleidung, behielt aber seine Boxershorts an. Dann machte er sich an die Arbeit.

Mark hatte nicht vor, ihm beim Wechseln des Reifens behilflich zu sein. Er tat nur so, was ihm den Vorwand lieferte, sich ebenfalls bis auf die Unterhose auszuziehen. Es war warm, Ronaldo geriet ins Schwitzen, er wuchtete und kurbelte, sein glänzender Körper erinnerte an einen Diskuswerfer. Dabei war er so vertieft in seine Arbeit, dass er gar nicht merkte, wie Mark immer näher rückte. So nah, dass sich das schmierige Maschinenöl nun auf ihnen beiden verteilte. Dunkle Flecken, durch die Schweißperlen helle Straßen trieben, dazu ein leicht beißender Geruch und ein Brennen auf der Haut, das Mark extrem scharf machte. Er nutzte jeden Vorwand, um den Körperkontakt zu halten, reichte dieses an und nahm jenes entgegen, und auf diese Weise machte die Drecksarbeit sogar Spaß.

Mark fühlte sich wie einstmals der kleine Junge, der sich absichtlich schmutzig machte, um von seiner Mama bestraft und gebadet zu werden. Damit er ihr nicht entwischen konnte, war sie stets mit in die Wanne gestiegen und hatte ihn zwischen ihre Beine gesetzt und festgeklemmt.

Hier und heute würde allerdings Ronaldo derjenige sein, mit dem er in eine Wanne stieg, die Mutter Natur persönlich an den Weg gezaubert hatte. Ein Wink des Himmels. Marks Handflächen waren vor lauter Aufregung schon ganz glitschig. Er konnte der Versuchung nicht länger widerstehen und ging mit gespreizten Schenkeln hinter Ronaldo in die Hocke, nahm ihn in die Zwinge und ließ ihn seine Vorfreude spüren. Mein Gott, er konnte sich überhaupt nicht erinnern, wann er zuletzt einen solchen Mordsständer gehabt hatte.

„*Che cosa?*" Zuerst der Ausruf, dann ein Ellbogen, der sich in Marks Weichteile bohrte. Ronaldo schlug aus wie ein ungebärdiges Fohlen, doch Mark ließ nicht los, zu köstlich war das, was er spürte. Warmes, junges Fleisch. Wie das dampfte und kochte und so ganz anders roch, als was ein Parfümeur zusammenmixte. Das hier war Natur, und es gehörte ihm. Ronaldo war jetzt vielleicht bald ganz und gar sein Eigentum.

Mark ignorierte das entsetzte „*Non, non!*" und hielt sich an den Shorts seines Kochs fest. Ein kräftiger Ruck, und schon hielt er den Fetzen Stoff in der Hand, die Aussicht lohnte sich. Keine Handbreit trennte ihn mehr von den göttlichsten Halbkugeln, die er je gesehen hatte. Sie zitterten und bebten und ließen die Muskeln spielen, hart und weich, genau so sollte es sein. Ja, er hatte sich nicht geirrt. Ronaldo wollte ihn.

„*Mi passi*", verlangte Ronaldo und streckte sich nach seinen Shorts. Dabei vergaß er völlig, weiter seine Nacktheit zu schützen. „*Mi passi*, gib mir … gib mir meine Hose wieder!"

„Hol sie dir doch!" Mark schwenkte die Hose über seinem Kopf und sprang auf, als Ronaldo seine Unterhose zurückerobern wollte. Zielstrebig lief Mark zum Schilf, das seine Haut wie winzige kleine Messerstiche reizte und ihn zusätzlich anstachelte, ein willkommener Schmerz, der sein Gefühl zu leben intensivierte. Dies hier war das Leben, er spürte es in seinen Adern rauschen, und hinter ihm war Ronaldo, der ihm nachlief.

„*Mi passi!* Gib mir!" Wie der Süße keuchte und bettelte.

„Hol sie dir doch!" Mark rannte ins Wasser. Noch aus Kindertagen war ihm hier jeder Stein vertraut. Wenn man nicht aufpasste und auf Moos oder Algen trat, fiel man unter Garantie der Länge nach hin. Genau darauf hatte Mark es abgesehen. Ronaldo sollte den Halt verlieren, dann würde Mark sich über ihn hermachen. Eine muntere Wasserschlacht, bei der die bunten Spritzpistolen aus Kindertagen durch andere Waffen ersetzt werden würden. Hier und heute wurde scharf geschossen. Nur mit Mühe konnte Mark sich zurückhalten. In seinem Schwanz ging es zu wie in einem Ameisenhaufen.

Marks Rechnung ging auf. Hinter ihm platschte es laut, eine Wasserfontäne schoss hoch, Mark blieb stehen und drehte sich um. Fast hätte ihm der junge Italiener leidgetan, wie er dort hilflos lag, immer wieder ausrutschte, Bettelblicke zum Ufer schickte und gleichzeitig um Hilfe schrie. Als ob es irgendjemand auf der Straße hören könnte! Der Ausläufer des Sees war schon vor dreißig Jahren dafür bekannt gewesen, dass man hier Dinge trieb, von denen weder der Pastor noch die Eltern wissen durften.

„Du kriegst deine Shorts ja zurück", sagte Mark und

hielt sie Ronaldo lockend hin.

Ronaldo hechtete danach, doch er verlor wieder den Halt, und die Hose fiel ins Wasser. Die Wasserschlacht konnte beginnen. Tausend Gelegenheiten, zuzugreifen, sich zu verheddern oder scheinbar Halt zu suchen. Schon rollten sie zu zweit durch das seichte Wasser, das sie zärtlich streichelte, während Kiesel sich aufregend in ihre Haut bohrten.

Mark wähnte sich schon am Ziel seiner Attacke, als es Ronaldo gelang, ihm zu entwischen. Ronaldo war nicht nur ein guter Schwimmer, sondern auch wagemutig und ausgesprochen wendig. Mit einem kühnen Sprung hechtete er auf die Wasserstufe zu, die die Jugendlichen seit jeher als Dusche benutzten, und ließ sich schwungvoll wie auf einer Rutschbahn über die Felswand hinab ins tiefere Wasser gleiten. Eine rasante Schlitterpartie, an deren Ende er kurz auftauchte, sich umsah und sich mit kräftigen Kraulbewegungen davonmachen wollte.

Doch Mark war wild entschlossen, sich seine Beute nicht entreißen zu lassen. Zum Glück kannte er hier wirklich jeden Stein. Er brauchte nur ein Stück am Land entlangzulaufen, schon hatte er Ronaldo überholt und war wieder im Wasser. Ronaldo staunte nicht schlecht, als plötzlich jemand an seiner Männlichkeit andockte. Die Überraschung war perfekt.

Mark saugte sich fest. Er bedauerte nur, es nicht wie ein Fisch endlos lang unter Wasser aushalten zu können. Immer wieder musste er auftauchen, Luft holen und gleichzeitig dafür sorgen, dass Ronaldo ihm nicht noch einmal entkam. Bei jedem Ausflug an die Wasseroberfläche drückten seine Fersen den anderen unerbittlich nach unten, sobald dieser sich verdächtig bewegte. Diesmal gab es kein Entkommen, das schwor er sich.

Der wilde Blowjob unter Wasser war eine Herausforderung für echte Könner, und Mark war fest entschlossen, seine Aufgabe mit Bravour zu meistern. Mit jedem neuen Anlauf ließ er den fremden Schwanz ein Stückchen mehr anschwellen. Nun zielte er steil nach oben, der Countdown begann. Alle Zeichen standen auf Abschuss.

Bebend vor Erregung, bohrte Mark seinen Daumen in den engen Anus. Ronaldo würde ihm schon bald sehr dankbar sein, er war einer von ihnen und obendrein ein ausgesprochenes Prachtexemplar. Er verdiente es, dass man ihm auf den rechten Weg zurück half. Und dafür war Mark genau der Richtige.

„Du kannst dich auf mich verlassen, mein Süßer", keuchte Mark, „wir gehören doch zusammen, ich verzeihe dir." Beflügelt von seinen Allmachtsfantasien, vertraute er darauf, dass Ronaldo nun endgültig begriff, was gut für ihn war, der Stimme seiner Lust folgte und den albernen Widerstand aufgab.

Ein Geräusch am Ufer ließ Mark kurz innehalten. Was war das? Bekamen sie etwa Besuch? Aber er hätte es gehört, wenn ein Auto angehalten hätte. Die Stille hier war seit jeher die Verbündete aller Verliebten, ebenso wie die Vögel, die wild losschimpften, sobald ein Eindringling sich näherte. Mark wollte schon zur ultimativ letzten Tauchaktion starten, als Ronaldo ihn enttäuschte. Er versetzte Mark einen derben Stoß gegen die Brust und floh aus dem Wasser, lief einfach davon.

„Deine Unterhosen", schrie Mark. „Du bist splitternackt. Sie werden dich einsperren."

Keine Antwort. Nur das Rascheln und Wogen des Schilfs, keine einzige Vogelstimme. Dann ertönte das Geräusch eines Motors. Ein übles Knattern, ganz anders als das satte Schnurren des Rolls Royce.

Schwer atmend stand Mark wenig später vor seinem Luxusgefährt, von Ronaldo war weit und breit nichts zu sehen. Fluchend räumte Mark das Werkzeug und den platten Reifen ein. Wenigstens war der Reifenwechsel erfolgreich über die Bühne gegangen. Er konnte weiterfahren.

Mia Lotta hatte ein Wechselbad der Gefühle durchlebt. Erst beraumte ihr feiner Gatte für den Abend einen Herrenabend an und versuchte sie nach München abzuschieben. Dann meldete er einen Motorschaden. Wenig später kündigte er an, in einer Dreiviertelstunde mit den Einkäufen für besagten Herrenabend einzutreffen und sodann wieder zwecks Behebung des Motorschadens nach München aufbrechen zu wollen. Eine Märchenstunde war nichts dagegen, doch am meisten plagte Mia Lotta die Frage, was mit dem neuen Koch war.

Ronaldo ging ihr nicht aus dem Kopf und war die Ursache dafür, dass ihre Schamlippen so dick geschwollen waren, dass sie kaum noch gehen konnte. Zudem brannte ihr Kitzler wie die Hölle. Wer oft masturbierte, wurde krank oder kam in die Hölle. So hatte es im Unterricht für Firmlinge geheißen. Sie, Mia Lotta, hatte allein an diesem Tag nach dem Verschwinden von Mark und Ronaldo so oft und vor allem so intensiv an sich herumgemacht, dass irgendwann jeder halbwegs vernünftige Gedanke die Flucht ergriffen hatte. In ihrem Kopf war ebenso wie in ihrem Körper nur noch Platz für Sex. Für wilden, ungestümen, richtigen Sex. Für Sex mit einem Mann. Und sie wusste nun genau, wie dieser Mann beschaffen sein musste. An dieser Stelle schloss sich der Kreis ihrer Gedanken. Sie hatte den Küchentisch und Ronaldo vor Augen, der im Begriff stand, es ihr endlich zu besorgen.

Wo, verdammt, blieb Ronaldo mit seinen verdammten Einkäufen? Jeder Vorwand war ihr mittlerweile recht, um sich von ihm auf dem Küchentisch entjungfern zu lassen. Mark hatte von einer Dreiviertelstunde gesprochen, mittlerweile waren die beiden eine Stunde überfällig. Sie begann, sich Sorgen zu machen. War etwas passiert? Als sie die Unruhe nicht länger aushielt, versuchte sie, Mark am Handy zu erreichen. Es meldete sich jedoch nur die Mailbox.

Wenn sie doch ein Auto hätte! Die Ungewissheit machte sie noch wahnsinnig. Dann fiel ihr das merkwürdige Gefährt ein, das in der ehemaligen Remise stand und mit dem man den Rasen mähen oder Laub einsammeln konnte. Sie erinnerte sich, dass Mark damit geprotzt hatte, als Kind darauf seine ersten Fahrversuche gemacht zu haben.

Der Schlüssel steckte. Mia Lotta schwang sich auf den hohen Bock und tuckerte los. Der Motor war so laut, dass er Tote hätte wecken können. Dafür war das Gefährt erstaunlich schnell, allemal schneller als zu Fuß, und sie hatte einen guten Überblick.

Sie war noch keine zehn Minuten unterwegs, als sie den Rolls Royce entdeckte. Die Luxuskarosse ihres Gatten war bis auf ein paar Kleidungsstücke leer. Ihre Gedanken überschlugen sich, dann hörte sie Stimmen vom Wasser herüberschallen.

Mia Lotta lenkte das Vehikel ins dichte Gebüsch, dann pirschte sie zu der Stelle, von wo die Geräusche kamen. Mit allem hatte sie gerechnet, nur nicht damit. Der italienische Koch lieferte sich mit seinem Herrn eine Wasserschlacht der besonderen Art. Beide waren nackt und begrabschten sich, und niemand duldete derlei, wenn er nicht Lust auf solche Spiele hatte. Entsetzen durchfuhr Mia Lotta. Sie hatte einen Mann geheiratet, der vom Hochzeitslager floh und lieber mit einem anderen Mann herummachte, wie seine beiden Diener. Sodom und Gomorrha, wo war sie nur hingeraten?

Ihre moralische Entrüstung paarte sich mit einem Gefühl von Enttäuschung, das ein lebhaftes Echo in ihrer wund gerubbelten Vagina hervorrief. Genau an diese heiße Stelle hatte sie vor wenigen Stunden noch den Koch lotsen wollen. Sie hätte sonst etwas dafür gegeben, von ihm aufgespießt zu werden. Ja, sie war eifersüchtig, weil Mark erfolgreicher war als sie. Sie hatte sich gleich zweimal getäuscht. Ihre Menschenkenntnis passte in jeden Fingerhut, was leider nicht für ihre Libido galt. Alles an ihr zuckte und vibrierte und schrie nach Erlösung, und was sich dort vor ihren Augen abspielte, widerte sie ebenso an, wie es sie scharf machte.

Zwei jeder auf seine Art perfekte Männerkörper. Der eine war in ihrem Alter, der andere zwanzig Jahre älter, und obwohl Mark als der deutlich Ältere es war, der Attacke ritt, war nicht er es, der männlicher auf sie wirkte. Ungeachtet seiner Jugend hatte Ronaldo etwas von einem Tier an sich. Etwas Archaisches umgab den sonst so zurückhaltend und beherrscht wirkenden jungen Mann und entfesselte in

Mia Lotta eine ungekannte Gier. Sie begann zu hoffen, dass Ronaldo sich von ihrem Ehemann losreißen und seine Glut bei ihr löschen würde. Aber es sah nicht so aus, als ob dieser Liebeskampf noch aufzuhalten war.

Oder doch? Kurz glaubte Mia Lotta beobachten zu können, wie Ronaldo sich wehrte und nicht wollte, was Mark ganz offenkundig wollte. Sie hörte jetzt deutlich, wie Ronaldo aufstöhnte und sich wand. Dann war er plötzlich verschwunden. Ein Wunder!, schoss es Mia Lotta durch den Kopf.

Wenige Minuten später musste sie einsehen, dass Wunder sich niemals mit billigen Sexspielen gemein machten. Das nächste Bild, das sie zu sehen bekam, waren zwei erigierte Schwänze. Eine Erektion konnte man nicht erzwingen, das wusste jedes Kind, dazu gehörte Lust, folglich empfand Ronaldo Lust bei diesem Blowjob. Und als ob das nicht genug wäre, steckte auch noch der Daumen ihres Ehemanns in seinem Hintern. Es sah obszön aus, wie dieser Daumen sich wieder und wieder zwischen die knackigen Hinterbacken bohrte und dort Penis in Vagina spielte, während gleichzeitig Marks Lippen nicht genug von Ronaldos Vorderpartie bekommen konnten. Das Wasser war glasklar, Mia Lotta hatte einen Logenplatz, doch im Gegensatz zu dem Duo im Wasser war sie allein mit ihrer Feuersbrunst, zumindest dachte sie das.

Ein Irrtum, den sie erst bemerkte, als es zu spät war. Etwas Dunkles stülpte sich über ihren Kopf und erstickte mit zwei kräftigen Händen jeden Hilfeschrei. Es nützte ihr auch nichts, dass sie wie wild um sich trat. Die Luft wurde ihr knapp, ein merkwürdiger Geruch stieg ihr in die Nase.

Ein Geruch wie von wilden, stark duftenden Kräutern vermengt mit Schweiß betäubte sie, dann wurden ihr beide Arme auf den Rücken gedreht und die Handgelenke mit einem Strick zusammengebunden. Dasselbe geschah ihren Fußgelenken, und noch immer war kein Wort gefallen.

„Wenn Sie Geld wollen ...“, Mia Lotta würgte die Worte hervor und verspürte einen starken Brechreiz.

„Hure!“ Nur dieses eine Wort. Es folgte das Rascheln von Stoff, von viel Stoff. Sie hätte schwören können, dass ihr Angreifer ein Mann war. Aber so hörten sich keine Hosen an. Wo hatte sie etwas Ähnliches schon einmal gehört? Sie versuchte, sich zu erinnern, doch die Angst blockierte jeden Gedanken. Dann griff die derbe Hand nach ihrer Bluse und riss sie auf. Auch ihr Rock wurde heruntergezogen. „Hure!“ Immer nur dieses eine Wort, geknurrt wie aus dem Maul einer Bestie. Schon fiel dieses Maul über ihre Brüste her und biss sich durch die Spitze des Büstenhalters an ihren Brustwarzen fest und zog die empfindlichen Spitzen in die Länge, bis Mia Lotta das Gefühl hatte, die malträtierten Warzen würden jeden Moment abreißen. Sie konnte nur noch röcheln und winseln, doch dieser Unmensch kannte keine Gnade.

„Hure!“ Immerhin ließ das Maul nun von ihrer Brust ab. Ihr Atem beruhigte sich, doch es war nur eine winzige Verschnaufpause, die ihr gegönnt wurde. Schon ging es weiter, doch diesmal nicht mit Zähnen eines Raubtieres. Die neue Waffe fühlte sich im Vergleich anfangs harmlos an. Rau und leicht schuppig, die Länge ließ sich schwer bestimmen, solange dieses Ding nur mit der abgerundeten Spitze über ihren Körper fuhr. Auf und ab, es begann nach Harz zu riechen. Ab und zu brach ein Stück davon ab, dazwischen schwappten die Geräusche vom See zu ihr herüber. Lustschreie. Es mussten Lustschreie sein. Sie schrie ebenfalls. Sie schrie so laut, dass kein Sack und keine Hand sie schnell genug dämpfen konnten. Dieses merkwürdige Ding verhedderte sich im Steg ihres Slips und drängte vorwärts. Dick und hart zwang es die Wände ihrer Scheide auseinander, drohte sie zu sprengen und drängte immer weiter vorwärts. Ein seltsamer Nebel umging ihre Sinne, Mia Lotta wusste nicht, ob es Lust oder Schmerz war. Der Druck auf ihre Blase und ihren Schließmuskel nahm stetig zu, mit letzter Kraft rollte sie sich zur Seite, der Druck ließ nach. Hinter ihr ertönte ein Fluchen, mehr bekam sie nicht mit, gnädige Dunkelheit senkte sich über sie.

Aufgeregte Vogelstimmen holten sie ins Leben zurück, dazu gesellte sich das Plätschern des nahen Wassers und weit weg das Geräusch eines Motors, das ihr vage vertraut vorkam. Der Rolls Royce? Vorsichtig versuchte sie, sich zu bewegen, doch sie war noch immer gefesselt, und der Sack machte sie noch immer blind. Ihr Schoß kribbelte. Sie bewegte die Beine und spürte den harten Fremdkörper in sich.

Ob ihr Peiniger noch da war? Ob er sich an ihrer Qual weidete?

„*Povera mia!* Mein armer Liebling!“ Die Stimme war weich und melodisch. Musik in ihren Ohren. Sie wollte so gern glauben, dass ihr Retter kein anderer als Ronaldo war.

Ronaldo? Da war doch etwas gewesen … Streng dich an, Mia Lotta, denk nach!

Schlagartig kehrte die Erinnerung zurück. Ronaldo und ihr Ehemann trieben es miteinander. Schon vergessen, Mia Lotta?, höhnte die Stimme in ihrem armen Kopf und wollte nicht aufhören, sie zu quälen. Glaubst du ernsthaft, dein süßer Ronaldo ist rein zufällig hier und raspelt Süßholz? Wer Süßholz raspelt, hat meistens Dreck am Stecken, Mia Lotta, schon vergessen?

Mia Lotta spürte Übelkeit in sich aufsteigen. Hatte Ronaldo etwas mit dem Überfall auf sie zu tun? War am Ende er derjenige, der ihr das hier angetan hatte? Um seinem Herrn und Meister die Flucht zu ermöglichen? Und versuchte er ihr weiszumachen, dass er nichts mit alldem zu tun hatte? Befreite er sie deshalb von ihren Fesseln und dem Sack über ihrem Kopf und mimte nun den Mitleidigen?

Mia Lotta begann am ganzen Körper zu zittern. Kaum waren ihre Füße und Hände frei, wollte sie aufspringen und fliehen, doch das ging nicht. Denn in ihrer Scheide steckte noch immer ein Tannenzapfen. Er war nicht besonders groß und sah, als sie ihn herauszog, wirklich nicht furchterregend aus. Es war wohl die Angst vor dem Ungewissen gewesen, die aus einem harmlosen Tannenzapfen ein Folterinstrument gemacht hatte. Dazu gesellte sich nun die Scham. Was, wenn sie jemand so sah? Sie schleuderte den Zapfen von sich, rollte sich zur Seite und machte sich ganz klein. Am liebsten hätte sie sich in das Erdreich gewühlt. Eine Auenlandschaft, hier wuchsen hundertprozentig keine Tannen. Sie wunderte sich, was ein menschliches Hirn noch in höchster Not registrierte. Woher in Gottes Namen war der Tannenzapfen hergekommen?

„Warst du das?“, keuchte sie in den modrigen Untergrund. „Und ich habe gedacht … du und ich … mein Gott, war ich dumm.“

„Nicht dumm, *mia picola*. Du bist *meravigliosa*. Einzigartig. *Stupenda*. Wunderschön.“ Worte, die sie streichelten, auf Italienisch und auf Deutsch. Mia Lotta war zu benommen, um sich über Ronaldos Deutschkenntnisse zu wundern. Aber sie wollte ihm glauben. Sie duldete, dass er sie zurück auf den Rücken rollte. Seine Berührung war so zart, und er war noch immer nackt, genau wie sie.

„Tut es noch sehr weh?“, fragte er und beugte sich vor, um ihre Verletzungen in Augenschein zu nehmen. Die helle Wut auf den, der ihr das angetan hatte, stand ihm ins Gesicht geschrieben. „Wenn ich diesen Stronzo erwische! Diesen Scheißkerl!“

„Es ist vorbei“, sagte sie und konnte ihre Augen nicht von jener Stelle wenden, die jetzt so unglaublich nah und selbst im Ruhezustand höchst imposant war. Es war völlig verrückt! Gerade erst der Hölle entronnen, wünschte sie sich, die Hölle käme zurück. Nur anders, sanft und in Form dieses Schafts, der unter ihrem beharrlichen Blick zu wippen begann und zögernd das seidige Köpfchen hob.

„*Mi scusi*“, sagte er beschämt. „Ich bin auch nur ein *uomo*, ein Mann. Du darfst ihn nicht so ansehen.“

„Es ist gut, dass du ein Mann bist“, antwortete sie und spreizte die Beine wie zufällig ein wenig, streichelte über die Innenseiten ihrer Schenkel und spürte, wie im Schutz ihrer zitternden Schamlippen Schmerz und Lust miteinander stritten. „Erinnerst du dich an heute morgen in der Küche?“ Sie hatte ihn vom ersten Augenblick an haben wollen, jetzt konnte sie ihn haben. Er brauchte sich später nicht einmal vorzuwerfen, dass er die Frau seines Arbeitgebers entjungfert hatte. Sie war keine Jungfrau mehr.

Aber halt! Was war mit Mark? Mark, der See, der Blowjob?

Mia Lotta presste die Beine zusammen und sah ihm in die Augen. „Magst du Männer lieber?", wollte sie wissen. „Magst du Mark lieber? Ich glaube nämlich, dass mein Mann Männer lieber als Frauen mag."

Ronaldo erwiderte ihren Blick. Kein Blinzeln. Diese azurblauen Augen waren wirklich klar wie Bergseen.

„Nein", sagte er heiser und erklärte ihr in einem Mischmasch aus Italienisch und Deutsch, dass er keine Ahnung gehabt hatte. Sein Onkel wollte ihm helfen, seinen großen Traum wahr zu machen und bei einem Starkoch in die Lehre zu gehen und selbst mal einer zu werden. Er hatte seinen Onkel nur einmal vor vielen Jahren gesehen, und eine italienische Familie hielt zusammen. „*Di solito*. Meistens. Ich glaube, er ist ein *farabutto*, ein Schurke."

„Glaubst du, dein Onkel steckt mit meinem feinen Ehemann unter einer Decke?" Wenn es so war, wie sie glaubte, waren sie und Ronaldo gleichermaßen Opfer. Das schmiedete sie zusammen. Eine göttliche Vorstellung.

Ronaldo nickte und zuckte hilflos die Schultern. „*Mi scusi.*"

„Es braucht dir nicht leidzutun. Du kannst nichts dafür, genauso wenig wie ich." Mia Lotta streckte beide Arme nach Ronaldo aus. An ihren Gelenken sah man noch deutlich die roten Striemen von den Fesseln. Ihre Brüste waren noch immer geschwollen und trugen Bissspuren. Doch all das hielt sie nicht zurück. Sie zog Ronaldo zu sich. Wie ungläubig er sie ansah, wogegen sein Schwanz sehr viel rascher zu kapieren schien, denn der richtete sich nun auf und schlug gegen ihren Schenkel, was ein ausgesprochen wonnevolles Gefühl war.

„Komm!“, stöhnte sie. „So komm endlich!“

Seine Pupillen weiteten sich und wurden fast schwarz. „Ma ... aber ...“, protestierte er, doch da pressten sich auch schon ihre Lippen auf seinen Mund und versiegelten ihn. Der erste richtige Kuss eines Mannes. Sie hatte nicht gewusst, wie es sich anfühlen würde. Sie hatte nur davon geträumt oder es sich mit ihrer Cousine in Wien ausgemalt. Und mit Renata geübt. Renata war sehr versiert und die beste Lehrmeisterin, die man sich wünschen konnte, doch sie war eben eine Frau. Bei einer Frau fühlte es sich vollkommen anders an, vertrauter und nicht so spannend. Jetzt hingegen ...

Es war ein Abenteuer, sich von Kopf bis Fuß von Ronaldos Zunge erkunden und liebkosen zu lassen und zu spüren, wie Zartheit in Wildheit umschlug. Zuletzt konnte auch er sich nicht mehr länger beherrschen. Er leckte sie um den Verstand und ließ nichts aus. Seinen Schwanz brachte er erst ganz zuletzt ins Spiel. Mit seinem Zungenspiel hatte er gute Vorarbeit geleistet, ihre Gier überwog nun alles andere, sie vertraute ihm blind und klammerte sich an ihn, hielt ihn auch dann noch fest, als ganz kurz der Schmerz aufwallte und sie eigentlich zurückzucken wollte. Es war himmlisch. Es war das Versprechen für zukünftige Wonnen. Es war wie das Amuse Guele oder der erste Gang eines endlos üppigen und köstlichen Menüs. Dieses Zucken und Flattern in ihr, dieser Wunsch, die Welle möge sie mitreißen, und dann passierte es tatsächlich. Sie wurde überrollt und entführt, sie hatte den ersten Orgasmus ihres Lebens.

Endlich wusste sie aus eigenem Erleben, wie es sich anfühlte. So, genau so sollte es sein, und das war erst der Anfang. Sie würde nicht eher Ruhe geben, bis sie alle Facetten kannte, denn ihre Gier war jetzt grenzenlos.

Auch Ronaldo war gekommen. Sie spürte, dass das, was nun aus ihr heraussickerte, eine besondere Konsistenz hatte.

Neugierig langte sie mit einer Fingerkuppe dorthin und leckte daran. „Das bist du", sagte sie.

„Das sind wir beide", sagte er und begann, zärtlich an ihrem Ohrläppchen zu knabbern.

Mia Lotta schob ihn auf einmal von sich weg. „Warum hast du eigentlich so getan, als ob du kein Deutsch könntest?", fragte sie.

„Meine Nonna hat Massimo nie so recht getraut. Also war ich lieber vorsichtig."

„Deine Nonna?"

„Meine Oma." Ronaldos Augen leuchteten auf.

Mia Lotta fühlte sich wie im siebten Himmel. Schon wieder hatte sie eine Gemeinsamkeit entdeckt: Sie liebten und verehrten beide ihre Großmütter.

Mark tigerte auf und ab, und mit jeder Minute des Wartens wuchs seine Wut. Er hatte Servilio und Nelson befohlen, die Einkäufe zu versorgen, und ihnen aufgetragen, sich im Übrigen um ihre eigenen Angelegenheiten zu kümmern. Nein, er war Mia Lotta bisher nicht begegnet. Nein, heute

Abend fand keine Party statt. Nein, er würde auch nicht zu Hause bleiben, ganz gewiss nicht.

Immer wieder sah er auf seine Uhr und verglich die Zeit mit der Wanduhr und sogar mit der Zeitansage des Telefons. Die Zeit lief ihm davon, das Floß wartete nicht, aber noch konnte er es schaffen. Andererseits war ihm klar, dass er nicht ohne seinen neuen Koch aufkreuzen durfte. Ronaldo war der Türöffner. Daniela war absolut heiß auf ihn, und nun trieb sich der Bursche splitternackt irgendwo da draußen am See herum. Es wurde fünf, dann halb sechs, und um sechs begann die Bootspartie. Marks Laune sank in den Keller.

„Verdammt! Gibt es hier nichts zu trinken?“

Ein verängstigter Servilio näherte sich mit einer Flasche, Korkenzieher und Glas.

„Ihr Lieblingswein“, sagte er eilfertig.

Ein unterwürfiger Kriecher, dachte Mark ärgerlich, denn so etwas fand er extrem unsexy. Dafür zahlte er nicht doppeltes Butlergehalt. Und dieses ungeschickte Gehampel machte ihn noch wahnsinnig. Da verlor Mark die Beherrschung und versetzte Servilio einen Tritt in den Hintern. Nicht besonders fest, aber es reichte, um seinen Lieblingswein nebst Zubehör in hohem Bogen von dem Silbertablett fliegen zu lassen. Auf dem weißen Marmorboden sah der Wein wie Blut aus, dazwischen lagen unzählige Scherben. Jetzt hatte Mark erst recht einen Grund zu toben. Er jagte seinen kopflosen Angestellten von hier nach dort, denn dies war seine einzige Chance, Dampf abzulassen, solange der eigentliche Übeltäter sich nicht blicken ließ.

Später brachte Servilio eine neue Flasche Wein, die er

vorsorglich schon in der Küche geöffnet hatte.

„Die ziehe ich dir von deinem Gehalt ab“, wetterte Mark. „Habe ich etwas von einer neuen Flasche gesagt?“

„Aber …“, stammelte Servilio.

„Kein aber, mir ist die Lust aufs Trinken vergangen. Ich fahre in die Stadt. Und wehe, ihr patzt morgen Abend bei meiner Party. Dann seid ihr gefeuert, alle miteinander.“

„Die Party findet also morgen statt?“

„Kluges Kerlchen“, höhnte Mark und überlegte, sich vorab noch zu vergewissern, ob Massimo in seinem Münchener Domizil greifbar war. Massimo hatte ihm Ronaldo für teures Geld organisiert. Jetzt sollte er gefälligst dafür sorgen, dass nicht noch einmal etwas schiefging.

Nachdem er Massimo einen Besuch abgestattet hatte, würde er zur Isar hinunterfahren, das Floß abpassen und sich unter die Heimkehrer mischen. Eine witzige Erklärung dafür, dass er ohne Ronaldo auftauchte, würde ihm schon noch einfallen. Mein neuer Koch hat versucht, seine Brust mit Wachsstreifen glatt wie einen Kinderpopo zu bekommen, jetzt schämt er sich, weil's wie der Hintern eines Pavians aussieht. Mark würde die Lacher auf seiner Seite haben. Außerdem stand Daniela nicht nur auf Frischfleisch, sondern auch auf haarlose Traumkörper, und genau solch einen Body wollte Mark ihr auf seinem Fest der Sinne zuführen. Er würde Himmel und Hölle in Bewegung setzen und notfalls einen Handel mit dem Teufel persönlich abschließen. Besser Partner des Teufels als Sklave seines Vaters. Die Party am nächsten Abend würde über seinen zukünftigen gesellschaftlichen Stellenwert entscheiden. Er war es leid, in der zweiten Liga zu spielen und sich von dem Alten wie ein dummer Schuljunge abkanzeln zu lassen. Niemand mehr sollte ihm seinen Aufstieg streitig machen, das Katzbuckeln und Peanutszählen musste ein Ende haben, das war er sich und seiner Mutter schuldig.

„Wir schaffen das, Mama“, sagte er laut und bekam nicht mit, wie Servilio zu Nelson hin eine Geste machte. Jetzt ist der Alte restlos durchgedreht, hieß das.

Mark hatte es eilig. Er gab Gas und kannte keine Rücksicht, die Straße gehörte ihm. So reagierte er auch nicht auf den Rasenmäher, der sich auf dem Seitenstreifen näherte. Verrückte gab es immer wieder!

Wenig später klingelte er bei Massimo Sturm. Der Dicke war nicht allein. Sein Besuch war weiblich und ebenso spärlich bekleidet wie er selbst.

„Schick sie weg“, verlangte Mark barsch. „Und zieh dir was über, das ist ja widerlich.“

Massimo gehorchte. Eine Flasche Rotwein später – von gutem Wein hatte dieser feiste Spaghettifresser wirklich Ahnung! – wusste Mark, dass es goldrichtig gewesen war, herzukommen und auf Massimo Druck auszuüben. Bei der Party würde der Junge spuren, dafür würde der Dicke sorgen. Massimo begriff schnell und handelte schnell. Ein Anruf nach Udine, ein zweites Telefonat mit dem Flughafen, und schon kam alles Notwendige ins Rollen. Die Idee war genial und trug den klangvollen Namen Antonella.

8. KAPITEL

Mia Lotta war entschlossen, sich von Mark nicht mehr einschüchtern zu lassen. Er konnte ihr nichts anhaben und war klug beraten, wenn er das einsah und sich ihren Plänen nicht in den Weg stellte. Das Erlebte hatte ihren Träumen Auftrieb gegeben. Jetzt fühlte sie sich unbesiegbar und mutig. Doch nun war Mark ausgeflogen, bevor sie ihn zur Rede stellen konnte.

Vielleicht hätten sie Mark noch aufhalten können, sein Rolls schoss keine zwei Meter entfernt an ihr und Ronaldo vorbei. Doch so gut wie nackt verhandelte es sich schlecht. Also verschob Mia Lotta ihr Vorhaben auf den nächsten Tag. Wenn Mark aus München zurückkam, würde sie für klare Verhältnisse sorgen. An diesem Abend zwischen Tag und Traum erschien alles so unglaublich einfach.

Das änderte sich. Mark kam anderntags nicht allein aus München zurück. Es war schon später Nachmittag, als er mit einem Tross schillernder Gestalten auftauchte. Exotisch anmutende Wesen, die in krassem Gegensatz zu der friedlichen Idylle vor Ort standen. Nie zuvor hatte Mia Lotta solche Brüste, Kussmünder und Wimpern gesehen. Die meisten sahen aus wie frisch aus der kosmetischen Chirurgie oder aus dem Sexladen. Kleidung und Benehmen unterstrichen diese Wirkung. Von wegen Herrenabend! Das sah eher nach einer Orgie aus. Alles war seltsam oversized, too much. Die menschliche Lawine ergoss sich ins Haus, auf dem Fuß folgte ein Cateringservice mit Kühlboxen, Warmhaltegeräten und Unmengen von Lebensmitteln und Spirituosen. Wozu hatte Mark mit Ronaldo den halben Großmarkt leer gekauft?

Als Frau des Hauses trat sie mutig den Heerscharen entgegen. Servilio und Nelson verschanzten sich hinter ihrem Rücken. Seit dem Vorabend hatten sie viel von ihrer Dreistigkeit eingebüßt und sich nicht einmal dagegen gesträubt, Ronaldo bei den Vorarbeiten für den „Herrenabend" zu helfen. Es wäre eine Sünde und eine Schande, hatte dieser gemeint, die Einkäufe vom Großmarkt verderben zu lassen. Zudem fühlte er sich seiner Ehre als Koch verpflichtet. Seit dem frühen Morgen rackerte er sich deshalb in der Küche ab, während Servilio für die Party eindeckte und Silber nachpolierte und Nelson Blumengestecke arrangierte.

„Sie müssen das neue Frauchen von Mark sein", zwitscherte eine unangenehm künstliche Stimme. Eine Parfümwolke wehte Mia Lotta entgegen. Diese Person spielte sich als Anführerin auf. Der Mann an ihrer Seite war deutlich älter als sie und stand offenbar unter ihrem Pantoffel.

„Mein Name ist Mia Lotta Neubauer, geborene Freifrau von Oberstein", erwiderte Mia Lotta.

„Ich weiß, aber lassen wir doch die alberne Etikette. Wir sind heute schließlich *entre nous.*"

Unter uns? Was hatte sie mit diesen Menschen gemein, die sich ohne zu fragen an ihr vorbei ins Haus drängten und sich dort breitmachten, während das fremde Personal ebenso unverschämt begann, alles wieder einzusammeln, was Servilio mühsam eingedeckt hatte?

„Das bezweifle ich sehr", erwiderte Mia Lotta laut und fragte sich, wo sie diese Frau mit dem Puppengesicht und den Lackstiefeln bis zur Mitte der Oberschenkel schon einmal gesehen hatte. Und den Mann mit der wilden Haartolle, die eine Gesichtshälfte komplett verdeckte, während die andere Kopfhälfte vollkommen kahl war. Am wahrscheinlichsten war, entschied Mia Lotta, dass diese Typen irgendwelche Skandalnudeln nachahmten, die einem ständig in den Medien präsentiert wurden. Billige Mitläufer.

„Und ich hätte Sie glatt für eine DER Obersteins gehalten", flötete die überreichlich Parfümierte, und der seltsame Vogel an ihrer Seite ergänzte: „Die Ähnlichkeit zu Emilia – Gott hab sie selig – ist wirklich frappierend."

„Sie haben Tante Emilia gekannt?", entfuhr es Mia Lotta konsterniert.

„Wir sind sogar weitläufig miteinander verwandt, wenn man so will." Den übertriebenen Bückling begleitete ein dreistes Grinsen. „Wobei die von Turnstättens den von Obersteins nie sonderlich gewogen waren, doch das ist Schnee von gestern. Wenn ich mich trotzdem vorstellen darf? Florian Baron von Turnstätten, und die wunderbare Lady an meiner Seite hört auf den zauberhaften Namen Daniela. Wir sind uns übrigens schon mehrfach flüchtig begegnet, zuletzt wenn ich mich recht erinnere in Wien beim Opernball. Meine Familie hat seit jeher die Loge neben dem Wiener Zweig der Obersteins."

Mia Lotta nickte sprachlos. Sollte sie sich nun ihrer Vorurteile schämen und sich entschuldigen? Alles in ihr sträubte sich dagegen, denn ihr Bauchgefühl sagte ihr, dass hier etwas nicht stimmte. Sie konnte es nur nicht genau benennen. Sie sah sich nach Mark um, doch der war nirgends zu sehen. Wie auf ein geheimes Kommando hin verschwanden plötzlich auch alle anderen in den Gästezimmern, nur die fremden Servicekräfte blieben zurück. Eine

Art Majordomus im Gehrock – er ließ sich Master Tom nennen – übernahm die Regie und veranlasste, ohne sich an Mia Lotta zu stören, dass in den Gesellschaftsräumen alles verdunkelt wurde. Angeblich geschah dies alles auf ausdrückliche Order des Hausherrn. Damit nicht genug, wurden Möbel hinausgetragen und üppige Polster und Kissen angeschleppt und am Boden ausgelegt. Man installierte eine Musikanlage mit unzähligen Boxen, Pechfackeln verbreiteten ein gespenstisches Licht. Dazu gesellten sich Dämpfe und Gerüche, die jeden klaren Gedanken vernebelten.

Mia Lotta fühlte sich wie im falschen Film. Sie lief die Treppe hoch zur Suite, die sie selbst vor nicht einmal zwei Tagen mit Rosenblättern geschmückt hatte. Kein Mark weit und breit. Sie stürmte wieder nach unten in die Küche, doch auch Ronaldo war verschwunden. Nur Servilio und Nelson waren da. Sie machten sich gerade einträchtig mit Nadel und Faden an einer der soeben angereisten Ladys zu schaffen.

„Entschuldigung", sagte Mia Lotta. „Ich suche meinen Mann."

„Dann würde ich an Ihrer Stelle bei Daniel nachschauen, meine Süße", empfahl die Lady und begann, übertrieben zu kichern. Auch was sie im Folgenden zu Nelson und Servilio sagte, ergab für Mia Lotta wenig Sinn. „Ihr bösen, bösen Buben!" Dabei half das Duo doch nur dabei, eine aufgeplatzte Naht zu reparieren.

„Daniel?", wiederholte Mia Lotta gedehnt. „Mir ist lediglich eine Daniela vorgestellt worden."

„Steckt nicht in jedem Daniel eine kleine Daniela?" Das

Kichern steigerte sich und verband sich mit geradezu epileptisch anmutenden Verrenkungen.

Mia Lotta beschloss, beides zu ignorieren. Wenn sie nicht durchdrehen wollte, musste sie umgehend Ronaldo finden.

„Und wo ist Ronaldo?", fragte sie an Nelson gewandt, der ihr irgendwie seriöser und männlicher als sein Kollege vorkam. „Vorhin war er doch noch hier und hat gekocht."

„Meinen Sie vielleicht den wilden Italiener, der seine Brusthaare mit Wachs entfernen lassen soll?", mischte sich die merkwürdige Lady ein.

„Erstens ist Ronaldo nicht wild", sagte Mia Lotta mühsam beherrscht, „und natürlich würde er sich niemals die Haare auf der Brust entfernen." Sie war nicht gewillt, Ronaldo beleidigen zu lassen. Von niemandem und erst recht nicht von dieser verrückten Schachtel.

„Da hätten Sie ihn aber vorhin mal erleben sollen. Ein Vulkan ist nichts dagegen." Ein tiefer Seufzer ließ das unanständig tiefe Dekolleté erbeben. „Ach, wäre das herrlich, so etwas noch einmal in die Hände zu kriegen. Aber vielleicht ist das Glück mir ja heute Abend hold, wer weiß." Ein türkis lackierter, extrem langer Fingernagel mit Strasssternchen kraulte Servilio am Kinn. „Was hältst du davon, mein Kleiner, wenn du mir heute Abend ein wenig zuarbeitest? Und ich hätte auch nichts gegen einen Wachsstreifen mit kleinen Kringellöckchen als Souvenir, wenn ihr den kleinen Wilden doch noch gebändigt bekommt, was ich ja sehr hoffe."

Servilio schüttelte den Kopf. „Das verstößt gegen die Spielregeln, tut mir leid."

„Aber dass du böser Junge meinen Sack mit deiner bösen Nadel wie ein Nadelkissen spickst, das ist erlaubt, wie?"

Mia Lotta traute ihren Ohren nicht. Eine Lady sprach von ihrem Sack?

„Ronaldo ist unser Koch", sagte Mia Lotta, „und Ihnen ist hoffentlich klar, dass er für nichts anderes zur Verfügung steht."

„Du bist wirklich süß, Kleines." Die Lady lachte scheppernd, während ihre eben noch hohe und affektierte Stimme in den Keller fuhr. „Und noch sehr grün hinter den Ohren! Aber ich gebe dir Brief und Siegel, dass das Fest der Sinne deinen Horizont schlagartig erweitern wird." Ihr üppiger, in Rüschen verpackter Busen wies in Richtung Tür.

Mia Lottas Augen hefteten sich auf die behaarten Unterschenkel, die sichtbar wurden, als die Lady beim Gehen den Rock anhob. Eine Behaarung wie bei einem Affen, dachte Mia Lotta.

„Oh lala", zwitscherte die nun wieder künstlich hohe Stimme. „Da habe ich in der Eile wohl vergessen, meinen Wildwuchs zu stutzen. Vielleicht sollte ich den wilden Ronaldo fragen, ob er noch ein paar Wachsstreifen für mich übrig hat. Schickt ihn mir doch hoch, wenn er auftaucht. Er darf mir gern zur Hand gehen."

Mia Lotta wollte gerade zu einer passenden Antwort ansetzen, als Mark am offenen Küchenfenster vorbeiging. Er war in Gesellschaft von Ronaldos unsympathischem Onkel. Das Duo präsentierte sich wie ein Herz und eine Seele und palaverte mit Händen und Füßen. Irgendetwas hatte angeblich wie geschmiert geklappt.

„Ist der Herr jetzt zufrieden?", witzelte Massimo.

„Gute Arbeit!“, lobte Mark.

Mia Lotta beobachtete, wie die beiden sich die fünfe einer Hand gaben und im Hausinneren verschwanden. Sie wollte gerade losstürmen, um ihren Gatten ins Gebet zu nehmen, als sich erneut zwei Gestalten näherten. Eng umschlungen, einander herzend und küssend, es war nachgerade schwierig auszumachen, zu wem welche Gliedmaßen gehörten. So musste wahre Liebe aussehen! Wieder blieb das Pärchen stehen, diesmal hob er seine zierliche Liebste in die Lüfte und wirbelte sie einmal um die eigene Achse. Und noch einmal und noch einmal. Das Püppchen umklammerte jauchzend mit seinen Beinchen seine ranken Lenden, löste sodann die Arme von seinem Hals und ließ den Oberkörper nach hinten fallen. Niedliche, perfekt geformte Brüste drängten aus dem knappen Top und schwangen und hüpften bei der Karussellfahrt mit. Sie lachte ausgelassen. Das Paar schien sich beneidenswert einig und bestens aufeinander eingespielt. Wiedersehensfreude pur. So benahm sich nur, wer zusammengehörte.

Ronaldos Herz gehörte einer anderen.

Mia Lotta schalt sich eine Närrin. Sie war ja so naiv. Hatte sie ernsthaft geglaubt, dass Ronaldo mehr als nur einen Zeitvertreib in ihr sah? Wer verschwendete schon einen Gedanken an eine vergleichsweise üppig geformte Deutsche, wenn er solch ein elfenhaftes Zauberwesen haben konnte? Mia Lottas Augen füllten sich mit Tränen, für die sie sich schämte und verachtete. Trotzdem wollte es ihr nicht gelingen, den Blick von den Lenden zu lösen, die sie blind hätte zeichnen können. Lenden, um die seit gestern ihre erotischsten Fantasien kreisten. Lenden, denen sie sich anvertraut und nach denen sie sich verzehrt hatte.

Sie duckte sich schnell, als Ronaldos Herzblatt plötzlich aufschaute. Dank der erhöhten Position auf Ronaldos Hüften befand sich das Köpfchen beinahe auf einer Höhe mit dem Fensterbrett.

„*Ma guarda un po'*, Ronaldo", rief die junge Frau.

Auch ohne der italienischen Sprache mächtig zu sein war klar, dass Ronaldo soeben auf sie aufmerksam gemacht worden war. Schau mal, da ist wer, Ronaldo. Er durfte sie auf gar keinen Fall sehen. Durch die Hintertür entwischte sie in den Kräutergarten. Sie lief immer weiter und gelangte schließlich zum See, stieg in eines der Ruderboote und stieß ab. Nur fort von hier! Nie zuvor hatte sie sich so geschämt. Niemals hatte ein Mensch sie derart verletzt.

Am liebsten hätte sie auf der Stelle ihre Sachen gepackt und wäre nach Hause gefahren, heim aufs Schloss. Heim zu ihrer Großmutter. Doch das ging nicht. Ihre Großmutter war immer noch in der Schweiz, und auf dem Schloss erwarteten sie allenfalls ein Pastor und ein Bautrupp, der von Marks Vater bezahlt wurde.

Mia Lotta besann sich auf ihren Stolz und ihre Kämpfernatur. Sie ruderte zurück und näherte sich wenig später hoch erhobenen Hauptes der Villa.

So stellte Mia Lotta sich das Fegefeuer vor. Zuckende Flammen und zuckende Leiber, die sich in Größe und Umfang unterschieden. Alle waren nackt bis auf Masken und Perücken, die historischen Vorlagen folgten. Es gab eine Kleopatra und einen Brutus und eine Marie Antoinette. Hier wurde eine Orgie gefeiert, ein Bacchanal. Fassungslos starrte Mia Lotta in eine sperrangelweit klaffende Vagina, aus der ein Trichter ragte, in dessen Öffnung aus einer Silberschale etwas Dampfendes gefüllt wurde. Rund um dieses bizarre Spektakel tanzten andere Nackte. Der Kreis schloss sich immer enger, ab und zu rührte jemand mit dem Finger in dem eingefüllten Brei, kostete und strich etwas davon auf den sich windenden Leib in der Mitte.

Mia Lotta dachte darüber nach, dass es eigentlich ihre Pflicht gewesen wäre, dem Opfer zu helfen. Nachdem sich ihre Augen an das diffuse Licht gewöhnt hatten, sah sie, dass die armselige Gestalt am Boden dieses teuflische Spiel nicht nur über sich ergehen ließ, sondern sogar lustvoll genoss und nach mehr verlangte. Ihre Hilfe wäre hier absolut unwillkommen. Fassungslos starrte Mia Lotta auf das Ungeheuerliche. Sie spürte, wie das Böse, das Verruchte von ihr Besitz ergreifen wollte. Wie in Trance setzte sie Fuß vor Fuß. Nun konnte sie auch erkennen, was in der silbernen Schale lag und von gierigen Händen ergriffen und in Stückchen gerissen und zerkaut und dann erst – mitunter auf dem Umweg über mehrere Münder – solcherart zerkleinert in den Trichter gefüllt wurde.

Wie ekelhaft, dachte Mia Lotta und wollte sich abwenden. Wie erregend, war ihr zweiter Gedanke, der umgehend seine Botenstoffe in ihren Körper ausschickte und Liebessäfte sprudeln ließ. Schäm dich, Mia Lotta! So etwas erlebst du vielleicht nie mehr wieder, hielt die andere Stimme in ihrem Inneren dagegen. Sei nicht dumm, Mia Lotta! Wenn du das deiner Cousine erzählst, bist du die Größte.

Ihre niederen Instinkte trugen den Sieg davon. Natürlich würde sie sich mit der Rolle der Zuschauerin begnügen und notfalls zu Hilfe eilen, wenn das Opfer den Spaß an diesem teuflischen Spiel verlor. Suchend sah sie sich um und wollte gerade eine dunkle Ecke hinter einem riesigen Schokoladenbrunnen ansteuern, um sich dort zu verstecken, als der Majordomus namens Master Tom sie entdeckte und sich ihr in den Weg stellte.

„Sie verstoßen gegen die Spielregeln", zischte Master Tom und zerrte sie hinter einen Paravant. „Wenn Sie teilnehmen wollen, müssen Sie sich wie alle anderen ausziehen und eine Maske und eine Perücke tragen."

„Ich soll mich ausziehen?" Mia Lottas Stimme überschlug sich. Dieser Mann wusste genau, wen er vor sich hatte, und wagte es, ihr Vorschriften machen zu wollen?

Und wieder mischte sich jene andere Stimme ein, die direkt aus ihr selbst kam und mit diabolischen Kräften gemeinsame Sache machte. Bist du nur feige, Mia Lotta? Und prüde? Oder hast du nur Angst, mit diesen unglaublich schönen und exzentrischen Menschen nicht Schritt halten zu können?

„Ist jemand dabei, den ich kenne?", fragte Mia Lotta und ergänzte stumm: Beispielsweise ein gewisser Ronaldo? Sie kam nicht gegen das Zittern an, das sie erfasste. Zuerst ihre Hände, dann die Arme und Beine. Sie konnte sich kaum noch auf den Füßen halten, selbst ihre Lippen bebten, Speichel tropfte auf ihr Leinenkleid, das nach der Bootspartie hoffnungslos verknittert war.

„Um das herauszufinden, müssen Sie schon mitmachen." Master Tom bedachte sie mit einem abschätzigen Blick. „Oder Sie gehen wieder." Unausgesprochen klang die Empfehlung mit, Letzteres zu tun.

Zweifelte dieser Master Tom an ihrem Mut?

Andererseits, auf was ließ sie sich ein, wenn sie blieb? Würde man sie zum Mitmachen zwingen, sie womöglich fesseln und jede Gegenwehr als Spaß verstehen? Mit gehangen, mit gefangen?

Immerhin konnte niemand sie mit Maske und Perücke erkennen, der sie nicht schon einmal nackt gesehen hatte. Und da kam, was Männer betraf, außer ihrem Ehemann praktisch nur Ronaldo infrage. Ob er hier mitmachte? Zusammen mit diesem engelhaften Wesen? Konnte sie sich wirklich so in ihm getäuscht haben?

Eine derbe Stimme, die sich über den Geräuschpegel hinter Mia Lottas Rücken erhob, gab den Ausschlag. Es war noch nicht lange her, da hatte genau diese Stimme in der Küche behauptet, dass Ronaldo wild wie ein Vulkan und bis zum Abend blank wie ein Kinderpopo sei. Jetzt kreischte diese Person laut vor Freude. „Ich hab ihn“, rief sie. „Das ist er, und er fühlt sich wirklich so blank an wie ein Kinderpopo. Ich hab ihn zuerst geraten. Jetzt gehört er mir, bis zum nächsten Gongschlag.“

„Geben Sie mir eine Maske, verdammt!“ Mit fliegenden Händen streifte Mia Lotta sich das Leinenkleid über den Kopf, stülpte sich blind die gereichte Maske und ebenso eine weiße Perücke über und wollte losstürmen, als der Majordomus sie erneut stoppte.

„Ihre Unterwäsche“, verlangte er.

Mit Todesverachtung entledigte Mia Lotta sich auch ihres Slips und Büstenhalters, dann stolperte sie zurück in den Raum. Durch die Sehschlitze wurde ihre Sicht beeinträchtigt. Suchend wandte sie den Kopf hierhin und dorthin.

Jemand ergriff ihre Hand und zerrte sie mit. „Und wieder Frischfleisch“, grölte die Gestalt, der die Hand gehörte.

„Und woher willst du das wissen?“, tönte jemand anderes in der Nähe. So dunkel konnte es gar nicht sein, dass Mia Lotta nicht den extrem hellhäutigen Körper ihres Schwagers erkannt hätte. Was hatte er hier zu suchen?

Das rieche ich“, behauptete der Mann, der Mia Lotta gepackt hatte.

„Für das weibliche Frischfleisch bin heute Abend ich zuständig“, prahlte Phillip. „Erst recht, wenn es aus Bella Italia kommt.“

„Das wüsste ich aber“, protestierte der andere und griff in Mia Lottas Schamhaar. Dann zog er so geschickt daran, dass das rosige Innenleben sich nach außen stülpte.

„Pfoten weg“, befahl Phillip. „Order vom Herrn des Hauses. Du kannst ihn gern selbst fragen.“

Der so Gescholtene ließ Mia Lottas Pelz knurrend los und trollte sich, während Phillip nun so nah an Mia Lotta heranrückte, dass seine Maske über ihre Maske schabte und an einer Strähne ihrer gepuderten und fast weißen Perücke hängen blieb. Er hatte sie eindeutig noch nicht erkannt, obwohl er der dritte Mann und damit letzte Mann war, der sie nackt zu Gesicht bekommen hatte.

„Nun komm schon mit, Süße!“, kommandierte er und klatschte ihr kräftig aufs Hinterteil. „Zurück ins Körbchen, wobei ich schon gern wüsste, wie du es geschafft hast, aus dem verriegelten Zimmer unterm Dach zu entwischen.“

„Du Idiot! Das ist sie nicht!“ Der Mann, der das sagte, tauchte urplötzlich hinter Phillip auf und schien ziemlich erbost zu sein.

„Aber …", protestierte Phillip und ließ Mia Lotta los.

Der Mann, dem Mia Lotta ihre Befreiung zu verdanken hatte, kümmerte sich nicht weiter um sie. Offenbar hatte auch er sie nicht erkannt. Er war rank und schlank und muskulös und fantastisch anzusehen. Ein solches Prachtexemplar begegnete einem wahrlich nicht alle Tage. Nur zu verständlich, schoss es Mia Lotta durch den Kopf, dass ich als Unschuld vom Lande auf ihn hereingefallen bin. Woher hätte sie ahnen sollen, dass nichts an Mark echt war, dass er ausschließlich auf seinen Vorteil bedacht war?

Unauffällig zog sie sich aus der Gefahrenzone zurück, wurde allerdings nach wenigen Schritten von einem Polster, das aus einer Nische ragte, zu Fall gebracht. Auch gut, dachte sie. Kein so übler Platz, um ihre Gedanken zu sortieren. Was leichter gedacht als getan war, denn soeben bekam Mark Gesellschaft. Auch die neu hinzugekommene Gestalt kannte sie. Mia Lotta spitzte die Ohren. Nicht zu fassen! Offenbar hatte Phillip sie ausgerechnet mit der Herzallerliebsten von Ronaldo verwechselt. War er so betrunken oder so blind? Mia Lotta war mindestens einen Kopf größer und zwanzig Kilo schwerer. Dann fiel ihr die plausibelste Erklärung für Phillips Irrtum ein: Im Gegensatz zu ihr hatte er Ronaldos neue Geliebte noch nicht zu Gesicht bekommen.

„Antonella ist viel kleiner und zierlicher", hörte sie Mark zischen. „Such sie und sperr sie wieder ein. Und lass vor allem die Finger von ihr, wenn dir dein Pimmel lieb ist."

„Und was ist mit dem Zaster?", flüsterte Renatas Ehemann.

„Du kriegst dein Geld schon", sagte Mark. „Aber erst

mal sorg dafür, dass mein neuer Koch spurt. Und das tut er nur, wenn …“

„Wenn niemand das italienische Vögelchen unsittlich berührt“, ergänzte Phillip und grinste dreckig. „Verstehe. Dann mach ich mich mal auf die Suche, bevor jemand unser Vögelchen mit einem Hühnerschlegel attackiert.“

Mia Lottas Augen irrten zu der Nackten mit dem Trichter zwischen den Beinen ab. Von dort wehte nun ein intensiver Geruch von Hühnchen und Estragon herüber. Zwei, drei Stimmen beschwerten sich, weil der Duft den Eigengeruch der Gefesselten überdeckte und es erheblich erschwerte, ihre Identität zu erraten. Allmählich verstand Mia Lotta die sogenannten Spielregeln: Wer erriet, mit wem er es zu tun hatte, hatte freies Spiel und durfte mit seinem Opfer bis zur nächsten Runde, die Master Sam mit einem Gong einläutete, tun, was ihm beliebte.

Der Gong ertönte und löste ein Wirrwarr sondergleichen aus. Wie die ersten Höhlenbewohner benahmen sich diese Menschen und schleppten ihre gefesselte Beute zu einem der Polster ringsum. Mal huckepack, mal über den Boden schleifend oder auch rittlings darauf reitend. In diesem Fall musste einer der Bediensteten in den menschlichen Sattel helfen.

Das samtige Polster, das Mia Lotta vorhin zu Fall gebracht hatte, maß etwa zwei mal zwei Meter. Nun senkte es sich erneut, begleitet von lautem Fluchen und Ächzen, und Mia Lotta nahm den Geruch von Knoblauch und Chili wahr, so stark, dass ihre Augen zu brennen begannen. Ein Italiener, keine Frage! Wie viele Italiener nahmen an dieser Orgie teil?

Mia Lottas Herz schlug bis zum Hals. Dabei war es mehr als unwahrscheinlich, dass das Schicksal ihr ausgerechnet Ronaldo auf diese Matratze schickte. Oder sollte sich doch ihr größter Wunsch erfüllen?

Vorsichtig tastete sie nach ihrem Besucher, der mittlerweile verstummt war. Möglicherweise ging es ihm schlecht, und sie konnte ihm helfen. Ihre Hand streifte einen Beckenknochen und noch etwas anderes.

„*Non!*" Der Unbekannte sprang auf und ließ sich umgehend wieder zurückfallen. Er lag nun ein Stück höher als sie, und der Abstand zwischen ihnen war aufgehoben. Sein muskulöser Bauch drückte gegen Mia Lottas weiche Brüste. Sie hatte plötzlich weiche Haare zwischen den Lippen. Sogar sein Brustkorb roch würzig nach Knoblauch und Chili. Und noch ein anderer Geruch arbeitete sich zu ihr vor. Dampfende Hitze setzte einen Duft frei, der auf Anhieb andere Bilder beschwor. Er war es. Er war es wirklich. Ronaldo.

Ob er sie erkannt hatte? Oder hielt er sie für eine dieser willfährigen Lustdienerinnen, die sich unter Umgehung der dafür vorgesehenen Öffnung mit Hühnerschlegeln und Ähnlichem stopfen ließen?

Vorsichtig schickte Mia Lotta ihre Hand erneut auf Erkundungsfahrt. Sie folgte dem dichten Pelz von seiner Brust bis hinab zu der Wunderwaffe, die jedoch im Gegensatz zum Vortag merkwürdig zahm blieb. Ein scheuer Vogel. Alles klar, dachte Mia Lotta wütend. Die Wunderwaffe hat sich zu sehr bei dem italienischen Luder verausgabt. Mia Lotta hatte nicht vor, sich erneut demütigen zu lassen, und setzte allen Ehrgeiz daran, seinem apathischen

Schwanz Feuer einzuhauchen. Was andere konnten, konnte sie auch. Und was sie noch nicht selbst ausprobiert hatte, das hatte sie immerhin schon beobachtet. Besser noch, sie war umgeben von lauter schleckenden und vögelnden und sich auf diese oder jene Weise ungehemmt verlustierenden Vorbildern.

Diesmal kam ihr ihre kräftigere Statur zugute. In einem Überraschungsmoment gelang es ihr, Ronaldo mit einer einzigen geschickten Drehung nach unten zu befördern und sich über ihn zu knien. Sie leckte und lockte. Anfangs biss ihr die Schärfe der an ihm haftenden Gewürze noch in der Nase, doch dann überwogen seine körpereigenen Duftstoffe. Ihr Gaumenbändchen spannte und drohte zu reißen, so heftig malträtierte sie ihre Zunge, um die gewünschte Wirkung zu erzeugen. Sein Schwanz sollte sich verdammt noch mal aufrichten, exklusiv für sie, nur noch ein einziges Mal.

„Schaut euch mal die kleine Naschkatze dort an. Wie begeistert sie schleckt." Heißes Wachs tropfte auf Mia Lottas Rückpartie.

„Das gehört belohnt", kreischte eine aufgeregte Stimme.

Der Kerzenmann begann zu tanzen, und es regnete Wachströpfchen. Doch noch ehe sie auf Mia Lottas Haut erstarren konnten, gesellte sich die Hitze menschlicher Haut dazu. Nun kniete jemand über ihr, und während ihr eigener Mund an Ronaldos faulem Schwanz und an seinen merkwürdig schlaffen Eiern saugte, bewies jemand anderes hinterrücks, dass sie sehr wohl in der Lage war, einen Aufstand zu provozieren. Was anfangs noch weich über ihren Rücken und Po rutschte, gewann zunehmend an Festigkeit. Auch die ersten Freudentröpfchen sprachen eine klare Sprache. An ihrem Po, an ihren Kniekehlen und zwischen ihren Schulterblättern, mit einem Mal vergnügten sich drei erigierte Männerschwänze auf ihr. Auch das Keuchen und Stöhnen war dreistimmig. Unter ihr wehklagte Ronaldo, der die volle Last zu tragen hatte. Geschah ihm nur recht. Mia Lotta bewegte sich absichtlich exzessiv und tat alles, um dem Verräter unter ihr kundzutun, dass sie auch ohne ihn auf ihre Kosten kam. Was anfangs nur Show war, wurde zunehmend echter, langsam machte sich die Sorge in ihr breit, dieses Spiel nicht mehr rechtzeitig bremsen zu können. Noch war es nur ein Spiel, bei dem jeder als Erster erraten wollte, wer sie war. Und dann? Leise Panik stieg in ihr auf.

„Verrat mir“, raunte es in ihrem Nacken, „ob du lieber die harte oder die weiche Tour magst. Richtige Handschellen oder etwas mit Samt.“

„Wie wäre es mit schwarzen Trüffeln aus Alba?“ Zu der feuchten Penisspitze an ihrer Poritze gesellte sich eine runde Knolle, die höchst intensiv duftete und die Gier in ihr weckte. Sie spürte, wie ihre kleine Rosette sich entspannte und Bereitschaft signalisierte. Ihr Hinterteil reckte sich dem Verführer entgegen, gleichzeitig begann ihre Möse lustvoll zu schmatzen und zu tropfen.

„Das ist eine unverschämt heiße neue Feder. Seht euch nur an, wie dieser Lustarsch wedelt. Das ist doch noch mal ein richtig schöner Weiberarsch. Wo Daniela die nur herhat?“ Die Stimme kam aus der Nähe ihrer Kniekehlen.

„Oder der Hausherr hat sie beigesteuert“, korrespondierte es aus der Höhe ihrer Schulterblätter, die nun ebenfalls feucht wurden und zu kleben begannen.

„Traust du Mark Neubauer so eine Granate zu?", keuchte der Unterste, während sich die Knolle aus Alba in sie hineinschob und der Duft förmlich explodierte. All dies war Labsal für ihre verwundete Seele. Außerdem war es genial, von drei Männern gleichzeitig bedient zu werden. Drei Kerle, die sich an ihr aufgeilten und auf ihr abspritzten. Nur der vierte verweigerte ihr weiterhin beharrlich seinen Obolus. Dabei befand sich sein Kampfgerät direkt an der Quelle. Er brauchte nur in sie einzutauchen und loszulegen. Doch stattdessen jammerte er.

„Ich ersticke", stöhnte er.

„Hallo, da ist ja noch jemand mit im Boot." Der Kerzenleuchter kam erneut zum Zug und leuchtete aus, was sich unter Mia Lotta abspielte.

Dann ging alles rasend schnell. In Windeseile machte es die Runde, dass man den neuen italienischen Koch endlich gefunden hatte. Diesmal würde er nicht mehr entwischen, die Wachsbehandlung konnte ihren Lauf nehmen.

Mia Lotta musste zusehen, wie man Ronaldo an die Stelle schleppte, wo eben noch Hühnchenfleisch zerkaut und in eine fremde Vulva gefüllt worden war. Anfangs wehrte Ronaldo sich mit Händen und Füßen, dann aber hielt er still, was an den süßen Versprechungen der Person mit dem Künstlernamen Daniela oder auch an Mark liegen mochte, der das Opfer an etwas erinnerte.

„Denk daran", hörte Mia Lotta ihren Ehemann sagen, „dass ich den Schlüssel habe."

Natürlich wollten alle wissen, um welchen Schlüssel es sich handelte, doch es war der Augenblick, in dem Ronaldo fügsam wurde und sich mit heißen Wachsstreifen traktieren ließ. Wie sie sich darum stritten, jedes Härchen von seinem Brustkorb und Bauch zu entfernen! Seine Haut begann feuerrot zu glühen.

„Er soll noch Jungfrau sein“, hörte Mia Lotta die Person sagen, die sie trotz Maske und Perücke eindeutig als besagte Daniela und damit als Wortführerin identifizierte. Sie trug als Einzige einen Umhang aus lauter Federn.

Mia Lotta fragte sich, wer dieses Ammenmärchen aufgebracht hatte. Ganz gewiss war der neue Koch nicht mehr jungfräulich. Im Gegenteil hatte er ihr eigenes Jungfernhäutchen durchbohrt, und dies war gewiss nicht seine einzige Trophäe. Da brauchte man nur an die kleine Italienerin unterm Dach zu denken. Ein Gedanke, der in Mia Lotta erneut helle Wut aufflackern ließ. Seine Landsmännin war ihm offenkundig zu schade für diese sexuellen Spiele.

Der Gong ertönte und riss sie aus ihren Gedanken. Alle traten zurück, und es bildete sich eine Gasse für Daniela. Wie eine Hohepriesterin schritt sie auf den gefesselten Ronaldo zu und streichelte spielerisch über seine brennende Haut. Dann hob sie zierlich ihren Umhang und ließ sich von zwei Männern auf das erhöhte Lager helfen, auf dem Ronaldo lag. Breitbeinig baute sie sich über ihm auf, ein Tusch ertönte, und sie ging langsam in die Knie. Das Federkleid spreizte sich.

„Ich werde dir Kühlung verschaffen, mein armer Liebling. Und zur Belohnung wirst du mir deine Geheimrezepte verraten. Ich bin ganz wild darauf.“ Es begann zu rieseln und zu plätschern. Eine gelbliche Pfütze bildete sich in Ronaldos Bauchmulde, die intensiv nach Urin roch. Als es nur noch tröpfelte, stülpte sich das Federkleid über Ronaldos Gesicht.

Mit leiser Genugtuung registrierte Mia Lotta, dass dessen Penis völlig unbeteiligt blieb. Eine ängstlich in sich zusammengekringelte Schnecke. Perverse Spielchen törnten ihn offenbar nicht an.

„Leck mich“, befahl Daniela streng. Sie thronte nun direkt über seinem Gesicht. Ihr Blick fiel auf Mia Lotta, sie zeigte auf sie. „Und du leckst ihn“, befahl sie.

„Niemals“, wehrte Mia Lotta ab. Es war das erste Wort, das sie seit Langem gesprochen hatte.

Ronaldo zuckte zusammen. Es ging wie ein Stromstoß durch seinen Körper.

Dann wurde Mia Lotta hochgehoben und auf ihn gesetzt. Anfeuerndes Klatschen, sich drängende Gaffer, sich überlappende Gerüche. Brunst lag in der Luft, und plötzlich richtete sich die Schwanzspitze zwischen Mia Lottas gespreizten Beinen auf. Endlich! Ihre geschwollenen Schamlippen begannen ihn zu kitzeln, er wuchs und wuchs, dann tauchte er in sie ein und fuhr auf und nieder, während gleichzeitig das Federkleid über seinem Kopf auf und ab ritt. Auf und ab und immer schneller und wilder, er kam in Mia Lotta und sie kam auf ihm, beide gleichzeitig. Mia Lotta warf den Kopf zurück und schrie auf vor Lust, jegliche Hemmung war von ihr abgefallen. In der Hölle gab es keine Hemmungen.

Als sie wieder halbwegs zu sich fand, fiel ihr Blick auf Daniela. Missbilligend zuckten ihre Mundwinkel. Zweifellos erkannte sie, wer hier zu wem gehörte – und wer eben keine echte Chance hatte. Sie war ein als Frau herausgeputzter König, dessen Schwanz nun schlaff über traumhaft schönen Beinen pendelte. Frisch rasierte Beine, die jede Frau neidisch machen konnten.

Es war eine Sache, an einer nächtlichen Orgie teilzunehmen und sich mitreißen zu lassen, und eine gänzlich andere, am nächsten Tag unbarmherzig mit den im wahrsten Sinn des Wortes nackten Fakten konfrontiert zu werden. Die Sonne und auch ihr schlechtes Gewissen trieben Mia Lotta aus dem Bett. Nach nicht einmal drei Stunden Schlaf brannten ihre Augen vor Müdigkeit. Alles an ihr fühlte sich wund an. Es war mucksmäuschenstill im Haus, sämtliche Möbel standen wieder dort, wo sie hingehörten. Nur ein schwüler, abgestandener Geruch erinnerte daran, was sich in der vergangenen Nacht abgespielt hatte.

Stück für Stück kehrte die Erinnerung zurück und paarte sich paradoxerweise mit einer leisen Hoffnung. Auslöser der Hoffnung war Mia Lottas Gang ins Dachgeschoss. Die Tür zum Zimmer der kleinen Italienerin stand offen, und Mia Lotta sah, dass sie mit ihrem Gepäck verschwunden war. Offenbar hatte sie das Feld geräumt. Ronaldo, dachte Mia Lotta. Wo steckte Ronaldo? Und ihr nächster Gedanke: Was hielt er nach all dem von ihr?

Sie waren zusammen durch die Hölle geradewegs in den Himmel marschiert. Himmel und Hölle hatten sich vermählt, und jetzt wusste sie nicht mehr, was oben und unten und gut oder schlecht war. Wusste Ronaldo es?

Als sie die schmale Holztreppe hinunter zu den Wirtschaftsräumen ging und mit klopfendem Herzen dem Duft von frisch aufgebrühtem Kaffee und gebratenem Speck folgte, gewann eine Illusion in ihr kurz die Oberhand. Mia Lottas Herz vollführte einen übermütigen Hüpfer, und sie rannte in die Küche. Ronaldo! Mia Lotta stellte sich vor, wie er sie mit einem Frühstück erwartete und sie in Ruhe über alles reden konnten …

Zögernd verharrte ihre Hand auf der Klinke. Sie hörte ein Murmeln. Er war's! Seine Stimme würde sie unter Tausenden heraushören. Wie liebevoll er klang, wie besorgt und zugleich neckisch, und all dies spiegelte auch seine Körpersprache wider. Er war derart vertieft in seinen frühmorgendlichen Balztanz, dass er nicht mitbekam, wie Mia Lotta die Klinke niederdrückte und die Tür ein Stück weit aufdrückte. Weit genug, um Zeugin einer Szene zu werden, die alles zunichtemachte.

Ronaldo saß auf einem von insgesamt acht Stühlen im Landhausstil, die sich um den wunderschönen alten Tisch gruppierten. Darauf stand alles, was zu einem üppigen Frühstück gehörte. Auf seinen Knien schaukelte das italienische Gift und trug nichts als einen winzigen Slip und ein kindlich anmutendes Hemdchen. Sie hatte Strubbelhaare und einen Schmollmund. Ihr zarter Oberkörper kuschelte sich wohlig an Ronaldos nackten Oberkörper, dann wurde das Mäulchen aufgesperrt und mit einer Gabel voll Ei gefüttert, sodann mit Milchkaffee nachgespült und der braune Saum um die Lippen behutsam von Ronaldo abgetupft. Wie er sich sorgte und mühte! Von wegen abgereist! SIE war da, SIE hatte den Rest der Nacht in Ronaldos Bett verbracht und war gleich mit allem, was sie bei sich hatte, bei ihm eingezogen.

Mia Lotta konnte sich nicht rühren. Ihr Traum wurde immer mehr zu einer billigen Farce. Sie fühlte sich billig. Sie war billig. Wie hatte sie nur jemals so weit gehen können?

Ein Schleier legte sich auf ihre Augen. Wie durch einen wabernden Nebel sah sie, wie „Naldo Mio" die süße Last von seinem Schoß hob, um frischen Kaffee aufzubrühen. Welche Vertrautheit! Welch ein stilles Glück! Als ob es die letzte Nacht in der ganz anderen Besetzung nie gegeben hätte! Als ob er und Mia Lotta niemals zueinander gefunden hätten.

Doch konnte sie Ronaldo ernsthaft etwas vorwerfen, nachdem sie selbst alles verraten hatte, was man ihr von klein auf beigebracht hatte? Der liebe Gott sieht alles! Die Stimme ihrer Großmutter, die eine zutiefst gläubige und gütige Frau war. Immer wieder hatte Granny betont, dass der da oben ein gütiger Gott war. Man musste nur mit ihm reden, sich ihm anvertrauen und auf seine Gnade hoffen. Etwa hier? Wie sollte sie in diesem Sündenbabel die Zwiesprache mit dem da oben suchen? Dieser Ort war verseucht und jagte ihre Gedanken im Kreis. Alles in ihr fühlte sich tot an, sogar ihre Fingerspitzen schienen abgestorben, die Knöchel stachen als helle Punkte hervor, und wenige Meter von ihr entfernt begann erneut die Espressomaschine zu brodeln und zu zischen. Die würzige Dampfwolke hüllte den nur mit einer Shorts bekleideten Ronaldo ein und übertönte das neckische Geschnäbel mit seiner Herzensdame.

Mia Lotta trat rückwärts die Flucht an. Nur fort von hier! Fort aus dieser Küche! Fort aus diesem Haus! Hin zu einem Ort, wo Gott sie hörte und ihr wieder den rechten Weg wies, falls es den für eine Sünderin wie sie überhaupt noch gab.

Wieder in ihrem Zimmer, packte Mia Lotta in fliegender Hast ein paar Sachen zusammen und schlich sich wie eine Diebin aus dem Haus. Niemand sah sie. Zumindest dachte sie das, bis sie hinter dem Gewächshaus auf Servilio traf.

Mark wachte wie gerädert auf, und ein Blick in den Spiegel gab ihm den Rest. Sah so ein Mann aus, der eine Orgie hinter sich hatte? DIE Orgie. Seinem Erzeuger müssten die Ohren klingen. Im Grunde war alles perfekt gelaufen. Seine illustren Gäste waren voll auf ihre Kosten gekommen, nur er selbst war leer ausgegangen. Er hatte es nicht einmal gewagt, sich an dem allgemeinen Besäufnis zu beteiligen, geschweige denn an der hemmungslosen Fickerei. Und vom Zuschauen wurde nun mal keiner satt. Er fühlte sich ausgehungert und seltsam deprimiert. Alles, was du jetzt brauchst, alter Junge, ist ein ordentlicher Fick!

Ficken war immer gut, besonders morgens. Fehlte nur noch der geeignete Kandidat, und das war weder Servilio noch Nelson und auch niemand aus dieser High-Society-Truppe. Es gelüstete ihn nach Ronaldo, der letzte Nacht seine Feuertaufe hinter sich gebracht hatte. Ein Blick auf die Uhr. Nicht einmal von einem noch so engagierten Koch konnte man erwarten, dass er sich mit drei läppischen Stunden Schlaf zufrieden gab. Was im Umkehrschluss bedeutete, dass sein schnuckeliger kleiner Italiener garantiert noch selig schlummerte und gewiss nichts dagegen hatte, von seinem Herrn und Meister auf eine ganz persönliche Weise geweckt zu werden.

Ein Grinsen legte sich auf Marks Gesicht, und es ging ihm gleich viel besser. Auch in seiner Hose begann es sich lebhaft zu regen. Er horchte kurz an Ronaldos Zimmertür. Alles still. Vorsichtig drückte er die Klinke und schlich sich in das halbdunkle Zimmer. Die gewölbte Kontur unter der Bettdecke verriet ihm, dass er mit seiner Annahme ins Schwarze getroffen hatte. Ohne zu zögern entledigte er sich seiner Hosen, hob die Decke an und schlüpfte darunter. Nackte Haut empfing ihn. Er schmiegte sich an die wohlige Wärme und war kurz irritiert, weil die Haut sich so unglaublich zart anfühlte. Beinahe wie die einer Frau.

Es war eine Frau! Noch ehe er seinen Irrtum bemerken und sich davonstehlen konnte, wachte die Schläferin auf und stieß einen Schrei aus. Sie schrie wie am Spieß, und da kam auch schon Ronaldo angestürmt.

„Was treibst du mit meiner Schwester, du Schwein?" Ronaldo war groß, jung, athletisch und außer sich vor Wut. Er brach Mark fast den Arm, als er ihn packte und zu Boden warf, um auf ihn einzudreschen.

„Hör auf!" Mark duckte sich unter den Hieben dieses Wahnsinnigen. „Hör sofort auf! Ich bin's!"

„Ich weiß, wer und was du bist", schäumte Ronaldo. „Ein Schwein, ein verdammtes Schwein."

„Wir haben einen Deal", keuchte Mark und verschränkte schützend beide Unterarme vor dem Gesicht. Er war so überrascht, dass er sich nicht einmal darüber wunderte, wie gut sein Koch Deutsch sprach.

„Wir *hatten* einen Deal." Ronaldo hielt kurz inne und zeigte aufs Bett. „Wir *hatten* vereinbart, dass niemand sie anrührt. Ihr lasst sie in Ruhe, und im Gegenzug komme ich zu eurer widerlichen, kranken Orgie." Seine Stimme versagte, die Schamesröte schoss ihm abrupt ins Gesicht. Mit einem Mal schien seine imposante Gestalt fast in sich zusammenzusinken.

„Sie haben dich gepimpert“, fiel Mark ihm ins Wort. „Na und?“ Die Schwäche seines Kochs gab ihm Auftrieb. Was für eine Memme, was für ein Theater. „Es gibt Schlimmeres, als sich von der Crème de la Crème vernaschen zu lassen. Du solltest mir dankbar sein, das könnte der erste Schritt für deinen Durchbruch als Sternekoch sein. Und was deine kleine Schwester angeht, woher sollte ich wissen, dass du sie aus der Mansarde in dein eigenes Bettchen umquartiert hast? Anscheinend habt ihr Italiener ein ganz spezielles Verständnis von Familiensinn.“

Mark war zu weit gegangen, doch das merkte er erst, als sein Koch ihm buchstäblich an die Gurgel ging. Der Verrückte würgte ihn und schleuderte ihn hin und her, bis ihm Hören und Sehen verging. Es war die Kleine, die ihren Bruder davor bewahrte, Schlimmeres zu tun. Mit ungeahnter Kraft hängte sich die zierliche Person an Ronaldo und zerrte ihn von seinem am Boden liegenden Opfer fort.

„*Avanti!*“ Sie versetzte Mark einen schmerzhaften Tritt in die Rippen und zeigte sodann zur Tür.

Das ließ Mark sich nicht zweimal sagen. Die Abrechnung kam später. Erst einmal musste er sich in Sicherheit bringen. Er stürzte zur Tür und nahm sich nicht einmal die Zeit, seine Hosen mitzunehmen. Nur fort hier!

Renata, seine Schwester, nahm ihn am Fuß der Treppe unten in der Halle in Empfang.

„Was wird hier gespielt?“ Renatas Augen hefteten sich an Marks nacktes Glied.

„Siehst du nicht, dass es mir schlecht geht?“ Er zeigte

anklagend auf seine Blessuren.

„Wenn es dir schlecht geht, bist du unter Garantie selbst dafür verantwortlich“, raunzte sie ihn an. „Was hast du mit Mia Lotta angestellt? Sie würde so etwas niemals grundlos tun. Brutalität ist ihr wesensfremd.“

„Wieso Mia Lotta? Das hier war mein dreimal verfluchter italienischer Koch.“

„Gestern war er noch DER Hit. Lass mich raten! Du konntest wieder mal die Finger nicht bei dir behalten und bist an den Falschen geraten.“

„Was willst du eigentlich von mir?“ Mark war es leid, ständig von allen Seiten Schelte zu kassieren. „Wer die Musik bezahlt, hat das Sagen. Was ich allein als Provision für Ronaldo hingeblättert habe, reicht aus, um seine Familie ein halbes Jahr über Wasser zu halten.“

„Hast du da nicht eine winzige Kleinigkeit vergessen?“, erinnerte ihn Renata und bohrte einen ihrer unanständig langen Nägel ausgerechnet dort in seine Rippen, wo kurz zuvor die Schwester seines Kochs zugetreten hatte.

„Nicht dass ich wüsste“, bockte Mark und hätte sich selbst dafür ohrfeigen können, dass ihm die Tränen in die Augen schossen. Er war kein Fighter, noch nie gewesen. Er war ein Lebenskünstler, das hatte seine Mama ihm immer wieder versichert. Du bist mein kleiner Maestro, mein Cäsar, mein Napoleon. Seine Mutter hatte ihn mit sämtlichen Helden der Geschichte und Sagen verglichen, und er hatte sich stark und unbesiegbar gefühlt.

„Dann helfe ich dir gern auf die Sprünge“, zischte Renata gefährlich leise. „Du bist ein kleines Würstchen und lebst seit Jahren auf Pump. Deine Gläubiger werden immer zahlreicher, wie die Opfer deiner sexuellen Exzesse. Und wenn dich erst mal einer zur Kasse bittet, ziehen die anderen nach. Dann bist du endgültig erledigt."

Beinahe hätte sie ihn klein gekriegt, aber eben nur beinahe. „Hast du da nicht eine winzige Kleinigkeit vergessen? Die Villa am See gehört mir. Dazu kommt ein echtes Schloss. Alle laufenden Kosten werden gedeckt, und obendrauf gibt es einen hübschen Batzen von dem Gewinn, den das Schrottimperium abwirft. So lautet der Deal. Die mageren Jahre sind endgültig vorbei."

„Dir ist nicht mehr zu helfen!" Renatas Erwiderung war ein Schlag ins Gesicht. Dabei hob sie nicht einmal die Stimme. Dann machte sie ihm klar, dass er sich trotz Heirat und dem damit einhergegangenen Geldsegen weiter zurückhalten musste, da sein Vater sonst auf die buchstabengetreue Erfüllung des Notarvertrags pochte, worauf sie als dessen offiziell nominierte Nachfolgerin ihm den Geldhahn zudrehen würde. Renata behauptete ernsthaft, dass im Grunde seine dämliche Ehefrau die Begünstigte sei.

„Halt dich gut mit Mia Lotta", empfahl sie ihm. „Dein Schicksal liegt in ihrer Hand. Und wenn du unbedingt mit deinen Spieljüngelchen herummachen musst, dann tu es verdammt noch mal heimlich in irgendeiner Absteige unter falschem Namen und nicht vor der Nase unseres Vaters und einer Frau, die das Beste ist, was dir je widerfahren ist. Gnade dir Gott, wenn du sie in eine deiner Orgien hineingezogen hast."

„Ich sie?", empörte sich Mark. „Sie wollte unbedingt. Sie war eine von den Schlimmsten, sie hat sich sogar von meinem Koch aufspießen und gleichzeitig von drei anderen bedienen lassen. Sie ist unersättlich, deine kleine Heilige."

„Was du nicht sagst?" Renata erschien plötzlich ungeheuer erleichtert und sogar zufrieden, was für ihn keinen Sinn ergab. „Das hört sich ja glatt so an", fuhr sie feixend fort, „ als ob deine Ehefrau dich in jeder Hinsicht in die Tasche stecken könnte. Sie ist wirklich extrem gelehrig. Trotzdem wüsste ich gern, wo sie jetzt steckt."

Die Antwort lieferte Servilio, der sich just in diesem Moment diskret räusperte. Der Teufel mochte wissen, wie lange er sie schon belauscht hatte. In der Manier des perfekten Butlers reichte er Mark einen fein gewebten Wandteppich, um seine Blöße zu bedecken.

„Ihre Frau Gemahlin ist im Kloster, mit Verlaub", verkündete Servilio und war Mark dabei behilflich, sich in den Seidenteppich einzuwickeln.

„Kannst du das bitte noch mal wiederholen?", verlangte Mark zu wissen. „Wo ist sie?"

„Die gnädige Frau wirkte reichlich echauffiert und wollte unbedingt ein Kloster aufsuchen. Deshalb habe ich mir erlaubt, sie ins nahe Kloster Steinfeld zu fahren, wo man sie für einige Tage aufgenommen hat."

„Du hast sie wohin gefahren?", schäumte Mark. „Bist du von allen guten Geistern verlassen? Was glaubst du, was die Leute sich erzählen, wenn sie hören, dass meine Frau vor mir ins Kloster geflohen ist? Das ist die Höhe, wie kannst du es wagen!"

Renata fiel ihm ins Wort, und wieder kuschte er vor ihrer befehlsgewohnten Art. Geradezu königlich entließ sie seinen Butler mit der Versicherung, er habe nichts als seine

Pflicht getan und ausgesprochen verantwortungsbewusst gehandelt.

„Ich an deiner Stelle wäre froh und dankbar", sagte sie zu Mark, „dass sie weder schnurstracks zur Regenbogenpresse noch zum Scheidungsanwalt gelaufen ist, sondern erst einmal die Ruhe und Abgeschiedenheit hinter Klostermauern sucht."

„Und dann?", krächzte Mark. Er wollte nicht zum Gespött der Leute werden. Alles hatte sich so gut angelassen, und nun dies ...

„Dann werden wir weitersehen", beschied Renata ungerührt. „Übrigens bekommst du gerade Besuch, wenn ich mich nicht irre."

Mark drehte sich um. Da stand ein höchst merkwürdig gewandetes Hutzelweibchen mit Hut und Krückstock in der Tür. Er wollte sie gerade zum Teufel wünschen, als ihn etwas in den feinen Zügen unter dem grässlichen Hut innehalten ließ. Irgendwo hatte er dieses Gesicht schon einmal gesehen. Eine innere Stimme mahnte ihn zur Vorsicht.

„Ich bin Amelie Freiherrin von Oberstein", erklärte die erstaunlich junge und energische Stimme. Gleichzeitig glitten die wachen Augen der alten Dame unangenehm kritisch über ihn.

„Sie sind Mia Lottas Großmutter?", fragte Mark ungläubig und wich automatisch zurück, denn die Spitze des Elfenbeinstöckchens zielte genau auf sein bestes Stück. Er vergaß glatt, den Wandteppich festzuhalten. „Aber Sie sind doch sterbenskrank und noch mindestens vier Wochen lang in der Schweiz."

„Wie Sie sehen, geht es mir sehr gut, junger Mann. Außerdem hatte ich so ein Gefühl, hier dringend gebraucht zu werden. Wenn Sie mir nun freundlicherweise verraten würden, wo ich meine Enkelin finde? Die Art, wie Sie von ihr sprechen, lässt mich vermuten, dass Sie Mia Lotta näher kennen?"

„Wir sind verheiratet", stotterte Mark und verbeugte sich linkisch. „Ich bin ihr Ehemann, Mark Neubauer ist mein Name."

„Interessant." Die alte Dame beugte sich vor, ihr Blick sezierte ihn. „Und wo ist sie, wenn ich meine Frage wiederholen darf?"

„Leider", sagte er und verzog gequält die Mundwinkel, „ist Mia Lotta für ein paar Tage verreist. Sie ist sozusagen in Klausur. Es war wohl alles etwas viel für sie, die Hochzeit und all die fremden Leute, dann noch die Bauarbeiten auf dem Schloss. Ich schlage vor, dass Servilio Sie hinfährt. Und sobald Mia Lotta zurückkommt, informiere ich Sie."

Die Freifrau winkte ab. „Das wird nicht nötig sein."

Mark spähte nach draußen, sichtete einen ihm unbekannten Wagen und kombinierte blitzschnell. „Verstehe, Sie sind mit Ihrem eigenen Chauffeur hier." Den wir bezahlen, ergänzte er stumm und überschlug im Geist, welch stolzes Sümmchen bei diesem Transfer zusammenkam.

„Ich bleibe." Mia Lottas Großmutter trat an die Tür und gab einem typisch bayerischen Mietwagenkutscher einen Wink. „Vielleicht ist es sogar ganz gut", sagte sie zu Mark, „wenn meine Enkelin nicht anwesend ist. Das gibt uns beiden die Möglichkeit, einander etwas besser kennenzulernen."

Es war ein Albtraum. Ehe Mark es verhindern konnte,

wurden ein Überseekoffer sowie etliche Hutschachteln und andere Gepäckstücke ins Haus getragen. Niemand hinderte die alte Dame daran, sich in Marks Haus breitzumachen und ihn von einer peinlichen Situation in die nächste zu jagen. Renata schien geradezu ein diebisches Vergnügen bei diesem Spektakel zu haben, und auch die beiden Diener waren nicht eben hilfreich. Er musste gute Miene zum bösen Spiel machen und konnte nur hoffen, dass seine Gäste möglichst unauffällig abreisten und Mia Lottas Großmutter aufhörte, ihre neugierige Nase in Dinge zu stecken, die sie nichts angingen.

Aber genau das tat sie nicht. Auf ihre vornehmtuerische Art war sie extrem penetrant und deshalb höchst gefährlich. Sie gedachte sich weder auszuruhen noch sonst wie ablenken zu lassen. Sie bestand darauf, ihre Enkelin in deren Abwesenheit nach besten Kräften zu vertreten und sich in den nächsten Tagen oder Wochen – die Arbeiten am Schloss seien noch lange nicht abgeschlossen – persönlich ein Bild vom jungen Glück des frischvermählten Paares zu machen. Wie sie ihn bei diesen Worten fixierte, jagte es Mark einen Schauder über den Rücken. Jetzt war er sogar dankbar dafür, dass Mia Lotta im Kloster weilte. Hoffentlich lange genug, bis ihm etwas Gescheites einfiel. Die Alte war eine tickende Zeitbombe.

9. KAPITEL

Das Kloster lag einsam auf einer Anhöhe und war von einer hohen Mauer umgeben. Die vier Tore waren mit schweren Eisenbeschlägen gesichert, die wenigen ins Mauerwerk eingelassenen Fenster glichen vergitterten Schießschächten. Dabei hielt Mia Lotta es für völlig ausgeschlossen, dass hier jemand einzubrechen versuchte. Wozu auch? Es gab nichts zu holen. Selbst die Bänke in der Kappelle waren wurmstichig. Von den armseligen Kerzenleuchtern blätterte die dünne Goldschicht ab, die wenigen Heiligenbilder waren düster und nichts wert. Der nackte Kreuzgang roch, überall wucherte Unkraut. Das Unkraut war so hoch, dass es stellenweise bis an die primitiven Dächer aus Teerpappe reichte. Die Katen, in denen die Mönche und offenbar auch die Besucher untergebracht waren, lagen willkürlich über die Klosteranlage verstreut und erinnerten mehr an Ruinen und Ställe als an menschliche Behausungen. Kein sorgsam gepflegter Klostergarten, den die Mönche ihren Rosenkranz betend abschritten, keine Blumengestecke und Räumlichkeiten, in denen meditiert wurde, und auch kein Chorgestühl oder eine Orgel. Nur diese unheimliche Stille und eine Mönchsgestalt, die an einen Straßenräuber denken ließ.

Beinahe wünschte sich Mia Lotta, sie hätte Servilio zurückrufen und ihre Aufnahme in diesem Gemäuer wieder rückgängig machen können. Doch dafür war es zu spät. Das Südtor hatte sich mit jaulenden Scharnieren vor ihm geschlossen, und nun trabte sie hinter dem stummen Mönch her, den der Prior ihr zugeteilt hatte.

„Bruder Anselm wird sich um Sie kümmern“, hatte der Prior mit geistesabwesendem Blick verkündet, sich erneut einer Voliere mit zwölf weißen Tauben gewidmet und sie dem bärtigen Hünen mit den buschigen Augenbrauen und zusammengekniffenen Lippen überlassen.

Während Mia Lotta dem bärbeißigen Bruder folgte, überlegte sie, ob es ihr gelänge, eine Konversation mit ihm in Gang zu bringen. Alles war besser als diese gespenstische Stille.

„Sie sind wohl schon lange hier im Kloster?“, erkundigte sie sich.

„Sie reden zu viel“, knurrte der heilige Mann.

„Oh! Tut mir leid!“ Beinahe wäre sie gegen den Riesen geprallt, der unvermittelt vor einer Kate am äußersten Ende der Anlage stehen geblieben war. Er stieß die Brettertür auf und zeigte mit einer herrischen Bewegung in das Halbdunkel des Raumes.

Mia Lotta zögerte. Worauf ließ sie sich da ein? Allein dieser säuerliche Geruch. Außerdem verspürte sie einen heftigen Blasendrang. Hunger und Durst meldeten sich ebenfalls. Nicht zuletzt war es kalt. Sie musste doch wenigstens über die elementaren Gegebenheiten Bescheid wissen, und als ihr Betreuer war dafür eindeutig er zuständig.

„Hören Sie“, setzte sie an. „Ich würde schon gerne wissen ...“ Weiter kam sie nicht, denn plötzlich erhielt sie einen Stoß zwischen die Schulterblätter, der sie blind vorwärtsstolpern ließ. Sie landete halb auf dem Steinboden, halb auf einem Ballen Stroh.

„Da schläfst du! Und da sühnst du.“

„Und wo ist die Toilette? Gibt es eine Dusche? Kann

man abschließen? Werden die Mahlzeiten gemeinsam eingenommen? Und wann? Gibt es gemeinsame Andachten? Eine allgemeine Weckzeit?“ Die Fragen sprudelten nur so aus Mia Lotta heraus.

„Schweig! Du redest zu viel!“

„Okay, aber ich müsste trotzdem mal auf die Toilette, sogar ziemlich dringend.“

„Da“, knurrte der Mönch und zerrte Mia Lotta hin zu einem dunklen Gegenstand, der sich als rostiger Eimer entpuppte.

„Ich soll hier …“, vergewisserte sich Mia Lotta ungläubig und angewidert.

„Los!“ Die Männeraugen klebten an ihr. Der Kerl machte keine Anstalten, sie allein zu lassen. Dabei war es ihm gewiss verboten, eine entblößte Frau anzuschauen.

„Ich glaube, ich suche mir doch lieber draußen ein Plätzchen“, erwiderte Mia Lotta und überlegte, wie sie an der düsteren Gestalt vorbeikam.

„Du bleibst hier“, befahl der Mönch und griff erneut nach ihr. Seine Pranke umschloss ihren Nacken und schüttelte sie. „Tu, was ich dir sage. Dafür bist du hier.“

Mia Lotta versuchte schmerzhaft, den Kopf zu schütteln. Langsam erwachte sie aus ihrer Erstarrung. Ihre Courage kehrte zurück.

„Ich bin hier, weil ich mich sammeln und den richtigen Weg finden will. Und ich werde ganz gewiss nicht in Ihrer Gegenwart …“

Die Pranke des Mannes schnellte nach unten und zerriss den Reißverschluss und die beiden Knöpfe am Bund ihrer Hose. Starr vor Schrecken erlebte Mia Lotta, wie als

Nächstes ihr Höschen zerrissen wurde. Dann landete sie mit einem Plumps auf dem Eimer, der kalt und glitschig war.

„Mach!“, befahl ihr Aufpasser.

„Ich kann nicht.“

Bruder Anselm bewies ihr das Gegenteil. Er zwängte ihr einen übel riechenden Schlauch zwischen die Zähne und zwang sie, so viel von einem schalen Wein zu schlucken, dass der Druck auf ihre Blase bald so gewaltig wurde, dass es nur so aus ihr herausströmte.

Erschöpft und beschämt schwenkte sie kurz das Hinterteil über dem fast vollen Eimer, um notdürftig abzutropfen, raffte sodann die Überreste ihrer Hose zusammen und hielt das Stoffbündel schützend vor sich.

„Ich würde gerne meine Reisetasche haben“, sagte sie und bemühte sich um eine feste Stimme.

„Nein“, knurrte der Mann und sah sie an, als ob sie gerade versucht hätte, ihn zu einer Todsünde zu überreden.

„Aber ich brauche etwas zum Anziehen“, beharrte sie.

„Du brauchst Zucht und Ordnung. Du bist ein Weib und eine Schlampe. Alle Weiber sind Schlampen. Knie dich hin!“

Erneut wollte Mia Lotta protestieren, doch dann meldete sich eine andere Stimme in ihrem Inneren und erinnerte sie daran, was in der Nacht zuvor geschehen war. Ob dieser Mönch das Laster witterte? Bestimmt wurde sein Verhalten nicht von niederen Gelüsten diktiert. Möglicherweise hatte sie diese Behandlung ja tatsächlich verdient.

Demütig neigte sie den Kopf, kniete sich hin und widerstand der Versuchung, sich die Reste ihres Schlüpfers unter die Knie zu schieben, um den Kontakt zu dem verdreckten Boden zu vermeiden. Sie faltete die Hände und schloss die Augen.

„Hör mit dem Theater auf, du Heuchlerin! Bei mir wirkt das nicht, ich bin immun gegen solche Spielchen. Da kannst du noch so süß und unschuldig tun. Hier zählt einzig und allein die Wahrheit, nichts als die Wahrheit. Hast du das verstanden?“

Der Griff in ihr Haar war so grob, dass Mia Lotta fürchtete, ihr würden ganze Büschel ausgerissen. Sie riss die Augen auf und schaute auf riesige, borkige Männerfüße in offenen Sandalen. Nie zuvor hatte sie solche Füße gesehen. Die Zehen waren extrem lang, die Nägel glichen gefährlichen Schaufeln. Mia Lotta schluckte nervös. Eine einsame Träne trat aus ihren Augen, in ihren Eingeweiden rumorten die alkoholischen Überreste des aufgezwungenen sauren Weins.

„Du darfst meine Füße küssen.“

„Nein.“ Mia Lotta schüttelte den Kopf, das würde sie ganz gewiss nicht tun. „Ich glaube“, fuhr sie fort und richtete sich auf, „dass ich nicht hierher passe. Am besten gehe ich wieder, bevor mein Ehemann mich vermisst.“

„Du bist verheiratet?“

„Ja“, sagte Mia Lotta eifrig. Inzwischen war ihr jedes Mittel recht, um diesem irren Mönch zu entkommen. Wenn Mark ausnahmsweise einmal von Nutzen sein konnte, umso besser. „Vielleicht kennen Sie meinen Mann. Er ist in der Nähe aufgewachsen und heißt Mark Neubauer.“

Ein Ruck ging durch den Riesen, dann begann er zu zittern. Es war, als ob man ihn unter Strom gesetzt hätte. Alles an ihm vibrierte. Die Augen traten schier aus den Höhlen, ein gefährliches Grunzen drang aus seinem Mund, gefolgt von einem Keuchen. Ein Fußtritt schleuderte den vollen Eimer, den sie für ihre Notdurft benutzt hatte, gegen die Wand, sodass ihr Urin gegen die grobe Kalkwand spritzte und sich auf den Steinboden ergoss.

„Ob ich ihn kenne? Und wie ich ihn kenne, ihn und seine Mutter. Sie war auch so eine wie du. Hat sich meistbietend verkauft, und einen Bastard wie mich konnte sie da nicht brauchen. Das hätte den Herrn Gemahl gestört. Er hat lieber etwas Eigenes angesetzt. Ja, mein Brüderchen ist ihm wirklich ganz besonders gut gelungen. Aber wem sage ich das? Du hast dich ja schließlich an diese korrupte Schwuchtel verkauft. Was haben sie dir gezahlt?“ Die Beschimpfungen des Mönchs wurden immer lauter und wütender. War er wahnsinnig?

Oder sprach er die Wahrheit? Unmöglich!

Dieser durchgedrehte Heilige sollte sie verdammt noch mal gehen lassen. Doch stattdessen legte er seine Pranke auf ihren Hinterkopf und drückte ihn so lange nach unten, bis sie seine widerlichen Füße beinahe berührte. Seltsamerweise rochen diese monströsen Füße nur halb so schlimm wie der Fußboden. Ihr war, als lugte ein kleiner Fetzen Moos zwischen zwei Zehen hervor. Von Nahem betrachtet hatten seine Füße fast etwas Unschuldiges. Sie ähnelten den unbeholfenen Versuchen eines kleinen Kindes mit Knetgummi.

„Küsse sie!“, befahl er erneut. Doch dieses Mal zitterte seine Stimme, als flehte er. „Bitte küsse sie. Bitte verzeih mir, so wie auch ich dir verzeihe.“ Ein Beben ging durch den massigen Körper, der schlagartig alles Beängstigende verlor.

Auf einmal stand ein verlorenes Riesenbaby vor ihr. Der arme Kerl! Zuerst hatte seine Mutter ihn verraten, dann sein Bruder. Sacht streichelte Mia Lotta zuerst über den einen, dann über den anderen Fuß. Eine Welle des Mitleids hatte sie erfasst.

„Es tut mir leid", stammelte sie.

„Du bist auch nicht besser als sie." Seine Stimmung schlug wieder um. Die Wut und das Unberechenbare kehrten zurück.

Er entriss ihr die letzten zerfetzten Kleidungsstücke und löste die Hanfkordel von seiner Kutte. Damit trieb er sie splitternackt hinaus aus der Kate ins Freie. Die Kordel war gespickt mit winzigen Widerhaken, die ihre Haut aufratschten.

Mia Lotta versuchte den Schlägen auszuweichen und trat blind in Disteln und Brennnesseln. Ihr Peiniger kannte keine Gnade. Nun trieb er sie einen Hügel hinauf, schneller und schneller. Ihre Fußsohlen brannten, der Schweiß sammelte sich zwischen ihren auf und ab klatschenden Brüsten und sickerte über ihren Leib, sammelte sich im Nabel und rann weiter, während sie lief und lief und dem Himmel immer näher zu kommen schien. Dann war die höchste Stelle des Hügels erreicht. Umwogt von wilden Gräsern und Blüten verharrte sie mit zitternden Beinen und sah hinab auf den See. Von hier oben erschien alles winzig klein und friedlich. Dort war die neue Villa von Marks Vater und ein Stück weiter ihr eigenes neues Zuhause.

Welches Zuhause? Wie sollte sie jemals an diesem Ort heimisch werden?

Die Tränen schossen ihr in die Augen. Sie wandte sich zu Bruder Anselm um. Er keuchte und schwitzte wie ein Schwein. Trotzdem hatte sein Anblick nichts Beängstigendes mehr. Er weinte, und seine massiven Schultern bebten.

Dann reichte er ihr seinen mit Dornen gespickten Gürtel. „Bestraf mich", verlangte er. „Ich bin auch ein Sünder. Vielleicht sogar der schlimmste von allen." Er zog sich die Kutte über den Kopf.

Dies wäre der perfekte Moment gewesen, um ihm einen Schubs zu geben und zu fliehen. Doch Mia Lotta ließ die Gelegenheit verstreichen und sah gebannt zu, wie sich sein kerniger Körper aus dem Sackleinen schälte. Der Rumpf war gewaltig, ohne dick zu sein. Die Behaarung war wild und üppig, nur das Geschlecht wirkte fast unschuldig, wie es sich ängstlich in die dunklen Löckchen schmiegte. Er trug weder Unterhemd noch Unterhose. Seine Beine glichen Säulen, seine Arme waren wie Keulen, doch wo die blanke Haut sichtbar war, wirkte sein Körper zart und verletzlich.

„Ich kann das nicht", wehrte Mia Lotta ab.

„Bitte."

Die Trostlosigkeit in seiner Stimme griff ihr ans Herz. Aber noch etwas anderes lag in der Luft, eine Art Knistern. Zögernd griff sie nach dem Strick und holte aus. Die Kordel schlängelte sich träge durch die Luft und hinterließ nur einen zarten rosa Strich auf seiner Haut. Doch dann traf sie fester, und je häufiger sie die Kordel niedersausen ließ, umso lebendiger wurde der Mönch. Seine Gesichtszüge lösten sich, die rissigen Lippen wurden prall und rosig, und sein Schwanz reckte vorsichtig das Köpfchen. Die

Versuchung erschien Mia Lotta mit einem Mal übermächtig, auch hier die Wirkung ihrer Geißel auszuprobieren. Sie holte aus, schon wickelte sich die Kordel um den stolz wippenden Recken von Bruder Anselm und drohte ihn zu strangulieren. Ein Dorn ratschte über den Schaft und hinterließ eine rote Spur.

„Danke", keuchte er, ging vor ihr in die Knie und umschlang ihre Schenkel und ihr von seinen Schlägen brennendes Gesäß. Sein Kopf wühlte sich zwischen ihre Beine und drückte gegen ihren Schoß, der nun ebenfalls brannte und zu saften begann. Je heftiger Bruder Anselm sich bewegte, umso heftiger wurde das Pulsieren in ihrer Vulva. Alles spannte sich zum Zerreißen, es pochte und klopfte und gierte, ihr Saft tropfte über seine Stirn und auf die gewaltige Nase. Da hob er den Kopf, und ein milchiger Tropfen landete genau auf seinen Lippen.

„Es tut mir leid", stöhnte sie beschämt und rieb sich nichtsdestotrotz weiter an dem borstigen Haar. Sein massiver Schädel forderte sie förmlich heraus, einen wilden Ritt auf ihm auszuführen. Der Schädel war der perfekte Höcker, an dem sich ihr Kitzler rubbeln und schaben konnte. Die Striemen auf der Haut des Bruders begannen immer intensiver zu glühen, er dampfte und verströmte einen erdigen Geruch.

„Ich kann nichts dafür", schluchzte sie und forcierte das Tempo. „Ich habe das Zeichen, ich komme nicht dagegen an, ich bin wirklich eine Sünderin, eine erbärmliche Sünderin. Verzeih mir!" Auf und ab, der knöchrige Höcker auf seinem Kopf bohrte sich in sie hinein, ihre Schamlippen umschlossen ihn und saugten sich an ihm fest. Es sah aus, als ob der Männerkopf komplett in ihr verschwinden würde, auf dem umgekehrten Weg einer Geburt. Lust und Schmerz stritten in ihr und verbrüderten sich. Sie schrie ihren Höhepunkt und die Scham über sich selbst laut hinaus und brach über ihm zusammen, wurde sekundenlang allein von seinem Kopf gehalten. Dann fingen seine Arme sie auf und betteten sie behutsam ins Gras.

„Du bist anders“, sagte er und streichelte andächtig ihre Brüste. Sein derber Daumen umkreiste ihre Brustwarze, seine Lippen rückten näher und platzierten einen ungeschickten Kuss auf der zarten Haut, die an einigen Stellen aufgeratscht war. „Du bist ein Mensch“, sagte er. „Ein Mensch mit Herz.“ Wie ein kleines Kind legte er ein Ohr auf ihren Brustkorb und lauschte den aufgeregten Schlägen ihres Herzens. „Es gibt wenige Menschen mit solch einem Herzen. Du hast mir gezeigt, dass Hass doch nicht alles ist. Genauso wenig wie Geld. Man muss nur etwas finden, wofür es sich wirklich lohnt, wieder an den da oben zu glauben. An seine Gerechtigkeit. Ich hatte meinen Glauben schon fast verloren.“

„Aber du bist Mönch, du musst doch glauben!“

„Woran glaubst du?“

„Ich glaube an die Liebe“, antwortete Mia Lotta und hatte im selben Augenblick so etwas wie eine Erscheinung. Sie sah ihre Großmutter und Ronaldo Hand in Hand auf sich zukommen.

10. KAPITEL

Als Mia Lotta das Kloster verließ, waren fünfzehn Tage und Nächte vergangen. Es war eine gute Zeit gewesen. Sie hatte viel über sich und die Menschen gelernt, war abwechselnd Schülerin und Lehrmeisterin eines Mönchs geworden, der selbst am Abgrund gestanden hatte und nun gemeinsam mit ihr versuchte, ein neues sinnvolles Muster für das Leben zu finden. Die Anhöhe, wo sie ihn gegeißelt hatte, war ihrer beider Lieblingsort geworden. Hier schlief sie auch. Morgens brachte er ihr einen trockenen Kanten Brot und gelegentlich ein Stück Ziegenkäse, ab und zu eine wild gewachsene Blume oder gar ein Lächeln. Als sie sich von ihm verabschiedete, fühlte sie sich gewappnet und seltsam ruhig. Sie verabschiedete sich mit einem sanften Kuss auf Lippen, die nun nicht mehr zwischen einem struppigen Bart verschwanden und auch nicht länger rissig waren. Er hatte sich ihr zu Ehren rasiert, was sie sehr rührte.

„Pass auf dich auf!“, bat sie, küsste ihn noch einmal und atmete seinen nun schon so vertrauten moosigen, erdnahen Geruch ein.

„Ich passe auf dich auf“, erwiderte er und wies zum Hügel. „Von dort oben, es ist ein guter Platz. Jetzt erst recht.“

„Ja“, sagte sie. „Und bald sehen wir uns wieder, ganz bald.“ Es war ein Versprechen, das sie halten würde, auch wenn in seinem Blick der Zweifel wohnte.

Sie trat den Rückweg zu Fuß quer durchs Gelände an. Ihre Furcht vor Schlangen, von denen es hier jede Menge gab, war verschwunden. Sie fühlte sich erwachsen und geläutert, bis sie Ronaldos ansichtig wurde. Es war gewiss kein Zufall, dass er ihr als Erster über den Weg lief. Alles in ihr zog sich schmerzhaft zusammen, tausendundein Bilder überfluteten sie. Am liebsten wäre sie losgerannt und hätte sich in seine Arme gestürzt. Stattdessen versteckte sie sich hinter einem Kieferngehölz und beobachtete ihn.

Ronaldo sammelte Pilze und summte dabei eine rührselige italienische Weise. Es sah aus, als ob er mit sich und der Welt eins wäre. Und das, obwohl sie spurlos aus dieser Welt verschwunden war. Es schien ihn nicht zu bekümmern, und Mia Lottas neu gefundener Seelenfrieden fiel wie ein Kartenhaus in sich zusammen.

Wetten, giftete es in ihr, dass er gerade an seine kleine italienische Freundin denkt? Bestimmt will er sie mit seinen selbst gesammelten Schwammerln überraschen und sie wieder füttern. Darin hatte er ja Übung. Verächtlich stieß sie die Luft aus.

Blitzschnell schaute er in ihre Richtung. „Du?“ Er strahlte sie an, als ob sie nur mal eben einen Spaziergang unternommen hätte.

„Ich hoffe, ich störe nicht“, erwiderte sie.

„Du wirst schon sehnsüchtig erwartet“, antwortete er mit einem spitzbübischen Lächeln, das sie erst recht in Harnisch brachte.

„Und von wem? Doch wohl kaum von deiner *dolce ragazza*?“ Sie erinnerte sich, dass der italienische Held in einem Liebesroman seine Flamme so einmal tituliert hatte. Dolce bedeutete jedenfalls süß.

„*Dolce ragazza?*“ Einen Moment lang schien er verwirrt, dann breitete sich ein unverschämtes Grinsen über sein Gesicht. „Du bist doch nicht etwa auf Antonella eifersüchtig?“

„Wie kommst du auf die Idee?“

„Aber Antonella ist meine kleine Schwester. Wenn du mir nicht glaubst, frag deine Großmutter.“

„Gern, wenn du mir einen fliegenden Teppich in die Schweiz organisierst und mir erklärst, was meine Großmutter mit deiner Antonella zu tun hat.“

„Nicht nötig.“ Ronaldos Grinsen wurde noch breiter.

„Du sagst es.“ Mia Lotta blitzte ihn verächtlich an. „Meine arme Granny hat nämlich genug damit zu tun, in der Schweiz wieder halbwegs zu Kräften zu kommen.“

„Irrtum! Deine Großmutter ist hier und macht einen äußerst fidelen Eindruck. Sie weiht gerade meine faule kleine Schwester in die Grundbegriffe der Haushaltsführung ein. Die alte Dame hat das Zepter fest in die Hand genommen. Wir sollten uns beeilen. Sie wartet nämlich auf die Pilze, und sie hasst Unpünktlichkeit, Schmutz und Lügen.“

Mia Lotta starrte Ronaldo mit offenem Mund an. Er schwenkte sein Körbchen und trat zu ihr. Ob sie das alles nur träumte? Hatte sie nicht erst unlängst eine Vision gehabt, wie Ronaldo und ihre Großmutter Hand in Hand auf sie zukamen? War Antonella wirklich nur seine Schwester?

„Nun komm schon, meine *dolce ragazza*“, neckte er sie und marschierte los.

Ohne nachzudenken nahm Mia Lotta Anlauf und sprang Ronaldo von hinten an, schlang ihre Arme um seine Brust und ihre Beine um seine Hüften und genoss es, ihn zu Fall zu bringen, ohne selbst aus dem Sattel gehoben zu werden. Ihre gierige Möse klebte an seinem Rücken, schabte auf und ab, saugte sich fest. Was scherten sie die Feuchtigkeit der Moosflechten und Pilze so groß wie ein Kinderkopf? Alles, was sie interessierte, befand sich zwischen ihren Schenkeln, und er sollte ihr zu Willen sein.

„He!“, protestierte er schwach. „Ich denke du warst im Kloster? Lernt man so was bei den Bettelmönchen?“

Ihre Hand glitt nach vorn und fand, was sie suchte. Die Ausbeute stellte sie zufrieden. Sein Schwanz stand wie eine Eins. Ihre Fingernägel imitierten die winzigen Dornen am Gürtel des Mönchs und bohrten sich in das seidenglatte Fleisch seiner lüstern wippenden Lanze. Mangels Geißel zog sie ihren notdürftig geflickten Schlüpfer aus und strangulierte damit lustvoll die Wurzel seines Ständers, der sich darauf noch mehr reckte und aufblähte und die dicken Adern spielen ließ.

„Könnte sein, dass er mir zu gut gefällt, dein Griff“, keuchte Ronaldo. „Lange halte ich das nicht mehr aus.“ Mit einer abrupten Drehung hievte er sie aus dem Sattel, sodass sie unten lag. Er befreite seinen abgebundenen Schwanz und stopfte ihr blitzschnell das eigene Höschen in die Scheide, schob es mit seinem vor Kraft strotzenden Gerät aus Fleisch und Blut tiefer in sie hinein und weidete sich an ihrer Empörung. Sie wollte, dass er sie fickte, und er stopfte ihr ein Baumwollhöschen in die Scheide.

„Nimm das sofort aus mir raus“, verlangte sie.

„Wie heißt das?“

Sie besann sich auf ihren Stolz und schwieg, verweigerte ihm dieses alberne „Bitte!“

Zur Strafe zog er sein Kampfgerät von ihrer Möse ab und näherte es ihren Lippen. „Wie heißt das?“, wiederholte er und strich mit der rot glühenden Spitze über ihre fest verschlossenen Lippen.

„Du kannst mich mal", antwortete sie, was Ronaldo umgehend ausnutzte und sich Einlass verschaffte. Dick und heiß und voll gespannter Bereitschaft. Sie konnte nicht anders, ihre Zunge umschlängelte ihn, sie biss und saugte und gab nicht eher Ruhe, bis der erste Tropfen seines Samens sie belohnte. Sogleich befreite er ihre Scheide von dem textilen Pfropfen und schob seinen Daumen in sie hinein, zuerst den breiten gedrungenen Daumen, dann noch einen zweiten und einen dritten Finger. Er dehnte und folterte sie, aber es war die süßeste Folter, die sie sich vorstellen konnte. Bald sprudelte es auf die Sekunde gleichzeitig aus ihnen beiden heraus, ihr Liebessaft badete seine Hand, und sein Samen ergoss sich in ihren Mund. Sie konnte gar nicht genug davon bekommen und schluckte und leckte und hätte am liebsten gleich wieder von vorne angefangen. Ihr Becken hob sich ihm entgegen, während sie mit beiden Händen sein noch immer strammes Gefährt festzuhalten und aufs Neue zu stimulieren suchte. Doch diesmal wehrte er sich nachdrücklich. Ehe sie es verhindern konnte, war er aufgesprungen und hatte ungeachtet ihres Gewichts auch sie selbst auf die Füße gestellt.

„Pause", verkündete er. „Sonst kriegen wir ernsthaft Ärger mit deiner Großmutter. Und jetzt hilf mir, die paar Pilze wieder einzusammeln."

Mia Lotta kam aus dem Staunen nicht mehr heraus. Antonella war wirklich Ronaldos verwöhnte kleine Schwester und vom geldgeilen Onkel Massimo mit einem miesen

Trick nach Deutschland gelockt worden. Dahinter steckte ihr feiner Ehemann, so viel wurde Mia Lotta rasch klar, auch wenn Ronaldo sich über die Details beharrlich ausschwieg. Dennoch war Mark nicht ungeschoren davongekommen, denn inzwischen hatte er wahrlich nichts mehr zu lachen. Mia Lottas Großmutter hatte ihn durchschaut und seine feinen Freunde ebenso vor die Tür gesetzt wie Servilio und Nelson. Die alte Dame duldete keine Parasiten, und immer, wenn Mark in den vergangenen fünfzehn Tagen hatte aufbegehren wollen, waren der Freifrau Marks Vater und seine Schwester Renata zu Hilfe gekommen. Besonders der Schrottbaron hatte einen Narren an der echten Adligen gefressen, die erstaunlich gut mit seiner mitunter ausgesprochen rüden Art klarkam.

„Er frisst ihr aus der Hand", versicherte Renata, die gewittert zu haben schien, dass Mia Lotta an diesem Tag aus dem Kloster zurückkehrte. Renata war es auch, die Mia Lotta auf den aktuellen Stand brachte.

Sie hatte Mia Lotta zusammen mit ihrer geliebten Granny, Ronaldos kleiner Schwester Antonella und zwei properen Dienstmädchen aus dem Dorf empfangen. Die Villa blitzte, es roch nach Möbelpolitur und frischen Blumen, die überall liebevoll in Vasen arrangiert waren. Hier und da standen Schalen mit Obst. Ein völlig neuer Wind wehte Mia Lotta entgegen, und wohin sie auch sah, alles trug die Handschrift der alten Freifrau, die noch immer sehr zart, aber nichtsdestotrotz wieder sehr agil war. Immer wieder musste Mia Lotta sie ansehen und berühren. Ronaldo verscheuchte sie und Renata aus der Küche, da er das Mittagessen wie versprochen pünktlich um eins auf dem Tisch stehen haben wollte und er sich beeilen musste.

„Deiner Großmutter zuliebe legt mein Vater sich sogar so etwas wie feine Manieren zu“, berichtete ihr Renata. „Es ist rührend und komisch zugleich, wenn er immer wieder zu ihr hinüberschielt, um zu prüfen, ob er schon anfangen darf zu essen und auch das richtige Besteck genommen hat.“

„Ist er auch hier?“, fragte Mia Lotta erstaunt.

Renata nickte. „Neuerdings ist er Stammgast in diesem Haus, was für meinen lieben Bruder ein Grund mehr ist, sich komplett unsichtbar zu machen.“

„Mark ist nicht da?“ Mia Lotta verspürte nichts als Erleichterung. Sie hatte das Gefühl, in seiner Gegenwart müssten die frisch gepflückten Blumen und das leckere Obst umgehend verderben.

„Wenn er kurz im Haus ist, lässt er sich jedenfalls nicht mehr bei uns blicken“, erwiderte Renata. „Der zweite Name meines Bruders ist Feigling, deine Granny hat ihn endgültig in seine Schranken verwiesen. Jetzt hofft er darauf, dass du ihm hilfst.“

„Ich? Wieso sollte ich das tun, nach allem, was er mir angetan hat?“

„Beispielsweise weil du ein unglaublich weiches Herz hast.“ Renata warf ihr einen prüfenden Blick von der Seite zu. „Oder weil du dich an das Ehegelöbnis gebunden fühlst, das nicht einmal mehr in den Augen der Kirche Bestand hätte. Oder ist die Ehe etwa von meinem Bruder vollzogen worden?“ Renata schob ihre Hand unter Mia Lottas Rock und streichelte über ihren gewölbten Schamhügel. Im Kloster hatte Mia Lotta abgenommen, was die fleischigen Polster an ihrem Körper noch betonte: Schwellende Brüste und Hüften, ein voller Po und diese keck vorspringende Region rund um ihre Liebesgrotte.

„Nein“, stammelte Mia Lotta, „jedenfalls nicht wirklich.“

„Er hat seinen Schwanz niemals in deiner süßen kleinen Fotze zum Einsatz gebracht“, stellte Renata ungerührt fest. „Folglich wird es ein Leichtes sein, die Ehe annullieren zu lassen.“ Renata zwängte ihre Hand in die Ritze zwischen Mia Lottas Beinen.

„Glaubst du wirklich?“, keuchte Mia Lotta und widerstand der Versuchung, die Schenkel weiter auseinanderzurücken. Aus dem Esszimmer schauten die beiden Dorfmädchen neugierig zu ihnen herüber. Sie deckten gerade den Tisch und kicherten. Auch Ronaldos Schwester schien interessiert, sie arrangierte gerade Kerzenleuchter und Blumenschmuck.

„Wenn ich es dir doch sage. Du musst nur hart bleiben.“ Renatas Hand drückte beharrlich gegen DEN Punkt. Sie war raffiniert, denn die Antwort von Mia Lottas Kitzler folgte auf dem Fuß. Der eben noch harmlose kleine Zipfel über ihrer Scheide plusterte sich auf und machte ihre Schamlippen umgehend zu willigen Bündnisgenossen. Schon begann es zu schmatzen. Dabei waren seit dem wilden Ritt im Moos noch keine zwei Stunden vergangen.

„Okay.“ Mia Lotta spannte ihre Muskeln an. Nun war die zierliche Faust der Schwägerin ihre Gefangene. Die Hälfte davon hatte es bereits geschafft, in Mia Lottas schlüpfrige Grotte einzutauchen. So groß und hart war kein Penis. In Mia Lotta stritten Lüsternheit und moralische Bedenken. Selbst wenn sie nicht mehr an ihr Eheversprechen gebunden war, durfte sich so gewiss keine anständige junge Frau aufführen.

„Und du solltest nicht denselben Fehler zweimal begehen“, sagte Renata.

Mia Lotta verstand nicht, was Renata meinte, war aber nicht in der Lage nachzufragen. Zu sehr war sie mit dem Zauberritt ihrer Möse beschäftigt.

Ungerührt führte Renata aus, dass ein hinreichendes Maß an Erfahrung gepaart mit einem gesunden Sexualtrieb der beste Schutz gegen fragwürdige Freier sei und damit die optimale Basis für eine tragfähige neue Beziehung. „Du sammelst gerade Erfahrungen“, versicherte sie und trieb ihre Faust noch ein Stück tiefer in Mia Lotta hinein. „Und deine Triebe sind mehr als gesund.“

„Du nennst das gesund?“, jammerte Mia Lotta. „Ich fühle mich wie eine läufige Katze, und ich benehme mich auch so. Ich benehme mich wie eine Hure, und es macht mir auch noch Spaß.“ Wie zum Beweis schluckte Mia Lottas Grotte in diesem Augenblick Renatas komplette Faust, die gegen Scheidenwände und Damm drückte und Mia Lotta zu sprengen drohte.

„Im Bett will jeder richtige Mann am liebsten eine Hure haben“, beschied Renata, während sie ihr zierliches Handgelenk virtuos verdrehte und es schaffte, den dick geschwollenen Kitzler ihrer Schwägerin zu zwirbeln. „Das gilt insbesondere für eher konservative Vertreter der Spezies Mann. Und wenn ich mich nicht sehr irre, ist unser süßer Koch sowohl ein richtiger Mann als auch ein typischer Italiener, der seine Mama und die Mama seiner Kinder wie Heilige verehrt. Außerhalb des Ehebetts wohlgemerkt. Und was vielleicht das Wichtigste ist: Deine Großmutter hat ihn in ihr Herz geschlossen. Sie ist eine Frau mit einem bemerkenswerten Instinkt für falsche Töne. Und bei Ronaldo hat sie sofort alle Ampeln auf Grün geschaltet."

Mia Lottas Gedanken wirbelten durcheinander, doch alles, was sie über die Lippen brachte, waren wirre Laute und ein Stöhnen, das sich steigerte und sich mit dem Zucken ihrer Eingeweide verband. Eine Flamme schoss durch sie hindurch und ließ sie von Kopf bis Fuß erglühen, und jeder anständige Gedanke wurde eingeschmolzen. Offenbar wuchs ihre Libido bei jeder neuen sexuellen Erfahrung. Sie konnte einfach nicht genug davon bekommen.

„Grrr ... ahhh ... jaaa!"

„Hast du mich gerufen?", wollte Ronaldo wissen.

Mia Lotta vermochte nicht zu sagen, wo er stand und was er sah, ob er überhaupt etwas sah. Ihre Lust und Renatas Faust hatten sie fest im Griff.

„Wir kommen gleich", antwortete Renata.

„Das solltet ihr auch, wenn ihr etwas von den Pilzen in Specksoße abhaben wollt." Ronaldos Stimme entfernte sich.

Mia Lottas Schamlippen öffneten sich und entließen Renatas zierlichen Faustkeil. Ein Vakuum entstand, und Mia Lotta verspürte von jetzt auf gleich unbändigen Hunger. Fünfzehn Tage lang hatte sie so gut wie nichts gegessen.

Sie sprang auf und lief zum Esszimmer. Die Schiebetür stand offen, soeben näherte sich ihre Großmutter mit einer dampfenden Porzellanterrine. Es roch köstlich nach gesottenem Speck und Zwiebeln. Auf dem Fuß folgte Marks

Vater in der Manier eines Hohepriesters mit einer Flasche Rotwein und einem Baguette. Sein Gesicht spiegelte die schiere Verzückung.

Am liebsten wäre Mia Lotta dem Beispiel ihres Schwiegervaters gefolgt und hätte sich hingesetzt und zugelangt. Doch dann fiel ihr ein, dass sie noch immer kein Höschen trug und möglicherweise verräterisch duftete.

„Ich müsste mich kurz frisch machen", erklärte sie und beließ es dabei, Marks Vater aus sicherer Entfernung zuzuwinken.

„Wir haben uns draußen in der Sonne verplaudert", assistierte Renata, schob sich vor Mia Lotta und beugte sich über die Terrine. „Das sieht wirklich köstlich aus. Wenn ich nicht aufpasse, kann man mich demnächst durch die Gegend rollen. Gibt es heute wieder einen so köstlichen Nachtisch wie gestern?"

„Es gibt Nockerl und Marillenkompott", erwiderte Mia Lottas Großmutter mit einem seltsam verlegenen Lächeln. Ungeachtet ihrer Fältchen und silbrigen Haare wirkte sie mit einem Mal wie ein junges Mädchen. Sie schien von innen heraus zu glühen. Nicht nur ihre Wangen, auch ihre Kinnspitze schimmerten rosig.

„Schon wieder?" Ein süffisantes Lächeln begleitete Renatas Frage.

„Das kann es gar nicht oft genug geben", protestierte Renatas Vater.

„Stimmt", Renata bedachte ihren Erzeuger mit einem breiten Grinsen. „Du bist ja hin und weg von dieser Nachspeise, und anscheinend nicht nur davon. Ich erkenne dich kaum wieder."

„Gottfried“, schaltete sich Mia Lottas Großmutter ein. „Könntest du bitte nachschauen, wo meine Brille geblieben ist?“

„Aber natürlich.“ Gottfried Neubauer sprang von seinem Platz auf und verließ zielsicher den Raum.

Die Freifrau sah ihm mit sichtlicher Bewunderung nach. „Er weiß immer genau, wo er nach meiner Brille suchen muss“, sagte sie und wartete einen Moment, bevor sie sich Renata zuwandte. Ihre Stimme klang nun tadelnd: „Ihr Herr Vater ist wirklich ein reizender Mensch. Man sollte das ruhig öfter einmal würdigen, auch in der Familie. Er hat sich übrigens angeboten, mit mir zum Schloss hinauszufahren und den Baufortschritt zu überprüfen. Ist das nicht reizend?“ Bei diesen Lobesworten rührte Mia Lottas Großmutter versonnen in der Terrine. „Er ist ein echter Gentleman.“

Das völlig neue Bild, das soeben von ihrem Schwiegervater entworfen worden war, begleitete Mia Lotta in ihr Zimmer. Gottfried Neubauer ein waschechter Gentleman! Wenn sie nicht gewusst hätte, von wem die Rede war, würde sie glatt an eine Verwechslung glauben. Auch war ihr keineswegs entgangen, dass er sich mit ihrer Großmutter duzte. Fünfzehn Tage hatten ausgereicht, um aus zwei Wildfremden so etwas wie Freunde zu machen. Nun aber musste sie sich beeilen. Sonst würden all die Köstlichkeiten von den anderen vertilgt.

Mia Lotta betrat das Schlafzimmer, steuerte den begehbaren Kleiderschrank an und zog sich noch im Gehen das Kleid über den Kopf. Deshalb sah sie einen Moment lang nichts. Entsprechend groß war der Schreck, als unmittelbar neben ihr die Stimme ihres Ehemanns ertönte. Er musste sie hier erwartet haben.

„Da bist du ja wieder“, sagte er. „Wird ja auch höchste Zeit. So geht das nämlich nicht weiter! Jetzt hat deine Großmutter schon über meinen Kopf hinweg neues Personal eingestellt. Lauter Weibsbilder. Natürlich nutzt meine Schwester wieder mal jede Chance, um Front gegen mich zu machen. Jetzt hat sie sogar meinen Vater gegen mich aufgehetzt. Es ist unerträglich. Ich erwarte von dir als meiner rechtmäßigen Ehefrau …“

„Vergiss es!“, fiel Mia Lotta ihm ins Wort.

„Was? Wie redest du denn mit mir? Es ist deine verdammte Pflicht und Schuldigkeit … Hast du mir überhaupt zugehört?“

„Ich habe dir zugehört“, sagte Mia Lotta. „Und du hast völlig recht.“ Inzwischen hatte sie es geschafft, ihr Kleid nach unten zu ziehen und ihre Blöße zu bedecken. „So geht das nicht weiter! Aber zum Glück gibt es saubere rechtliche Regelungen, die uns die Trennung erleichtern werden.“

„Du willst …? Das kannst du nicht …! Das kann unmöglich dein Ernst sein!“ Wie er da wild gestikulierend vor ihr stand, sah Mark total lächerlich und hilflos aus.

„Ich kann“, versicherte Mia Lotta und griff gezielt nach einem roten Sommerkleid und dazu passenden Schuhen. Rot war definitiv ihre Farbe. „Aber das werden wir nicht hier und jetzt und schon gar nicht zu zweit besprechen. Außerdem habe ich einen Mordshunger.“

Marks vorquellende Augen waren eine Entschädigung für manches, was sie seinetwegen hatte durchmachen müssen. Offenbar verstand er die Welt nicht mehr. Sekundenlang verschlug es ihm die Sprache. Dann aber obsiegte sein Jähzorn, und er versuchte, sie zu packen und ihr das Kleid zu entreißen.

Mia Lotta versetzte ihm einen gezielten Schlag mit dem Kleiderbügel. Dank Bruder Anselm beherrschte sie die Kunst der Geißelung perfekt. Ein paar Minuten später setzte sie sich zufrieden mit sich an den Esstisch.

„Du siehst irgendwie erleichtert aus", konstatierte Renata. „So richtig rosig." Ihre Augen funkelten übermütig und ein wenig lüstern.

„Und hungrig bin ich auch", ergänzte Mia Lotta und griff nach der Schöpfkelle.

Ronaldo kam ihr zuvor und füllte ihren Teller. „Du hast es dir verdient", sagte er und zuckte nicht einmal zusammen, als Renata leise zu kichern begann.

Es war noch nicht allzu lange her, da hatte Mia Lotta sich das Paradies so wie in der Wandmalerei in einer bayerischen Kirche vorgestellt: etwas kitschig, sehr farbenprächtig und pompös, mit einer klaren Unterscheidung von Gut und Böse und dazu angetan, einem beim Aufbrausen der Orgel gleichzeitig Tränen der Angst und Ergriffenheit in die Augen zu treiben. Dieses kindliche Bild änderte sich in den folgenden Tagen gänzlich. Mia Lottas neues Paradies wurde vordergründig von solch profanen Dingen wie Einweckgläsern, Gelierzucker, Teigrollen und Kuchenblechen geprägt, doch dahinter verbarg sich eine ganz neue Art von Paradies.

Den Auftakt hatte Marks Abgang an jenem Abend gemacht. Seitdem hatte er sich nicht mehr blicken lassen. Am nächsten Morgen war sein Schwager Phillip erschienen, der sich nicht gerade wohl in seiner Haut zu fühlen schien, als er Mia Lotta einen Brief von Mark aushändigte und hastig ein paar seiner Sachen packte, während Renata ihn in der Tür stehend verspottete.

„Hast du jetzt die Fakultät gewechselt?“, wollte Renata wissen und fügte hinzu, dass ihre eigene Ehe unter diesen Umständen vielleicht ungeachtet der Dauer ihres Bestehens ebenfalls annulliert werden könnte.

„Das sagt die Richtige“, beschwerte sich Phillip und zeigte auf Mia Lotta, die Renata gefolgt war und ihn ebenfalls nicht aus den Augen ließ. „Oder ist es was anderes, wenn zwei Weiber miteinander vögeln?“

„Du bist primitiv“, erwiderte Renata. „Und du verstehst rein gar nichts. Übrigens hätte ich gern die Schlüssel vom Penthaus, von dem Sportwagen und vom Safe. Deine Designerfummel darfst du behalten. Mit der Bank habe ich schon gesprochen. Sämtliche auf dich laufenden Vollmachten für meine Konten wurden gelöscht.“

„Und wo soll ich wohnen?“, jammerte er. „Womit soll ich fahren? Wovon soll ich leben?“ Phillip hoffte wohl in einem Winkel seines Herzens, dass Renata wie so oft nur drohte.

Aber er irrte sich. Niemand wusste das besser als Mia Lotta. Sie war an diesem Morgen zusammen mit der Schwägerin und ihrem Schwiegervater bei der Bank gewesen. Jetzt würde alles seinen Lauf nehmen.

„Wie wäre es mit einer ordentlichen Arbeit für dich und meinen lieben Bruder?“, schlug Renata vor.

„Du bluffst.“ Phillip klappte mit zitternden Händen den

Louis-Vuitton-Koffer zu und merkte nicht einmal, dass ein Hosenbein herausschaute. „Ich weiß genau, dass du nur bluffst. Mark hat mich vorgewarnt, dass ihr jetzt geballte Frauenpower inszeniert. Aber ihr habt keine Chance. Das steht auch in dem Brief."

Marks Brief enthielt ein Ultimatum, das jeder sachlichen Grundlage entbehrte. Nicht einmal die elterliche Villa am Starnberger See gehörte Mark wirklich. Alles, was ihm im Erbfall zustand, war die Auszahlung der Hälfte des Schätzwerts. Davon konnte er wahrscheinlich sein Loft in München bezahlen und sich einen Mittelklassewagen kaufen, sofern seine zahlreichen Gläubiger nicht vorher abkassierten. Mia Lotta war und blieb beim jetzigen Stand der Dinge die rechtmäßige Eigentümerin der Casa Regina und des Schlosses und war ebenfalls Nutznießerin der Stiftung. Sie war jetzt eine reiche Frau.

Und sie war förmlich besessen von Ronaldo. Bei jedem Blick in die Zukunft dachte sie nur an ihn. Sie wollte, dass er bei ihr blieb, und das sagte sie ihm auch, kaum dass Phillip gegangen war. Sie wollte endlich klare Verhältnisse schaffen und nicht bis zur Abreise seiner eifersüchtigen kleinen Schwester warten. Auch wenn Ronaldo es nicht wahrhaben wollte, diese italienische Lolita war ein mit allen Wassern gewaschenes kleines Biest.

Ronaldo war gerade damit beschäftigt, Krautwickel fürs Mittagessen zuzubereiten. Das Rezept stammte ursprünglich von Mia Lottas Großmutter, doch er hatte es raffiniert abgewandelt. Mia Lotta kostete die Füllung und versuchte, das Thema Zukunft scherzhaft anzugehen, während Antonella in der Manier eines naschhaften Kätzchens eine

Schüssel mit Fruchtpüree ausschleckte.

„Köstlich“, erklärte Mia Lotta und leckte genüsslich den Löffel ab.

Die Beigabe von Chili brachte ihr Blut in Wallung, und sie verwünschte Ronaldos Schwester, die es genoss, mit ihrer Gegenwart jedes intime Gespräch mit Ronaldo und körperliche Zärtlichkeiten zu verhindern. Antonella gönnte sich nicht einmal mittags eine Siesta, und sie dachte auch nicht daran, abends beizeiten zu Bett zu gehen. Ronaldo musste sie begleiten, da sie sich angeblich fürchtete. Eine Klette.

Mia Lotta hatte keine andere Wahl, als das Thema Zukunft in Antonellas Gegenwart anzuschneiden. Aber wie sagte man einem Mann, der ursprünglich vom eigenen Ehemann als Koch eingestellt worden war, dass man ihn für sich selbst behalten wollte? Mit Haut und Haaren, als Mann und als Koch, eben für alle Lebenslagen?

„Das freut mich“, sagte Ronaldo zu Mia Lottas Lob für seine Soße und wischte einen Klecks von ihrer Kinnspitze, was ihm einen bösen Blick seiner kleinen Schwester eintrug.

„Meine Großmutter hat unzählige Rezepte gesammelt. Du könntest sie allesamt studieren und variieren. Die reinste Lebensaufgabe. Und dann gibst du die besten Rezepte in einem Kochbuch heraus oder stellst sie in einer Kochsendung vor. Das wird der Renner.“

„Aber ich will nach Hause“, schaltete sich Antonella ein. „Und Ronaldo muss mitkommen. Er ist mein Bruder.“ Zur Unterstreichung ihrer Forderung hämmerte sie in kindischer Weise mit der Schüssel auf den Tisch.

Dieser Krach rief umgehend Mia Lottas Großmutter auf den Plan. Sie wollte nebenan ein Nickerchen halten, nahm Antonella die Schüssel weg und bedachte sie mit einem strafenden Blick.

„Natürlich bleibt Ronaldo hier", erklärte sie und klopfte der Naschkatze energisch auf die Finger: „Und du gehst stante pede in dein Internat zurück, um deinen Abschluss zu machen, junge Dame. Ich dachte, das wäre klar. Ich werde noch einmal mit der Internatsleiterin telefonieren und deine Ankunft avisieren."

„Dann wäre ja auch das geregelt", rief Mia Lotta erfreut und redete in ihrem Überschwang möglicherweise zu viel und unbedacht. Die Aussicht, Ronaldo nach der Abreise der kleinen Klette ganz für sich allein zu haben, stimulierte ihre Fantasie. Sie sagte ihm, dass er sicher weiter an seiner Karriere arbeiten wolle, und es drängte Mia Lotta auch, ihm auf der Stelle klarzumachen, dass sie ihm dabei jederzeit gerne helfen und Geld nebensächlich sein würde.

„Du willst mich also aushalten?" Ronaldos Stimme wurde mit einem Mal scharf. Offenbar hatte Mia Lotta ihn in seiner Ehre verletzt.

„Ja … nein … natürlich nicht." Sie biss sich auf die Lippen. Warum machte er es ihr so schwer? „Also, was ich sagen will: Ich brauche dich, jetzt mehr denn je."

„Wozu brauchst du mich?", erwiderte Ronaldo. „Lass mich raten! Du willst rauschende Feste feiern in deiner Villa. Und Geld spielt keine Rolle? Gratulation! Brauchst du einen, der mit einer Kochmütze auf dem Kopf deinen Schickimickis tausend und einmal erklärt, was glatte von krauser Petersilienwurzel unterscheidet? Dafür bin ich nicht der richtige Mann, das solltest du langsam wissen."

„Hört endlich mit den Kindereien auf, ihr beiden." Wieder war es Mia Lottas Großmutter, die vermittelnd eingriff und Ronaldo gar keine andere Wahl ließ, als einzulenken. Er verehrte sie, das stand ihm ins Gesicht geschrieben. Dieser Nonna würde er niemals widersprechen. Und wenn sie von ihm verlangte, dass er ihre Enkelin als Nächstes die hohe Kunst der italienischen Küche lehrte, während sie selbst sich um den Fortgang der Bauarbeiten am Schloss kümmerte, so konnte er nur zustimmen. Er wurde gebraucht, basta! Sie vertraute ihm die einzige Enkelin an, was sich in Mia Lottas Ohren beinahe so anhörte, als sei sie die etwas ältere deutsche Version von Antonella und allein auf sich gestellt nicht lebenstüchtig. Stimmte Ronaldo etwa deshalb zu?

Zwar wirkte seine Zusage etwas zögernd, doch rang er sich ein „Si!" sowie die Versicherung ab, alles tun zu wollen, um die Freifrau vor neuem Ärger zu bewahren.

Mia Lottas Widerspruchsgeist meldete sich zu Wort. Sie wollte sich niemandem aufdrängen.

„Vielleicht sollte ich dich besser zum Schloss begleiten, Großmutter", sagte sie. „Das alles könnte dir rasch zu viel werden. Ich will auf gar keinen Fall, dass du einen Rückfall erleidest."

„Papperlapapp. Dein Schwiegervater begleitet mich, und Männer sind bei derlei ohnehin nützlicher. Gottfried ist ganz und gar praktisch veranlagt. Mit Heizungsrohren und Isolierungen kennt er sich ebenso gut aus wie mit Motorrädern. Wenn das Wetter sich hält, werden wir viel auf seiner Harley unterwegs sein."

„Ihr werdet was tun?“ Mia Lotta traute ihren Ohren nicht. Amelie Freiherrin von Oberstein als Motorradbraut auf dem Sozius eines Schrottbarons?

Ihre Großmutter winkte ab und sprach hastig weiter. Das Thema schien ihr selbst ein wenig peinlich zu sein. „Wir werden im Ostflügel wohnen. Dieser Flügel ist praktisch schon wieder bewohnbar. Es wäre unsinnig, ständig hin und her zu pendeln. Und wenn wir zurückkommen, erwarte ich, dass du mindestens ein Dutzend einfacher Gerichte aus dem Effeff beherrschst. Aber dafür wird schon Ronaldo sorgen.“ Sie warf Ronaldo einen verschwörerischen Blick zu. „Nicht wahr?“

„Si“, bestätigte er.

Für Mia Lottas Empfinden übertrieb ihre Großmutter ganz entschieden. Was sollte Ronaldo denn von ihr denken, die niemals über eine Handvoll höchst simpler Gerichte hinausgekommen war und dazu neigte, mit Fertigprodukten zu schummeln?

Mit einem Mal hatte Ronaldo absolut nichts mehr dagegen, Granny eine Weile zu vertreten und Mia Lottas gestrengen Lehrmeister zu spielen. Die beiden legten sogar über Mia Lottas Kopf hinweg das Minimum dessen fest, was ihr in jeweils einer Woche abverlangt werden sollte.

Was Mia Lotta tröstete, war ein simples Rechenexempel: Es würde Wochen dauern, bis sie allein ein mehrgängiges Menü und einige der köstlichen Antipasti zustande brachte, die Ronaldo zu zaubern imstande war.

„Und diese Dolce!“, schwärmte die Großmutter. „Ich bin sehr gespannt, was man in Zukunft auf Schloss Oberstein zu einer Liaison bayerischer und italienischer Köstlichkeiten sagen wird.“

„Wieso auf Schloss Oberstein?“, fragten Mia Lotta und Ronaldo wie aus einem Mund.

„So weit sind wir noch nicht“, erwiderte sie fröhlich. „Immer hübsch Schritt für Schritt. Und jetzt brauche ich dringend ein halbes Stündchen Ruhe ohne Geklapper.“ Mit einem fröhlichen „Bis nachher!“ verschwand die alte Dame. Immerhin nahm sie Antonella mit und verordnete ihr eine Übungseinheit am Klavier.

Granny war und blieb die Größte.

11. KAPITEL

Dann ging alles rasend schnell. Mia Lotta konnte ihr Glück gar nicht fassen. Sie war ein Backfisch und geiles Vollweib zugleich, nachdem die maulende Antonella in aller Herrgottsfrühe in den Zug Richtung Heimat gestiegen war und Granny und Gottfried Neubauer vom Münchener Bahnhof gleich zum Schloss durchgefahren waren.

Der Zeitpunkt war gekommen, dort anzuknüpfen, wo sie und Ronaldo vor viel zu langer Zeit aufgehört hatten. Diesmal würde keine lästige kleine Schwester und keines der Dienstmädchen stören, da das Duo gleichzeitig an Windpocken erkrankt war. Und so blieb Mia Lotta allein mit Ronaldo in der Villa.

Mia Lotta würde ihm beweisen, dass es zwischen ihnen kein oben und unten gab. Zusammen konnten sie stark und glücklich sein. Das musste sie diesem Dickschädel nur noch beibringen.

Es war heiß geworden, die Sonne stach vom blauen Himmel und spiegelte sich im klaren Wasser des Sees. Mia Lotta ging vorsichtig zu Werk, ein Mann wie Ronaldo reagierte ausgesprochen allergisch, wenn man sein Ehrgefühl verletzte und ihm das Heft aus der Hand nahm. Dann kehrte er den bezahlten Angestellten heraus und tat alles, ihr seinen Sex-Appeal vorzuenthalten. Was im Umkehrschluss bedeutete, dass sie für Situationen sorgen musste, in denen er ihr überlegen war und mit Fug und Recht ihr Herr und Meister sein konnte.

Er war der Meisterkoch. Mia Lotta genoss es, einerseits

seine folgsame Schülerin zu sein und zugleich zu spüren, dass früher oder später ihre eigene Triumphstunde schlagen würde. Ein köstliches Spiel. Ronaldo schien allerdings nicht so recht zu wissen, wie er ihren Eifer einordnen sollte.

„Womit fangen wir an?“, fragte sie, kaum dass sie seine Schwester verabschiedet hatten.

„Für heute hatte ich Tunnu Auruduci vorgesehen“, erklärte Ronaldo zögernd. „Da wusste ich allerdings noch nicht, dass wir allein sein würden. Ich hoffe, das ist nicht zu schwierig für den Anfang.“

„Das klingt gut“, gurrte Mia Lotta und zog an ihrem weißen T-Shirt, das nicht ganz zufällig beim Wässern der Pflanzen auf der Terrasse einen Schwall Wasser abbekommen hatte und nun fast durchsichtig war.

„Das ist die sizilianische Variante des italienischen *agro-dolce*, zu Deutsch süß-sauer. Hast du an die Petersilie gedacht?“

„Ich liebe *agro-dolce*“, versicherte Mia Lotta und wedelte mit der frisch geschnittenen glatten Petersilie, was ihrem bis zur Hälfte der Oberschenkel reichenden T-Shirt Auftrieb gab. Darunter trug sie nur ein winziges Höschen.

„Ich rede nicht von süß-sauer wie beim Chinesen, nur dass wir uns richtig verstehen.“

„Wir verstehen uns goldrichtig“, versicherte Mia Lotta und schaffte es, ihr T-Shirt noch ein Stück höher rutschen zu lassen. „Und was machen wir jetzt?“

„Du wiegst erst mal die Petersilie“, erklärte Ronaldo und löste das vorschriftsmäßig über seiner fast bodenlangen weißen Schürze steckende ebenfalls weiße Küchentuch, um sich verstohlen die ersten Schweißperlen abzuwischen.

„Hast du Angst, die Petersilie könnte zu schwer sein?“, kokettierte Mia Lotta. „Bin ich dir eigentlich zu schwer?“

„Ich rede von Kleinhacken mit dem Wiegemesser.“ Ronaldo hielt ihr ein gefährlich aussehendes gebogenes Ding mit zwei Griffen an den äußeren Enden hin. „Und zwar so fein wie möglich.“

Mia Lotta trat an den Küchenblock. Dabei hielt sie bewusst einigen Abstand, sodass sie sich vorbeugen musste und er freien Blick auf ihre zart gebräunte Rückpartie erhielt. Im Kloster hatte sie Geschmack daran gefunden, im Evaskostüm durch die Wildnis des Klostergartens zu laufen. Natürlich erst, nachdem sie erfahren hatte, dass außer Bruder Anselm nur noch der Prior dort wohnte, und dieser entfernte sich nie weiter als hundert Schritte von seinen Vögeln. Das Ergebnis war ein nahtloser, zarter Goldton ihrer Haut von Kopf bis Fuß.

„Du hältst das Messer falsch“, mäkelte Ronaldo hinter ihr.

„Und warum zeigst du mir nicht, wie ich es richtig halten soll?“ Mia Lotta sah ihn unschuldig über die Schulter hinweg an, seine Augen lösten sich von ihrem Po und fixierten das Küchengerät.

„Hast du wirklich noch nie ein Wiegemesser benutzt?“ Seine Hände umschlossen kraftvoll ihre Hände. Sie spürte seine Hose an ihrem Po und bewegte ihr Gesäß lustvoll in dem Takt, den Ronaldo mit dem scharfen Messer vorgab. Hin und her, blitzender Edelstahl auf saftigem Grün. Immer schneller wurde er und klebte nun regelrecht an ihrer Rückseite. Gleichzeitig tropften ihm Schweißtropfen von der Stirn auf Mia Lottas Brüste.

„Du schwitzt ja", keuchte sie und lehnte sich zurück. Sein Oberkörper dampfte. Von unten betrachtet sah sein hüpfender Adamsapfel beeindruckend aus. Zart empfing sie mit einer grünlich verfärbten Fingerkuppe den nächsten Schweißtropfen und leckte sich den Finger ab. Das brachte ihn erst recht ins Schwitzen.

„Die Petersilie ist jetzt fein genug." Er trat einen Schritt zurück und merkte zu spät, dass sich ihr T-Shirt an seinem Hosenbund verheddert hatte. „*Scusi!*" Nervös versuchte er, sich von ihr zu lösen, was die Sache nur noch schlimmer machte. Ihr Hemd rutschte höher, und die Sonne malte goldene Kringel auf ihren fast nackten Körper.

„So hilf mir doch, verdammt!" Wie er das sagte, hätte man meinen können, er befände sich in Lebensgefahr.

Was für ein Dickschädel er doch war! Und was für ein Prachtkerl!

„Klar helfe ich dir." Es verlangte ihr alle Selbstbeherrschung ab, ihm erneut den Vortritt zu lassen. Er sollte den Ton angeben. Brav löste sie ihr T-Shirt von seinem Hosenbund und strich es an ihrem Körper glatt. Es war noch feucht genug, um jedes Detail abzumalen und den Kameraden anzustacheln, der in seiner Hose beharrlich den Aufstand probte. Diesem Kamerad war es egal, wer wie viel Geld in die Beziehung einbrachte und wer wessen Dienstherr war. Dieser Kamerad erinnerte sich lediglich daran, wie viel Spaß er haben könnte, wenn man ihn nur endlich befreite.

„Wo hast du dich eigentlich so nass gemacht?", wollte Ronaldo heiser wissen. „Von vorne und von hinten."

„Das war der Wasserschlauch", erklärte Mia Lotta. „Er

ist mir aus der Hand gerutscht."

„Hoffentlich erkältest du dich nicht." Ronaldo griff nach dem Gelbflossenthunfisch. „Wegen mir", fuhr er mit einer Stimme wie ein Reibeisen fort, „kannst du das dumme Hemd auch ganz ausziehen."

„Das wäre bestimmt besser." Mia Lotta fasste nach dem Saum, schob ihn nach oben und ließ ihn kurz wieder sinken. Ein Spiel, das keineswegs nur ihre eigene Erregung aufpeitschte.

Seine Augen hingen wie gebannt an dem unschlüssigen Saum. Auf und ab, nackte Haut gegen Stoff, hin und her. „Soll ich dir helfen?"

„Gern, aber dann musst du deine dumme Kochkluft auch ausziehen, sonst ist es unfair." Sie zog mit einer Hand an dem Bändel seiner Schürze und ließ mit der anderen Hand ein gehöriges Stück nackte Haut bei sich selbst aufblitzen.

Besonders schien ihn das Büschel krauser Haare zu interessieren, das sich seitlich aus ihrem winzigen Slip drängte, gefolgt von einer vorwitzigen Schamlippe.

„Ein Koch ohne Schürze ist kein Koch." Er hielt das Bändel fest.

„Dann behalte eben nur die Schürze an."

Die um den nun nackten Männerkörper gewickelte Schürze schürte ihre Fantasie und ihre Geilheit. Eng an ihn gepresst, ließ sie sich in die hohe Kunst einweisen, wie man einen Fisch schuppte, ihn leicht mit Mehl bestäubte, scharf anbriet und zuletzt mit Zucker, Rotweinessig und Weißwein abschmeckte. Es dampfte und zischte, ein köstlicher Geruch lag in der Luft, süß und sauer, *agro e dolce*.

Seine Arme wurden ihre Arme, seine Hände ihre Hände, und weil sie vollauf damit beschäftigt waren, den Fisch zu bearbeiten, musste sein pochender Schwanz ganz ohne jede Hilfe den Weg in ihr verrutschtes Höschen finden und dort so lange wühlen und stochern, bis auch hier alles passte.

Mia Lotta stemmte sich ein Stück an der Herdkante hoch, um ihm den Eingang zu erleichtern, und hätte sich beinahe an heißem Olivenöl verbrannt. Sie tat alles, um ihn endlich dorthin zu bekommen, wo ihre Lust überschäumte, und dann fand er sein Ziel genau in dem Augenblick, als der Kurzzeitwecker losschrillte.

„Die zwei Minuten für den Fisch sind um", keuchte Ronaldo und zog die Pfanne seitlich vom Herd.

Sein Schwanz bewegte sich dabei in ihrer Möse. Sie waren dabei, ein perfekt eingespieltes Team zu werden.

„Perfekt", schnaufte sie und massierte seinen Stab mit ihrer Möse.

„Außen kross und scharf und innen halb roh", dozierte Ronaldo und ließ seine prallen Hoden gegen ihren Hintern klatschen. Seine Aussprache wurde undeutlich. „Willst du einmal kosten?"

Sie wollte. Sie kostete. Sie probierte den Thunfisch und schob das restliche Stück Fisch in seinen Mund. Abwechselnd schmeckten sie die scharfe Süße und verrenkten sich dabei bizarr, um einander nur ja nicht zu verlieren. Eingenebelt von köstlichen Düften und der Hitze dieses Sommertages trieben sie zum Höhepunkt. Irgendwann verloren sie die Kontrolle und bearbeiteten einander wie vor wenigen Minuten den rohen Fisch, bestäubten sich mit Mehl und bespritzten sich mit Essig und Wein, ließen Zucker rieseln und beträufelten einander mit zäh fließendem Öl, um alles voneinander abzulecken und zu schlürfen.

„Der Thunfisch ist köstlich", stöhnte Mia Lotta. „Ich glaube, ich werde nun jeden Tag Thunfisch essen."

„Und ich glaube, dass du es mit jedem Gelbflossenthunfisch – und das sind die besten – aufnehmen kannst." Noch einmal fuhr Ronaldos Zunge über ihren Leib.

„Vorausgesetzt die Zubereitung stimmt", neckte sie ihn.

„Das ist das A und O", pflichtete er ihr bei.

„Und ohne Kochschürze geht bei einem guten Koch gar nichts", zitierte sie ihn.

„Du musst dir die Schürze erst noch verdienen", erklärte er.

„Wir haben noch viel Zeit. Was kochen wir morgen?"

„Du bist wirklich unersättlich. Morgen wagen wir uns an *a taralluci e vino*, was so viel bedeutet wie: Es wird ein Happy End geben. Diese süßen Kringel haben übrigens eine gewisse Ähnlichkeit mit deinem süßen Nabel." Zum Abschluss leckte er ihren Nabel aus, dann versetzte er ihr einen Klaps auf den Po. „Aber jetzt müssen wir erst mal das Haus auf Vordermann bringen. Beim Putzen stellst du dich hoffentlich geschickter an als am Herd. Und die Betten sind auch noch nicht gemacht. Die Waschmaschine ist bestimmt längst fertig und muss geleert werden."

„Wenn wir immer nackt putzen und kochen, sparen wir jede Menge Wäsche", schlug Mia Lotta vor und hatte das Paradies und alle erdenklichen lüsternen Spiele vor Augen. Spiele, die sich mit solch klangvollen Namen wie Tunnu Auruduci verbanden. Sie wollte es süß und sauer haben, scharf und ohne Limit, und sie war auf dem besten Weg dorthin.

Ronaldo und sie hatten gerade damit begonnen, den Teig für Taralluci Dolci, eine neapolitanische Leckerei, anzusetzen. Mit Eiern und Zucker war es losgegangen, es knirschte und spritzte und duftete und war ein Riesenspaß, bis das Telefon aufdringlich ertönte.

„Wir gehen einfach nicht dran", meinte Mia Lotta und verzierte seine nackte Brust mit einem zweiten Gesicht aus feucht glänzendem Teig. Auch sein Penis bekam ein niedliches Mützchen aufgesetzt und bedankte sich prompt. „Er mag Eierschaum mit Anisgeschmack", kicherte sie.

„Und wenn es deine Großmutter ist?", wandte er ein und hatte sie auch schon an der Angel.

Er ging an den Apparat und hörte angespannt zu. „Ich muss zu ihr", war alles, was er zu Mia Lotta sagte. Dann verschwand er einfach.

Und er blieb verschwunden.

Die Stunden vergingen. Es wurde Nacht, Mia Lotta durchlebte Höllenqualen, doch ihr Stolz verbot ihr, ihm hinterherzutelefonieren. Dabei hatte sie endlich seine Handynummer. Es war höchst mühsam und peinlich gewesen, sich die Nummer zu besorgen. Sie hatte Marks Schreibtisch komplett auf den Kopf stellen müssen und in dem Chaos unfreiwillig einen Karteikasten mit Fotos entdeckt, bei denen es ihr den Magen umdrehte. Noch abstoßender als die Abbildungen selbst waren für sie die angehefteten Kommentare in der Handschrift ihres Noch-Ehemannes. Er hatte alle sexuellen Eigenheiten der Darsteller genau beschrieben und bewertet und das Ganze alphabetisch nach Berufssparten geordnet. Architekt, Butler, Gärtner, Go-go-Tänzer und so weiter. Sie blätterte weiter und fand einen Eintrag zu Ronaldo. Heimatadresse, Familiensituation und Maße waren mit seiner Handynummer an einen verwackelten Schnappschuss geheftet, der Ronaldo im Kreis einer riesigen Familie zeigte. Sie hätte ihn fast gar nicht erkannt. Als sie das Foto umdrehte, entzifferte sie auf der Rückseite das Wort „Jungfrau".

Mia Lotta räumte Ronaldo noch eine Frist ein und lenkte sich mit Hausarbeit und Gartenarbeit ab. Sie wusch und bügelte, sie wienerte den Boden, zupfte Unkraut und lauschte bei alldem auf das Telefon. Warum klingelte das vermaledeite Telefon nicht? Warum kam er nicht endlich nach Hause und erklärte, was geschehen war?

Es wurde Abend, sie versuchte zu schlafen, dann hielt sie es nicht länger aus und wählte im Morgengrauen die Nummer, von der sie ja nicht einmal wusste, ob es wirklich Ronaldos Handynummer war.

Eine fremde Frauenstimme meldete sich auf Deutsch. „Hier bei Ronaldo. Was können wir für Sie tun?"

Mia Lotta brach der kalte Schweiß aus, sie wollte das Gespräch wegdrücken und begann unkontrolliert zu zittern.

„Ich glaube …", stotterte Mia Lotta. „Ich muss mich verwählt haben."

„Wenn Sie Ronaldo buchen wollen, kann ich Sie gern auf die Warteliste setzen", teilte die Frauenstimme mit.

„Buchen?", wiederholte Mia Lotta ungläubig.

„Nun ja, Sie können sich aussuchen, ob sie ihm lieber beim Kochen nur zusehen oder aktiv mitmachen wollen.

Wir bieten mehrere Mitspielmöglichkeiten an. Ronaldo kocht wahlweise nackt oder im Kostüm, Sonderwünsche kosten extra."

„Sonderwünsche?" Mia Lotta sah sich mit Ronaldo mit Teig beschmiert, das Olivenöl schwer und golden auf seinem nackten Körper, mal trug er noch eine Schürze, dann gar nichts … Es war ihrer beider Spiel. Von wegen! Sie Närrin hatte sich eingeredet, all das wäre exklusiv nur ihr passiert. Wie hatte sie nur so dumm sein können? So naiv? Er hatte die kleine Landpomeranze aus Oberstein genauso hinters Licht geführt wie ihre arme Großmutter. Er hatte sich einen Spaß mit ihnen erlaubt und sofort alles stehen und liegen lassen, kaum dass ein Anruf ihm etwas Besseres signalisierte. Von wegen, seine Ehre ginge ihm über alles! Hauptsache, der Preis stimmte! Oder war ihm eine Mia Lotta schlicht und ergreifend zu langweilig geworden?

„Hallo, sind Sie noch dran?" Die Frauenstimme bohrte sich in Mia Lottas Ohr und erzeugte einen physischen Schmerz.

„Ja", antwortete Mia Lotta und spürte, wie alles an ihr taub wurde. Ihre Stimme klang plötzlich weit entfernt.

„Wollen Sie auch an der Tombola teilnehmen?"

„Tombola?", krächzte Mia Lotta und spürte eine Welle der Übelkeit in sich aufsteigen.

„Von wem haben Sie diese Nummer bekommen?", insistierte die fremde Frauenstimme. Offenbar hatte Mia Lottas Reaktion Misstrauen erzeugt. „Ich muss dies fragen, damit es hinterher keinen Ärger gibt."

Es war der pure Zufall, der Mia Lottas Blick in diesem Augenblick auf die Visitenkarte des Menschen lenkte, der die Orgie in Marks Villa arrangiert hatte.

„Master Tom“, sagte sie.

„Alles klar“, sagte die Frau und erlaubte sich ein anzügliches Kichern. „Dann kennen Sie ja auch Daniela.“ Noch ehe Mia Lotta etwas erwidern konnte, fuhr die geschwätzige Person fort: „Dann sollten Sie mir noch sagen, ob Sie Ronaldo allein oder zu mehreren buchen wollen, und welches Geschlecht die anderen Teilnehmer haben, falls Sie zu mehreren sind. Ronaldo ist sehr gefragt, müssen Sie wissen. Sie können ihn für einen Tag oder eine ganze Nacht buchen.“

Ronaldo war ein Verräter! Er war noch viel schlimmer, als sie es jemals für möglich gehalten hatte! Er hatte sich meistbietend verkauft, er hatte alles kaputt gemacht, er war ein Schwein ...

„Sind Sie noch dran? Sie können auch kurz seine Seite im Netz checken. Wir bauen die Seite allerdings gerade erst auf. Wenn Sie mögen, können Sie da auch anklicken, was Sie haben wollen. Die Zugangsdaten haben Sie doch?“

„Sicher.“ Mia Lotta bedankte sich mechanisch und legte auf.

Dank ihrer Cousine in Wien kannte Mia Lotta sich mit Computern recht gut aus. Sie fand die Homepage, auf der ein Adliger namens Florian von Turnstetten und sein Lebensgefährte Daniel Kempff alias Daniela ihre Neuerwerbung vorstellten: Ronaldo mit gesenktem Blick und mit Küchenaccessoires. Dort stand, dass er noch Jungfrau für den ersten „Stich“ sei. Er wurde angepriesen wie ein Hengst auf einer Pferdeauktion. Man konnte sich sogar am Anblick seines Schwanzes delektieren.

Sein Prachtstück schlummerte in einer breiten Männerhand. Von oben kommend gesellten sich fünf blutrot lackierte Fingernägel dazu, in seinem Schritt war eine sich schlängelnde Zunge zu sehen und schien genießerisch seine Hoden zu lecken. Auf weiteren Bildern war er mit allen möglichen Küchengeräten und Lebensmitteln zu sehen. Ein Teigrädchen glitt über seine makellose nackte Haut, eine Pampelmuse wurde obszön ausgepresst, eine Zucchini spaltete den schönsten Hintern, den Mia Lotta je gesehen hatte. Seinen Hintern. Und er schien sich nicht zu wehren. Vielmehr sah man ihn mit geschlossenen Augen, seine Wimpern waren lang und schwarz. Mia Lotta konnte es nicht ertragen.

Hätte jemand sie gefragt, wie sie nach Schloss Oberstein gekommen war, hätte sie es nicht sagen können. Sie wusste weder, wie sie in ihre Kleider gefunden, noch wann sie die Villa am See verlassen hatte und wie sie zum Münchener Hauptbahnhof gelangt war.

Die Tränen schossen ihr in die Augen. Bis zu diesem Moment hatte sie nicht zu weinen vermocht, doch jetzt öffneten sich die Schleusen. Halb blind ertastete sie die Pforte, die in den Rosengarten führte, welcher der Gruft der Obersteins vorgelagert und der Lieblingsplatz ihrer Großmutter war. Hier konnte die alte Dame stundenlang auf der moosbewachsenen Steinbank zwischen den beiden mächtigen Steinengeln sitzen und Zwiesprache mit dem verstorbenen Großvater, Mia Lottas Vater und all den anderen Obersteins halten. Meine Familie, dachte Mia Lotta und sah sich im Geist Großmutters Platz auf der moosbewachsenen

Steinbank einnehmen. Offenbar hatte das Schicksal ihnen beiden diese Rolle zugedacht. Es war ihre Lebensaufgabe, die Toten zu bewachen und den Familiensitz am Leben zu erhalten.

Ein lautes Knattern durchbrach die Stille, und etwas Chromglänzendes schoss auf Mia Lotta zu, groß und gefährlich. In letzter Sekunde sprang sie zur Seite und landete schmerzhaft in einem Rosenbusch.

Dann ertönte die Stimme ihrer Großmutter. „War da nicht gerade jemand?"

„Das war bestimmt nur ein aufgescheuchtes Tier", hörte Mia Lotta eine ihr ebenfalls bekannte Männerstimme antworten.

„Schau besser doch mal nach", bat Mia Lottas Großmutter.

„Und was wird aus den zwei Dutzend Steaks, wenn wir nicht rechtzeitig beim Metzger sind? Die Jungs werden mächtig Kohldampf haben, wenn sie von der Rallye kommen. Du kennst sie nicht."

„Ich kenne dich", hörte Mia Lotta die alte Dame in einem Tonfall antworten, den man nur als neckisch und kokett bezeichnen konnte.

Während sie selbst wund an Leib und Seele im Rosengestrüpp zu Füßen eines steinernen Engels mit den Zügen ihrer toten Patentante lag, diskutierte das Pärchen seelenruhig über die Öffnungszeiten des Metzgers im Dorf und irgendwelche hungrigen Männer!

„Könnte mir mal einer helfen", fiepte Mia Lotta. Sie hätte sich gern beherzter angehört, sie hätte auch gern zu flennen aufgehört, aber das ging nicht.

Keine halbe Stunde später lag sie in der nagelneuen Badewanne, die zur gleichfalls neuen Suite ihrer Großmutter im Ostflügel gehörte. Die in den Boden eingelassene Wanne war ebenso wie alle anderen Neuanschaffungen ein Traum. Riesig und auch für ältere Menschen leicht zu begehen, drei flache Stufen führten in die Wanne hinein. Tante Herta saß auf der obersten Stufe und zupfte Mia Lotta wie früher mit einer Pinzette bösartige kleine Dornen aus der Haut, während sich Granny mit einer Schüssel süßem Milchreis dazusetzte.

„Und jetzt erzähl, was passiert ist", forderte sie Mia Lotta auf und schob ihr gleichzeitig einen Löffel Reis in den Mund.

„Ich will Ronaldo nie, nie mehr wiedersehen", nuschelte Mia Lotta und spürte, wie die süße Masse sich tröstlich in ihrer Mundhöhle breitmachte, während sich salzige Tränen dazumischten. „Er ist noch schlimmer als Mark. Er hat mich nur benutzt. Er hat uns alle nur benutzt und jetzt etwas Besseres gefunden."

„So sind die Männer heutzutage", seufzte Tante Herta.

„Red nicht so dumm daher!", beschied Mia Lottas Großmutter ungewohnt barsch. „Es sind nicht alle Männer gleich. Es gibt wie eh und je wunderbare Ausnahmen."

„Redest du von mir?", rief es fröhlich von nebenan. Mia Lottas Schwiegervater stand offenbar in der Tür zum Schlafzimmer ihrer Großmutter. Mia Lotta tauchte sicherheitshalber unter. Was hatte Marks Vater dort zu suchen? Und wer gab ihm das Recht, intime Frauengespräche zu belauschen.

Weil ihr die Luft knapp wurde, tauchte Mia Lotta bald

wieder auf und erhaschte einen Blick auf Gottfried Neubauer in Boxershorts.

Er hielt ihrer Großmutter auffordernd zwei Hemden entgegen. „Du hast mir noch immer nicht gesagt, welches Hemd ich heute Abend anziehen soll. Die Steaks hat der Metzgermeister übrigens persönlich vorbeigebracht. Sie sind fertig mariniert. Nun entscheide dich endlich, Freifrau! Ich glaube, da kommen die Jungs schon. Warum sie klingeln, wissen allerdings die Götter. Ich hab die Tür doch extra einen Spalt offen gelassen."

Mia Lotta wollte ihren Augen und Ohren nicht trauen. Ihre Großmutter trauerte seit nun bald zwanzig Jahren um ihren verstorbenen Mann. Warum verwies sie den Schrottbaron nicht in seine Schranken?

„Natürlich das unifarbene", entschied die Freifrau. „Und nun geh, ich komme gleich nach. Du siehst doch, wie mitgenommen Mia Lotta ist. Sie muss da etwas falsch verstanden haben. Für Ronaldo lege ich meine Hand ins Feuer."

Mia Lotta überlegte, laut zu protestieren, tauchte aber besser wieder unter. Als sie keuchend wieder hochkam, war eine vierte Person im Bad erschienen. Schniefend und heulend stand Antonella da, das verkörperte schlechte Gewissen. Ihre Kleidung war verdreckt, die Jeans hatte einen langen Riss. Ein kreuzunglückliches kleines Mädchen.

„Ich bin schuld", schluchzte sie. „Wegen mir haben sie Ronaldo gekriegt. Wegen mir muss er all die scheußlichen Sachen machen, aber jetzt bin ich ihnen entwischt."

„Ich denke, du bist wieder im Internat?", platzte es aus Mia Lotta heraus.

Antonella begann zu erzählen, und so erfuhr Mia Lotta,

wie dieses dumme Ding nicht nur sich in Gefahr gebracht hatte. Sie erfuhr, dass Daniela alias Daniel Kempff sich die Exklusivrechte an dem süßen Koch aus Italien hatte sichern wollen. Schleier für Schleier hob sich vor Mia Lotta, ein Sumpf entfesselter Triebe und Machtfantasien tat sich vor ihr auf: Hier wollte jeder dem anderen überlegen sein, das galt auch für Mark und Phillip. Jedes Mittel war ihnen recht, doch im Grunde waren sie nur zu bedauern. Auf ihrer Jagd nach immer stärkeren Reizen und Geld hatten sie sich selbst und das, was Menschen ausmacht, verloren. Vor allem hatten sie die Kraft zur Liebe verloren.

Ich muss zu Ronaldo, dachte sie. Ich habe ihm unrecht getan. Schnell sprang sie aus der Wanne.

„Ich muss sofort zurück nach München", rief sie und fixierte ihren Schwiegervater, der zur Decke starrte. „Kannst du mir ein Auto besorgen?"

„Darf es auch ein Motorrad sein?", sagte er. „Deine Großmutter und ich sind mit der Harley gekommen."

„Vielleicht solltest du dir zuerst etwas anziehen", schlug ihre Großmutter vor.

„Und dich abtrocknen", ergänzte Tante Herta. „Mit nassen Haaren holt man sich sonst schnell was."

Mia Lotta griff nach dem Badetuch, das Tante Herta ihr reichte. „Ich denke nicht, dass ich mit einer Harley klarkomme."

„Einer der Jungs fährt dich", erwiderte Gottfried. „Sie müssen jede Minute eintrudeln, und ich komme auch mit. Die Steaks müssen warten. Diese Mission geht vor."

Keine Viertelstunde später verließen gut ein Dutzend schwere Maschinen donnernd den Schlosshof.

Um ein Haar hätte Mia Lotta einen Fehler gemacht. Gottfried Neubauers Motorradfreunde waren heiß darauf, die feine Adresse in München zu stürmen und Ronaldo zu befreien. Sie warteten nur auf Mia Lottas Zeichen, die sich jedoch besann. Es war zu gefährlich, denn sie wusste nicht, wo Ronaldo sich aufhielt. Da hatte sie eine Idee, ebenso simpel wie brillant. Sie schnappte sich ein Handy und buchte Ronaldo für diese Nacht. Niemand schöpfte Verdacht. Keine Stunde später donnerte die Kolonne auf ihren Stahlrössern zurück nach Schloss Oberstein. Auf einem Sozius saß Ronaldo. Nichts ahnend und apathisch in sein Schicksal ergeben ließ er sich vor dem Eintreffen im Schloss die Augen verbinden. Noch musste er davon ausgehen, dass die neue Kundschaft ihn für die komplette Nacht gebucht hatte.

Jeder normale Mensch hätte beim Anblick der breitschultrigen Lederjungs das Fürchten bekommen, nicht so Ronaldo. Die Angst um seine leichtsinnige kleine Schwester ließ ihn alles erdulden. Er war mit Leib und Seele Italiener, er liebte seine Familie, und seine Mutter vertraute darauf, dass Antonella bei ihm in Deutschland gut aufgehoben war. Er fühlte sich schuldig, und Mia Lotta musste an sich halten, um nicht zu früh aus der Rolle zu fallen und ihn zu erlösen.

Sie hatte darauf bestanden, dass man sie mit Ronaldo allein ließ. Die Männer brachten Ronaldo in den alten Turm, und als die Biker gegangen waren, machte sich Mia Lotta an den Aufstieg. Alles in ihr fieberte Ronaldo entgegen. Dank Tante Herta war sie mit allem versorgt, was sie brauchte. In dem mit einem karierten Küchentuch säuberlich abgedeckten Korb befanden sich alle Zutaten für die süßen Taralluci.

Das Turmzimmer war dunkel. Ronaldo stand mit dem Rücken zu ihr an dem schmalen Austritt, der geradewegs in den Himmel zu führen schien. Seine Augen waren noch immer verbunden. Als sie näher kam, wandte er sich kurz um und schnupperte.

„Das riecht wie …“ Er verstummte abrupt.

Mia Lotta schlug das Handtuch zurück und hielt ihm den Korb unter die Nase. Sie trug eine Maske und hoffte, dass diese ihre Stimme verfremdete.

„Ja?“, hauchte sie und streifte ihm zuerst das Hemd, dann die Jeans und zuletzt seinen Slip ab. Seine Flanken begannen nervös zu zittern. Sie stäubte ein wenig Zimt auf seine nackte Brust, gab etwas Anissamen und Vanillezucker dazu und entkorkte eine Flasche Anislikör. Der Duft war unglaublich intensiv. „Riechst du das gern?“, flüsterte sie und begann, alles mit ihrer Zungenspitze auf seiner Haut zu verteilen. Sie zog Kreise und rutschte immer tiefer. Ihre und seine Körperwärme intensivierten den Duft, sein Zittern nahm zu, doch sein Geschlecht reagierte nicht. Als ihre Zunge den umgekehrten Weg nahm, sich zu seinem Gesicht hocharbeitete und ihre Lippen sich auf seine Lippen legen wollten, drehte er schroff den Kopf zur Seite.

„Ich soll für Sie kochen“, sagte er abwehrend.

„Nicht nur“, erwiderte sie. „Ich erwarte ein Happy End. Du hast es mir versprochen. Oder hast du vergessen, wie das geht?“ Sie ergriff seine Hand und führte sie zu ihrem Nabel, den er einst mit den süßen italienischen Kringeln verglichen hatte.

Alles Apathische fiel von ihm ab. Seine Fingerspitzen ertasteten ihren Bauch, glitten weiter zu ihren Hüften und von dort zu ihrem Po. Er streichelte und walkte ihr williges Fleisch, sein Atem wurde immer schneller, sein eben noch teilnahmsloser Schwanz schnellte in die Höhe.

„Du“, sagte er. „Du bist es. Sag, dass ich nicht halluziniere.“

„Ich bin es.“ Sie umschlang seine schlanken Hüften und presste sich an ihn. Sie fühlte und inhalierte und schmeckte ihn. Er trug noch immer seine Augenbinde, sie trug noch immer eine Maske, was den Reiz dieses Augenblicks verstärkte. „Und jetzt wird alles gut“, sagte sie. „Antonella ist in Sicherheit.“

Es war die Ouvertüre zu ihrem Happy End. Sie brauchten keinen Herd, auch nicht die Fledermäuse störten sie. Sie benötigten auch keine Rührschüssel und sonstigen Hilfsmittel. In dem Turm gab es kein einziges Möbelstück, der Steinboden war eisig kalt und schmutzig. Also legten sie sich auf die Holzplanken des Balkons, der rund um den Turm ging. Durch die Ritzen drangen von weit unten die Stimmen der zechenden Biker, der Geruch von Bier und Steaks vermischte sich mit dem Duft ihrer Körper. Mia Lottas Bauchmulde war bestens geeignet, einen glatten Teig darin herzustellen. Abwechselnd setzte Ronaldo seine Hände und seine Zunge und seinen Zauberstab ein. Er war unermüdlich und wollte schon zu singen anfangen, doch Mia Lotta hielt ihm die Hand vor den Mund.

„Pssst! Was sollen unsere Gäste von uns denken?“

„Ich bin Italiener und ein Mann“, keuchte Ronaldo. „Ein glücklicher Mann. Mamma mia!“ Er verlor die Kontrolle über seinen stolzen Recken, der nicht länger nur rühren und kneten wollte. Winzige Freudentröpfchen spielten die Vorboten und spritzten auf den Teig, dann folgte die ganze Ladung und weichte die Masse auf Mia Lottas Bauch auf, ließ sie nach allen Seiten zerfließen.

„Nun sieh dir an, was du angerichtet hast", schalt sie ihn zärtlich. „Wie sollen wir denn daraus Taralluci formen?"

„Wir müssen noch mal von vorne anfangen", sagte er lächelnd.

Und genau das taten sie. Zum Glück hatte Tante Herta reichlich Zutaten eingepackt, und Ronaldos Rührwerk feierte prompt Wiederauferstehung. Es war nicht zu glauben, wie ernst er seine Verpflichtung nahm, einen makellosen Teig zu zaubern.

„Das hier ist so etwas wie mein Meisterstück", sagte er.

„Das Meisterstück für unser Happy End?", rief sie und sorgte dafür, dass diesmal nicht wieder nur ihr Bauch und der neu angesetzte Teig in den Genuss seiner nächsten Spritzladung kamen. Sie wollte ihn in sich haben, am liebsten überall gleichzeitig. Sie wollte seinen Saft schlucken und ihn in ihrer Möse spüren. Sie ahnte nicht, dass dieser Turm in den nächsten Wochen eine ganz besondere Rolle in ihrem Leben als Braut spielen würde.

Der altehrwürdige Schlossturm war der höchste Punkt des Schlosses. Die Aussichtsplattform war liebevoll restauriert worden und diente Mia Lotta gewissermaßen als Dachterrasse. Die beiden angrenzenden Stuben und das kreisrunde Badekabinett waren ebenfalls kaum wiederzuerkennen. Hier würde Mia Lotta wohnen, bis ihre Ehe mit Mark annulliert und der Weg zu Ronaldo frei war. In diesem Punkt ließ Granny ungeachtet der Entwicklung, die sie dank ihres Schrottbarons genommen hatte, nicht mit sich reden. Sie bestand darauf, die Form zu wahren. Niemand sollte sich auf die obligatorische Frage des neuen Pastors von Oberstein zu Wort melden können: „Wenn unter den Anwesenden jemand ist, der etwas gegen die Verbindung von Mia Lotta von Oberstein und Ronaldo Lucca vorbringen kann, so möge er sich jetzt melden oder für immer schweigen."

Kurz durchzuckte Mia Lotta der Gedanke, was passieren würde, wenn etwas von dem Skandal, der tagelang die Regenbogenpresse in der bayerischen Hauptstadt beschäftigt hatte, bis nach Oberstein dringen würde. Doch sie beruhigte sich damit, dass der verschlafene Ort genug mit seinen eigenen Skandälchen zu tun hatte.

Zuerst war der alte Pastor in Schimpf und Schande davongejagt worden. Alsdann wurde aus dem Wahrzeichen Obersteins ein Biker-Schloss, ein Mekka für Harley-Fahrer. Selbst der neue Pastor outete sich als Fan. Und der zukünftige Ehemann der jungen Freifrau – ein fantastisch aussehender Italiener, der alle Herzen im Sturm eroberte – würde für die Biker und andere hungrige Gäste kochen. Inzwischen hatten sie die komplette Crew beisammen, Mia Lottas Großmutter und der Mann, der keinen Hehl aus seiner Leidenschaft für sie machte, gehörten ebenso dazu wie Bruder Anselm, der sich neuerdings um die Kappelle und den Garten kümmerte und in Tante Herta einen getreuen Schatten gefunden hatte.

„Wenn mir das einer vor ein paar Wochen gesagt hätte …", murmelte Mia Lotta, ließ vorsichtig die am Fahnenmast befestigte Strickleiter hinunter und beugte sich ein Stück weit über die Balustrade, um nach ihrem Liebsten zu sehen. Jeden Abend tauchte er im Schutz der Dunkelheit mit einem Korb voller Köstlichkeiten bei ihr im Turm auf. Er musste jeden Moment bei ihr sein, das spürte sie am Kribbeln und Zucken ihrer Liebesgrotte. Zum Glück war Antonella mittlerweile wirklich in ihrem Internat angekommen und würde dort auch bis zur Hochzeit bleiben.

Was Ronaldo wohl heute Gutes dabeihatte? Seine Fantasie war schier unerschöpflich, wenn es darum ging, ein Lebensmittel so zum Einsatz zu bringen, dass es Mia Lotta das Wasser im Mund und in ihrer Möse zusammenlaufen ließ und sie in einen wild köchelnden Geysir verwandelte.

Mia Lotta war so mit ihrer Vorfreude beschäftigt, dass sie gar nicht mitbekam, wie die Strickleiter Spannung bekam und sich wenig später ein dunkler Schatten hinterrücks anschlich. Zwei Hände legten sich auf ihre Augen, nur mit Mühe konnte sie einen Aufschrei unterdrücken.

„Was ist das?“, keuchte sie und spürte, wie der erste Schreck einer gänzlich anderen Erregung Platz machte. So roch nur einer! So fühlte sich nur Ronaldo an!

„Man nennt es auch Happy End“, antwortete er. „Hier, koste mal!“

Ein pflaumengroßer, mit Puderzucker bestäubter und noch heißer Kringel drängte gegen ihre Lippen. Er duftete intensiv nach frischer Vanille, Zimt und Anisette. Sie biss gierig ab. Von diesen Dolce konnte sie nicht genug bekommen. Die Leckerei entzündete ein Feuerwerk in ihr.

„Gut“, sagte sie.

„Nur gut?“, empörte er sich erwartungsgemäß.

„Nun ja“, sagte sie gedehnt. „Von einem angehenden Sternekoch könnte man eigentlich erwarten, dass er sich mal etwas Neues für das italienische Happy End einfallen lässt, oder?“

Ronaldo grinste breit, langte in seinen Korb und fütterte sie mit dem nächsten Kringel, der haargenau wie sein Vorgänger aussah. Dieselbe Form, dieselbe Konsistenz, auch die Grundzutaten mussten identisch sein, doch schmeckte Mia Lotta noch etwas anderes heraus.

„Könnte es sein, dass du Zitronenschale und geröstete Mandeln in den Teig gegeben hast?“

Ronaldo belohnte ihre, wie er sich ausdrückte, kluge Zunge mit einem innigen Kuss. Auch im Küssen war er meisterlich. Es fing zart und süß an und baute sich auf wie ein Sturm, wurde immer wilder und unbeherrschter. Dabei erwischte es längst nicht immer nur ihre Lippen, was zur Folge hatte, dass sie im Hochsommer keusch gekleidet wie eine Klosterschülerin durch die Gegend lief. Immerhin hatte sie sich revanchiert und würde auch weiterhin dafür sorgen, dass ihr feuriger Italiener nicht zu übermütig wurde …

„Autsch! Das brennt!“ Mia Lotta war derart in ihre Revanche vertieft gewesen, dass sie gar nicht mitbekommen hatte, wie Ronaldo eine kleine Attacke vorbereitet hatte. Diesmal an sehr viel delikaterer Stelle. Sie trug kein Höschen unter ihrem Rock, und die zarten Schleimhäute reagierten ausgesprochen empfindsam auf das grobkörnige Etwas.

„Wenn du errätst, was in deiner süßen Schnecke brennt, lösche ich mit meinem Spezialschlauch.“

Begierig fasste sie dorthin, wo sein Freudenspender sich brav reckte und sein Köpfchen aufplusterte.

Ronaldo umschloss ihre Handgelenke und entzog ihr die Beute. „Nichts da! Erst musst du raten!"

Mia Lotta spürte, wie ihre Möse dem Brand mit selbst produzierten Säften beikommen wollte. Die Flüssigkeit ließ ihre Schamlippen aufquellen und sickerte bereits an den zarten Innenseiten ihrer Schenkel entlang. Bald würde es auf den Boden tropfen.

„Das ist ...", stotterte sie, „... das ist grobes Salz, ich glaube, es ist ... Meersalz?"

„Es ist das beste Meersalz überhaupt", bestätigte Ronaldo.

„Okay." Mia Lotta griff nach seinem Schwanz, der sich ohne jedes Zutun aus seinem knappen Slip befreit hatte, nun keck rotierte und sie halb wahnsinnig machte.

Sein Schwengel war nicht nur unglaublich kräftig und perfekt proportioniert, sondern auch – was mitunter eine echte Tortur war – ein getreuer Vasall seines Herrn. Diesmal war besagte Vasallentreue jedoch von Vorteil für sie. Sie hatte die ihr gestellte Aufgabe erfüllt und sich ihre Belohnung verdient. Worauf wartete Ronaldo noch? So zögerlich war er doch sonst nicht.

„Dann steck ihn endlich rein und fang mit dem Löschen an", verlangte sie und lehnte sich gegen den Fahnenmast. Ihre Brustwarzen pressten sich gegen den dünnen Stoff ihrer Bluse. Voller Ungeduld riss sie sämtliche Knöpfe auf und schob ihren Rock hoch und winkelte ein Bein an. Ihr Fuß fand Halt auf der Brüstung.

„Halt!", befahl Ronaldo. „Da fehlt etwas."

„Da fehlt nichts", keuchte sie und zeigte auf sein steil in die Luft steigendes Streitross mit dem glühenden roten Köpfchen und Schaumperlen vor dem Maul.

„Ich habe das Salz noch mit etwas anderem gemischt." Ronaldo keuchte nun selbst, die Pferde drohten ihm im wahrsten Sinn des Wortes durchzugehen. Trotzdem wehrte er sich noch immer. Er konnte so unglaublich stur sein.

„Pfeffer", schrie sie. „Salz und Pfeffer! Jetzt gib endlich Gas!"

„Kein Pfeffer! Es fängt mit C an, und scharf ist es auch. Höllenscharf und rot und exotisch!" Sein Schwanz versagte ihm endgültig den Gehorsam und lief zu Mia Lotta über. Er folgte dem Lockruf ihrer Möse, die nun gierig klaffte, im Mondlicht feucht und rosig schimmerte und den Heißsporn einlud, einzutauchen und zu tun, was von ihm erwartet wurde.

Unterdessen versuchte sein Herr weiterhin krampfhaft, der Herrin dieses geilen Futterals noch das richtige zweite Lösungswort zu entlocken. Es ging um die Ehre.

Mia Lotta erlöste ihn und sich. „Chili", schrie sie ihm ins Gesicht, und dann war kein Raum mehr für wohlgesetzte Worte.

In ihrem Rücken knirschte die alte Fahnenstange, unter ihrem linken Fuß ächzte die Holzbrüstung, die Paneele am Boden begannen im Takt zu jaulen und mitzutanzen. Irgendwann verlor sie komplett den Boden unter den Füßen, Ronaldo hob sie auf seine schmalen Hüften und grub seine Hände in ihr Hinterteil, gab so den Takt an: auf und ab, auf und ab, immer schneller, umweht von Düften, die vom Korb aufstiegen voller Taralluci mit unterschiedlichen

Füllungen, zuckersüß oder brennend scharf, wie das Leben und die Liebe.

„Ich liebe dich", schrie ihr Meisterkoch in den Sternenhimmel. *„Ti amo!"*

Mia Lotta barg ihren Kopf an Ronaldos nackter Brust. Das Leben war wunderbar und voller Überraschungen, wenn man wie sie selbst noch mit dem Falschen verheiratet und zugleich frisch verliebt war und sich heimlich in einem Schlossturm treffen musste. Das Leben war, keine Frage, so wie diese Taralluci. Es kam immer auf die Füllung an.

– ENDE –

Anna Zabel
Die Liebesdienerin
Band-Nr. 35017
8,95 € (D)
ISBN: 978-3-89941-422-6
304 Seiten

Sharon Page
Blutrot – Die Farbe der Lust
Band-Nr. 35022
8,95 € (D)
ISBN: 978-3-89941-548-3
416 Seiten

Ria Wallmann
Blutrote Rosen
Band-Nr. 35005
8,95 € (D)
ISBN: 978-3-89941-354-0
496 Seiten

Suzanne Forster
Im Reich der Lust
Band-Nr. 35002
8,95 € (D)
ISBN: 978-3-89941-320-5
352 Seiten

Tanja Albers
Die Mondperle
Band-Nr. 35016
8,95 € (D)
ISBN: 978-3-89941-439-4
448 Seiten

Tanja Albers
Unter dem Jademond
Band-Nr. 35008
8,95 € (D)
ISBN: 978-3-89941-381-6
528 Seiten

Tanja Albers
Die Lotusblume
Band-Nr. 35018
8,95 € (D)
ISBN: 978-3-89941-461-5
336 Seiten

Mona Vara
Versuchung
Band-Nr. 35003
8,95 € (D)
ISBN: 978-3-89941-321-2
464 Seiten